李正栓
主编
名家游记

[法] 维克多·雨果 著
（Victor Hugo）

张蕾　钱红　译

法兰西与比利时之游

The Tour of France and Belgium

长春出版社

国家一级出版社
全国百佳图书出版单位

图书在版编目（CIP）数据

法兰西与比利时之游 / （法）维克多·雨果
（Victor Hugo）著；张蕾，钱红译. — 长春：长春出版社，
2018.1
（名家游记 / 李正栓主编）
ISBN 978-7-5445-5081-9

Ⅰ．①法… Ⅱ．①维… ②张… ③钱… Ⅲ．①游记—作
品集—法国—近代 Ⅳ．①I565.64

中国版本图书馆CIP数据核字(2017)第300904号

法兰西与比利时之游

著　者：[法]维克多·雨果（Victor Hugo）
译　者：张　蕾　钱　红
责任编辑：程秀梅
封面设计：清　风

出版发行 **長春出版社**
　　　　发行部电话：0431-88561180　　　　总编室电话：0431-88563443
地　址：吉林省长春市建设街1377号
邮　编：130061
网　址：www.cccbs.net
制　版：长春市大航图文制作有限公司
印　刷：吉林省良原印业有限公司
经　销：新华书店

开　本：787毫米×1092毫米　1/16
字　数：205千字
印　张：16
版　次：2018年1月第1版
印　次：2018年1月第1次印刷
定　价：39.00元

目　录

译者序

在我读高中的时候，有一天父亲搬了一箱书回家，说是送给我的礼物，我打开一看，是完完整整的一套 20 卷《雨果文集》。正是这套书，开启了我的阅读生涯，也影响了我的人生轨迹。不论是雨果的小说、戏剧还是诗歌，其构思之精巧、语言之优美和描摹之真实，都给我带来无尽感动和震撼。雨果作为 19 世纪法国浪漫主义的代表作家，其作品对人道主义的宣扬、对自然的热爱、对艺术的赞美，直到今日仍然值得我们学习。

然而，当我有幸担任《法兰西与比利时之游》的翻译工作时，才开始真正地理解雨果的作品为何能够处处反映社会的现状、时时表达对美的热爱。

本游记源自雨果 1834 年、1835 年、1836 年、1837 年和 1839 年的旅行。在旅行途中他将自己的见闻用书信的形式记录下来，其中绝大多数寄给妻子阿黛尔，少数寄给友人路易·布朗热。在此之前，他的小说《冰岛的凶汉》《死囚末日记》《克洛德·格》《巴黎圣母院》已相继出版。剧作《克伦威尔》《艾那尼》《玛丽·都铎》《吕克莱斯·波基亚》等接连上演；而诗集《暮歌集》《心声集》分别于 1835 年和 1837 年问世；1839 年之后，他又继续创作了《悲惨世界》《海上劳工》《笑面人》《九三年》《莱茵河》《光影集》《静观集》等传世佳作。上述五年的旅行，一方面可看作雨果在取得一定成就后对自己的犒赏，比如去看大海，去参观特鲁瓦时顺便看看克洛德·格被处死的广场；另一方面也可看作对其日后创作的准备和积淀，就像 1834 年在布雷斯特和 1839 年在土伦两次参观苦役犯监狱，无疑有助于《悲惨世界》中冉·阿让形象的塑造。

抛开其他作品不谈，雨果在旅行的第一时间写下这些文字，本身就是非常美妙的散文。

他给妻子的信语言亲切、娓娓道来；给好友的信热情洋溢、真切感人；自己写在记事本上的文字酣畅淋漓、见解独到。

旅行为雨果提供了与自然亲密接触的机会，而他也趁机表达了对自然的无尽热爱："自然就是一本灿烂辉煌的书，是最崇高的感恩歌和赞美诗，能听到的人是幸福的。我希望有一天我的孩子们也都能理解这一点，虔诚地享受这美妙绝伦的外部世界，并用上帝赐予我们的内心——灵魂——与之呼应。"

雨果对自然的热爱，源自其对艺术的理解："哪里有自然，哪里就有自然的花朵，而自然的花朵，就叫作艺术。"当他"忽然从一栋旧房子的房梁上看到艺术的绽放"，便觉得"那是上帝在对我微笑"。对于圣保罗教堂那些命途多舛的烛台，他感慨道："教堂被烧了，主人死了，卖主死了，买主也死了，可它们留了下来，因为它们很美；而人们再次注意到它们，还是因为它们的美！历史易逝，艺术永存。"

雨果并不是保守派，但他很反感人们对纪念性建筑的过度修整和新式装潢，"为了干净，人们首先对其进行粉刷，这样可以遮盖污迹……然而，历史的色彩也很美丽，尘封的感觉有时也不错。前者保留了时代的痕迹，后者讲述着人类的行踪"。如果对古建筑进行无法补救的破坏，那就更令人愤慨了："这就是当今法国市议会在历史文化名城所做的事。随便一个商人说需要石头去盖一个肥皂厂，好，马上就把圣保罗塔拆掉给他。"然而，这份对历史的尊重归根到底也源于对艺术作品的珍视，而当历史与艺术发生冲突，他会毫不犹豫地选择后者："就算迫不得已，人们可以拿木棺材撒气，但不应该破坏陵墓；可以凌辱杜勃拉，但是要尊重帕利马蒂斯。艺术占用了的东西，历史本身也不再有权利拿回。"

作为一个诗人，雨果的想象力永远不会枯竭。在他的眼中，"海洋实际上就是平原，而平原是一片大海。丘陵和微微凸动的小山就是海浪，而高大巍峨的山脉是被石化了的暴风骤雨"。当他"听到头顶上的雷从一块云滚到另一块云"，便会觉得"一根横梁从天庭的屋顶断裂，咯噔咯噔地顺着巨大的屋架滑落下来"。

要有想象力，首先必须亲眼见到，失去了现实依托的描写不会真实，请看这条直通海岸的路，"它很宽，但很短，路边是两排房子，而路的尽头，大海像一面蓝色的高墙挡住了去路"；其次需要细致入微的观察，比如这辆满载草料的大车，"马鞭声在这准备安眠的原野中分外响亮，一个女人和一个孩子坐在草料堆上，马车每颠簸一下，夕阳的余晖便在他们的脸庞上亲吻一口"；当然还得善于联想，"你看，小草的嫩枝动起来，逃掉了，变成了壁虎；芦苇在水中活了，溜走了，这就是鳗鱼……五彩斑斓的种子，扇动起自己的翅膀，成了形形色色的昆虫……花朵飞舞起来，便成了蝴蝶"。

作为一个期待完美社会的青年，雨果肯定科学技术的进步，但他同时惋惜地说："我们只是些愚蠢却自作聪明的商人，并对自己做的蠢事感到自豪。我们既不懂艺术又不懂自然，既不懂智慧又不懂梦想和美，而且，凡是不懂的东西，都被我们凭借短浅的目光打上了'无用'的标签。在我们的祖先看到生命的地方，我们看到的是物质。"

出于对生命的深层次尊重，他的作品不仅仅停留在对贫穷的或患病的儿童的怜悯、对苦役犯或死囚的同情上，而是一方面用平等的视角去发现"迷人的欢乐之花在贫苦之家找到的绽放方法"，推想"当法律想要剥夺其他人生命的时候，这里也可以是任何人的断头台"，另一方面进行反思，"我们的社会既不会教育儿童，又不会纠正大人"，并进行建设性的规划，"对这些不幸的底层平民进行教育，提高他们的道德水平，任务极其艰巨"。

在看到特别的景物时，雨果还会随手速写，本书依照原文进行了收录。此外，本书特意绘制了雨果每一年的旅行路线图，附于文中，以便读者建立宏观的框架，尽情地享受阅读。

张 蕾

2013 年 7 月于石家庄

第一部分

布列塔尼和诺曼底

第一章

1834 年

第一节　布雷斯特①

布雷斯特，8 月 8 日

我终于到了。坐在马车上颠簸了三天三夜，刚一下车我还有些晕头转向。这段旅途可真难熬，马车的四个鬼轮子飞转着，只有强劲的马鞭和急迫的马蹄声陪伴，我没吃没喝，也没有吸到一点儿新鲜空气。我跟你说，我亲爱的朋友，在这个微风轻拂、薄雾缭绕的早晨，我困倦得脑袋有些发蒙，当马车震颤着冲进布雷斯特的时候，除了眼前这扇为了挡雨而放下的玻璃窗，我什么都看不见。

但有一样东西永远不会倦怠，它依然准备着给你写信，依然想念你并爱着你，这就是你可怜的老友的心。尽管你的心、你的灵魂和你的面容都比他年轻那么多，但和你在一起的时候，他也就是一个孩子。

我还没有去参观布雷斯特。这里除了一座难看的路易十五②时期建造的圣絮皮斯式的教堂外，没有什么纪念性建筑，也没有雕琢精致的老屋。

---

① 布雷斯特（法语：Brest）：法国西部重要军港城市，属布列塔尼大区菲尼斯泰尔省。
② 路易十五（法语：Louis XV，1710—1774）：法国国王（1715—1774 年在位）。

我觉得就只有苦役犯监狱①和远洋战列舰值得一看了。

在圣布里厄②，贝尔纳家的姑娘们下了车，换了海军军官——艾斯诺纳先生——和他的家人上来。艾斯诺纳的夫人很漂亮，还有两个可爱的孩子。这位海军军官文学功底很强，夫人和孩子们也颇具诗才，我们将带着各自的诗情去参观苦役犯监狱，到时艾斯诺纳先生会领我进去，这样我就不用暴露身份了。

只要有一分钟的时间，就会给你写信。我可能会去卡纳克③转转，现在我已经蹚到大西洋的海水了。

我的小多多④好吗？你呢？大家呢？给我写一封长长的信吧。你能看出来并且你也知道我有多爱你。

向罗什城堡⑤的人们问好！

---

① 苦役犯监狱（法语：bagne）：布雷斯特的苦役犯监狱是法国第二大苦役犯监狱，仅次于土伦苦役犯监狱。

② 圣布里厄（法语：Saint‒Brieuc）：是法国西北部海滨城市，布列塔尼大区阿摩尔滨海省的首府。

③ 卡纳克（法语：Carnac，布列塔尼语：Karnaq）：法国布列塔尼大区莫尔比昂省小村名，该村周边有大片石器时代遗址——卡纳克巨石阵。

④ 多多（法语：François‒Victor Hugo，1828‒1873）：雨果次子。

⑤ 罗什城堡（法语：Château des Roches）：位于巴黎西南郊的比耶夫尔镇的一座城堡，属于一位爱好文学艺术的银行家，雨果一家经常去那里居住。

第二节　卡纳克

瓦讷①，8 月 12 日

我已经到达瓦讷。昨天我先经过一段惊心动魄的路到了卡纳克，下了那辆骇人的轻便马车之后，又步行到了洛克马里亚凯②。这一趟足足有 8 法里③，我的鞋底都磨坏了。不过，我亲爱的朋友，经历这些的同时，我收集到了很多观点和话题，足够咱们这一冬天闲谈了。

你无法想象这些凯尔特④人的建筑是多么阴森而奇特，我以前常跟你提起这里的那些奇妙的石头。不过，令人绝望的是，当地愚昧的农民几乎已经把巨石都推倒了，然后用它们来垒墙、盖房子。你想象一下，所有的支石墓，除了一个上面有十字架的，都倒在地上，直立的只剩下一些巨石柱。你还记得吗？这巨石柱就像我们 1825 年一起在欧坦⑤见过的一样——那是一次多么温馨美好的旅行啊。

卡纳克巨石阵给人带来的震撼颇为强烈：那是由无数的石柱一行行地排列而成的巨阵，完整的石建筑、被荒草湮没的大石圈和被推掉的支石墓，占据了不止两法里的平原。虽然现在我们看到的只是一片废墟，但它

---

① 瓦讷（法语：Vannes）：法国莫尔比昂省首府，布列塔尼大区南缘的重要历史观光城市。

② 洛克马里亚凯（法语：Locmariaquer，布列塔尼语：Lokmaria‐Kaer）：卡纳克以东小镇，属莫尔比昂省。

③ 法里（法语：lieue）：法国古里，1 法里约合 4 千米。

④ 凯尔特（法语：Celte）：公元前 2000 年活动在中欧的古老民族，主要分布在当时的高卢、北意大利、西班牙、不列颠与爱尔兰。

⑤ 欧坦（法语：Autun）：法国中东部城市，属勃艮第大区索恩—卢瓦尔省。

的伟大显然无法超越——多么愚昧的地方！多么愚昧的人民！多么愚昧的政府！

在洛克马里亚凯，我的脚被欧石楠刺得鲜血淋漓。这里只有两处巨石遗迹，但非常美！其中一处由一块巨石覆盖，另一处，巨大的石柱被雷击成了三截。你无法想象它们在这片原野上展现出的野性。

我在欧赖①过了夜，住在索诺大妈家，那是一个很棒的客栈。今天早上，我才来到瓦讷，在这儿我有很多东西要看。明天，我就出发去南特②。我还想顺道去图尔③看看，你写信的话可寄到那里。你会经常不断地给我写信的，是不是，我可怜的天使？

我会在20号左右回到巴黎。我可怜的小精灵，请替我亲吻咱们的小天使们。告诉露易丝小姐，每当我想起她待多多那么好，总是很感动。向玛蒂娜④问好。我给你写信的时候，你应该还在罗什，我就把信寄到那里了。再见，我的阿黛尔⑤，我比以往任何时候都更爱你。

---

① 欧赖（法语：Auray）：法国西部城市，属布列塔尼大区莫尔比昂省，百年战争中曾有欧赖战役。

② 南特（法语：Nantes）：法国卢瓦尔河大区大西洋岸卢瓦尔省首府，法国第六大城市，位于法国西北部卢瓦尔河下游北岸。

③ 图尔（法语：Tours）：法国中央大区安德尔—卢瓦尔省首府，巴尔扎克的故乡。

④ 玛蒂娜（法语：Martine）：雨果家的女仆。

⑤ 阿黛尔（法语：Adèle Foucher，1803—1868）：雨果的妻子。

第三节　图　尔

图尔，8 月 16 日，晚 10 时 30 分

想象一下我有多失望啊。在炼狱般的驿车后车厢里度过难熬的一夜之后，今天上午 10 时我终于到达了图尔。像往常一样，我渴望收到你的信，渴望知道你们的消息。因此，一下车我就直奔邮局，但是，什么都没有……我本以为会有十封信的。当时我真是难过极了。不过，其实这并不怪你。后来我算了一下，我从布雷斯特寄出的信，应当周三、周四才能寄到，而你的回信到达图尔，怎么也得周六早上了。明天晚上我才走呢，然后我会在昂布瓦斯①过夜。人们跟我说，信也许明天就到。啊！我需要知道你们在哪儿，是什么情况，你是否爱我，是否总是想着我。

从南特到昂热②，我坐的是蒸汽船。著名的卢瓦尔河③河谷，在乌东、昂斯尼、圣弗洛朗一带却如此索然无味，偶尔有几处山崖。靠近昂热的地方，倒是景色秀美，但这儿已经属于马耶讷河④流域了。蒸汽船又脏又臭又不方便，除此之外，我还遇到了德·法洛第夫人。你能想起来吗？就是以前的那个德·法洛第夫人。哎，我还得装出友好、客气的样子，真是煎

---

①　昂布瓦斯（法语：Amboise）：法国图尔东部的小城，坐落于卢瓦尔河南岸，以其城堡闻名。

②　昂热（法语：Angers）：法国卢瓦尔河大区曼恩—卢瓦尔省首府，位于南特以东，卢瓦尔河支流曼恩河河畔。

③　卢瓦尔河（法语：la Loire）：法国最长的河流，发源于中央高原，流程 1013 千米，注入大西洋，两岸有闻名世界的卢瓦尔城堡群。

④　马耶讷河（法语：la Mayenne）：法国西部河流，发源于奥恩省，与萨尔特河汇流形成曼恩河。

熬。更让人无奈的是，在我欣赏教堂漂亮的大门和彩绘玻璃窗的时候，她又倚在我的肩膀上，强迫我给她当向导。我可怜兮兮地陪着她回到佛桑旅社，这下更糟糕了，又碰到达布朗泰斯公爵前来跟我攀谈。这不是你认识的那个长头发、络腮胡的公爵，而是一个小个子、短头发、刮了胡子、肥嘟嘟的达布朗泰斯公爵。他带着一张军用路条要去绍莱①，属于那种穿着蓝色军大衣驻扎在欧石楠草丛中的人物。于是，我只好陪这位夫人和这位先生共进晚餐。晚上 8 时，我如获救似的登上驿车出发了，就是刚才提到过的那个恐怖的后车厢。可是当我在今天早上浑身散了架似的到达图尔时，却没有收到你的信，没有任何安慰我身体和心灵的只言片语……可怜可怜我吧。

我今天参观了图尔，发现自己成了各种仰慕者迫害的对象。在这里，热闹的集市上张贴着《吕克莱斯·波基亚》②的海报，学校也因为我的到来骚动起来。图尔有很多老房子，石头房子尤多，有两座罗曼式③的塔楼，一座华美的罗曼式的教堂，后者现在竟成了欧洲旅店的马厩，还有一眼极美的文艺复兴时期的喷泉，一座雄伟的要塞的残垣，以及一座建筑特色令人赞叹并饰有漂亮的彩绘玻璃窗的大教堂。这就是我今天在图尔看到的所有景致，明天我将继续游览。

我只是在暮色中隐约望见了昂热：大教堂的彩绘玻璃窗和正门雕刻真是无与伦比，古老的城堡也非常壮观，整个城市风景如画。我觉得咱们的优秀的路易④似乎不太欣赏这里，替我把这些讲给他听吧。

---

① 绍莱（法语：Cholet）：昂热西部城市，属曼恩—卢瓦尔省。

② 《吕克莱斯·波基亚》（法语：*Lucrèce Borgia*）：雨果 1833 年创作的一部戏剧作品。

③ 罗曼式（法语：roman, e）：罗曼式是罗马覆灭后神圣罗马帝国时期的建筑，是罗马式建筑和哥特式建筑的过渡风格。

④ 路易·布朗热（法语：Louis Boulanger, 1806—1867）：是法国 19 世纪著名浪漫主义画家和插图画家，雨果的密友。

明天我会去昂布瓦斯，到时会再给你写信。盼望收到你的来信，长长的信。如果明天我在动身之前能收到你的来信，我就会高高兴兴地把这封信封好寄出。

8 月 17 日，晚 11 时

今天依旧没有收到你的来信，我非常伤心地离开了图尔，并托人将以后可能寄到此地的信件转寄奥尔良①。现在我在昂布瓦斯，明天我会参观那里的城堡。我爱你，我的阿黛尔。代我亲吻蒂蒂娜、多多、夏洛和代代②，他们都是我的心肝宝贝。

---

① 奥尔良（法语：Orléans）：法国中央大区卢瓦雷省首府，位于巴黎西南图尔东北，为重要水陆枢纽。
② 蒂蒂娜（法语：Léopoldine Hugo, 1824—1843）：雨果长女；夏洛（Charles Hugo, 1826—1871）：雨果长子；多多（François - Victor Hugo, 1828—1873）：雨果次子；代代（Adèle Hugo, 1830—1915）：雨果次女。

第四节　埃唐普

埃唐普①，8 月 22 日

我的阿黛尔，谢谢你 19 日寄来的短柬。这对我来说就像口渴的人找到了一口甘泉，喜悦之情无以言表，我迫不及待地想看到更多的信。可是，这个愿望恐怕只能等到我回到巴黎拥抱你的时候才能实现了。

我说恐怕，是因为我可能比预期的晚三十六个小时才能到家。现在我在埃唐普，遇到了一位古董收藏家——格朗迈宗先生。他是保尔·拉克鲁阿的朋友，一位前国民自卫军的军官，著名的埃唐普城堡的主塔就属于他。据说附近的古迹数量庞大且精美绝伦，格朗迈宗先生很愿意带我参观一下。明天，我们将上山看一座已经倾圮的修道院。这里还有几座瑰丽的罗曼式教堂。其中的圣马丁教堂里有一座像比萨斜塔一样倾斜的塔楼。如果有机会，我可能还会从这里去枫丹白露②参观城堡，但是一到过节的时候，车子会又贵又不好找。——再给我写信就寄到默伦③吧。

我昨天在皮蒂维耶④及其周边地区度过了美好的一天。有一个叫作伊

① 埃唐普（法语：Etampes）：法国小城，属法兰西岛大区艾松省，位于巴黎市中心西南 50 千米处。

② 枫丹白露（法语：Fontainebleau）：法国小城，属法兰西岛大区塞纳—马恩省，位于巴黎市中心东南 55 千米，枫丹白露城堡自 12 世纪起成为法国国王的行宫。

③ 默伦（法语：Melun）：法国法兰西岛大区塞纳–马恩省首府，位于枫丹白露正北。

④ 皮蒂维耶（法语：Pithiviers）：法国中部小城，属中央大区卢瓦雷省，位于奥尔良东北，埃唐普正南。

艾弗尔勒夏泰尔①的小村庄，距离皮蒂维耶仅有两法里，我穿着千疮百孔的皮鞋步行前往，那里只有一座女子修道院和一座城堡，虽然二者都已成为废墟，但基本结构仍然完整，很宏伟。我把所见全部画了下来，请你雅正。

我的阿黛尔，我的小可怜儿，如果现在你在我身边，我将会多么快乐啊！哦，咱们一定要一起去旅行！

替我亲吻玛蒂娜和咱们那四个迷人的小家伙，你们知道我是多么爱他们！

可能这是我此行给你写的最后一封信了，我会紧跟着它到家，紧紧地拥抱你，好好地爱你。

维

这儿还有一封给咱们的小布娃娃②的信。多多好吗？他在那边玩儿得愉快吗？

---

①　伊艾弗尔勒夏泰尔（法语：Yèvres – le – Châtel）：法国皮蒂维耶附近的小村庄，曾被评为法国最美乡村之一。
②　布娃娃：指雨果长女蒂蒂娜。

第二章

1835 年

第一节　蒙特罗①

蒙特罗，7 月 26 日，晚上 6 时 30 分

你好，我的阿黛尔，我可怜的天使。你那边的行程怎么样？在我给你写信的时候，我猜你已到达目的地②并且歇息了片刻。我也到达了蒙特罗。

昨天早上 7 时，我乘蒸汽船出发，晚上 7 时到达蒙特罗。可是直到现在——也就是给你写信这会儿——已经一天过去了，我还待在原地。我心情很郁闷，不知道一小时后能否搭乘驿车去桑斯③，或是还需等到明天早上搭乘轻便马车去普罗万④。如果走桑斯的话，兜的圈子会大一些，但我能顺便游览特鲁瓦⑤和香槟沙隆⑥这两个地方。如果走普罗万，我就可以

---

① 蒙特罗（法语：Montereau – Fault – Yonne）：枫丹白露正东的小城，属法兰西岛大区塞纳—马恩省。
② 指昂热，当时阿黛尔正带着蒂蒂娜去昂热度假。
③ 桑斯（法语：Sens）：法国小城，属勃艮第大区约讷省，位于约讷河河畔。
④ 普罗万（法语：Provins）：法国小城，属法兰西岛大区塞纳—马恩省，位于巴黎东南桑斯正北，是中世纪防御古城和商业重镇。
⑤ 特鲁瓦（法语：Troyes）：法国中北部香槟—阿登大区奥布省首府，中世纪商业重镇。
⑥ 香槟沙隆（法语：Châlons – en – Champagne，原文为 18 世纪末至 20 世纪末年使用的名字：Châlons – sur – Marne）：法国香槟—阿登大区马恩省首府，位于特鲁瓦正北巴黎正东。

参观库洛米耶①和蒂耶里堡②。有个车老板使出各种伎俩想敲我的竹杠，但我偏偏不买他的账。

你呢，是否在想念你可怜的丈夫？咱们的蒂蒂娜好吗？替我吻她一千下。替我问候你可敬的父亲。昨天早上我出发时，孩子们都还乖乖地睡着，我代表咱们俩吻了他们。多多那个小家伙前一天晚上就赤条条地睡在我身边，我走的时候，他睡得正香。

再见，要记着给我写信，我可是从旅行的第一天就给你写信了。现在，给你一个拥抱，好啦，我很爱你，我的阿黛尔。

代我问候巴维③和他的兄弟，你知道我爱他们。

库洛米耶，7 月 28 日，中午 12 时

我的阿黛尔，我昨晚到达了库洛米耶。这是个没什么意思的城市，有座很一般的教堂、几个尖形拱肋和一座洛可可式的塔楼。不过周边的景致倒是不错，像是个树木环绕起来的小盆地。

我已经游览过了蒙特罗、布赖④和普罗万。蒙特罗就是我曾给你写信的那个地方，是一座风景如画的城市，处于约讷河⑤跟塞纳河⑥的 Y 状交汇处，因此人们在这里建了一座拱桥，站在桥上可以看到美丽的教堂。从

---

① 库洛米耶（法语：Coulommiers）：法国小城，属法兰西岛大区塞纳—马恩省，位于普罗万以北。

② 蒂耶里堡（法语：Château - Thierry）：法国巴黎东北部小城，属法国皮卡第大区埃纳省，位于香槟沙隆以西。

③ 巴维（法语：Victor Pavie，1808—1886）：法国作家、诗人、艺术史家。雨果的朋友，家住在昂热，当时雨果妻女在他家度假。

④ 布赖（法语：Bray - sur - Seine）：法国巴黎东北部小城，属法兰西岛大区塞纳—马恩省，位于蒙特罗以东普罗万以南，全称"塞纳河畔布赖"。

⑤ 约讷河（法语：l'Yonne）：法国东北部勃艮第大区的河流，塞纳河的主要支流之一。

⑥ 塞纳河（法语：la Seine）：法国北部大河，全长 780 千米，发源于勃艮第大区山谷中，流经巴黎，在勒阿弗尔入海。

无畏的约翰①到拿破仑②，各式各样的名人都曾从这座桥上走过。

我登上了可以俯瞰整座桥的山顶，站在 1814 年拿破仑亲自校准炮位的地方，随手摘下一朵夹竹桃花——别吃惊，因为现在这儿是公园了。从那里远眺，风景很美，两条河流交汇而成的巨大的 Y 字气势恢宏，与周边的美景相辅相成。

布赖是一座又脏又臭的小城，早上醒来后我在旅店的墙上写下了一首打油诗：

> 这个旅店令人厌，嘈杂肮脏真少见。
> 尘土满屋难落座，厨房腥臭饭难咽。
> 商贩叫得刺人耳，臭虫咬得斑成串。
> 彻夜未眠登程去，从此不登此门边。

（我给你写信的时候，一只漂亮的小母鸡披着一缕阳光，在我脚上啄食着不知什么东西。）

说到普罗万，那就不同了，不是说旅店，而是整个城市。这里有四座教堂、一座非常美丽的城门、一座由四座带扶垛的小塔簇拥着的主塔、雄伟高耸的围墙和一座塔的残垣……所有这些古迹，巧妙地散布在两座林木葱郁的小丘陵上。当然，还有一些美得可以入画的老屋。你看，这是一幅主塔的速写，我仔仔细细地参观了这座塔，颇有收获。

纸上的地方快不够了，但我还是想告诉你：我希望你玩儿得愉快，希

---

① 无畏的约翰（法语：Jean sans Peur，1371—1419）：勃艮第公爵（1404—1419 年在位）。
② 拿破仑（法语：Napoléon Bonaparte，1769—1821）：全名为"拿破仑·波拿巴"，法兰西第一共和国执政（1799—1804 年在位），法兰西帝国皇帝（1804—1815 年在位）。

望你想着我、爱我。今天对于我们优秀的巴维来说是个好日子，我祝愿他能有一个像你这样的妻子，如果这个愿望能实现，请他感谢上帝吧。

　　吻你，再吻你，吻蒂蒂娜。我要去吃午饭了。半小时后我将出发去蒂耶里堡。

　　我爱你，我的阿黛尔。

维

第二节　苏瓦松①—库西②—拉昂③

拉费尔④，8月1日，中午12时

　　我的阿黛尔，我将在两天后到达阿布维尔⑤，一想到在那里我又能收到你的信，心里就非常高兴。但愿你玩儿得愉快，希望咱们的老朋友们比以前更好。我这边住宿的情况不怎么样，比以往在任何地方住过的客栈都更差劲。

　　我的旅行路线很随机，因为一路上车子都很难找，有时候还得步行很长一段。但我知道人在途中的意义，一路的风景给了我很多安慰。我参观了蒂耶里堡和拉·封丹⑥的故居，后者正待售。一位法院的老院长特里贝尔先生热情而有礼貌地接待了我。

　　在苏瓦松，我跟炮兵司令德·博诺先生和他的家人一起参观了精美的圣让修道院遗址，他们都很友好且好客。

　　距离苏瓦松两法里，在一条远离所有道路的宁静山谷中，有一座可爱的15世纪的小城堡，叫作"七峰"。我已经请求德·博诺先生帮我留意，如果哪天这座小城堡以10000法郎左右的价格出售，就赶快通知我。到时候我就为你买下它，我的阿黛尔，这曾是苏瓦松地区主教们的乡间别墅，

---

①　苏瓦松（法语：Soissons）：法国北部小城，属皮卡第大区埃纳省，位于埃纳河南岸。
②　库西（法语：Coucy-le-Château-Auffrique）：法国北部小城，属皮卡第大区埃纳省，位于苏瓦松正北，全称"库西堡—欧佛里克"。
③　拉昂（法语：Laon）：法国北部皮卡第大区埃纳省首府，在苏瓦松东北。
④　拉费尔（法语：la Fère）：法国北部小城，属皮卡第大区埃纳省。
⑤　阿布维尔（法语：Abbeville）：法国北部小城，属皮卡第大区索姆省，在该省首府亚眠西北。
⑥　拉·封丹（法语：La Fontaine，1621—1695）：法国著名的寓言诗人，出生在蒂耶里堡。

是你能预期的最好的住所了。

你无法想象苏瓦松河谷有多么美丽，当时我们正向库西进发，登上山坡后一转身就能俯瞰到整个河谷的美景，我不愿意错过最后的欣赏机会，于是几乎是倒退着上山的。圣让修道院两座镂空的尖塔、大教堂、塔楼和山墙等建筑星罗棋布，整座城市浸润在绿色和蓝色之中，一条蜿蜒的河流在这里打个结又在那里解开……想象一下，这有多么美！多希望你也在这里呀，我可怜的天使，但一想到你也不得不走 4 法里的山路才能到达库西，我又会很心疼。

我不给你画库西了，就给你讲讲吧。这是座中世纪的古城，坐落于一座小山丘上，原始状态保存完好。有一座令人赞叹的城堡主楼，位于小城最高处，就像指端的指甲一样。而所有这一切都在一片瑰丽的平原之上，我们还能看到稻田、黄色的大路、蓝色的河流，小径两边种植着低矮的苹果树，其间不时有运草的马车穿行。

从库西到拉昂的路上，有一位德·库杜勒先生搞了一个哥特式钟楼之类的建筑物来吸引游客，我花了 30 苏①，才在仆役的指点下找到了那座树丛中的塔楼。让他见鬼去吧！

我今天早上离开了拉昂。拉昂是座古城，而其中的大教堂俨然成了一座城中之城。这座宏伟的教堂本身应当有六个塔楼，但它只有四个，这个颇具拜占庭风格的镂花塔楼很像 16 世纪的尖塔。拉昂的一切都很美：教堂、房屋、近郊，等等——除了我住的那家"猪头"客栈。临走的时候，我在客栈的墙上写了一首打油诗：

致"猪头"客栈老板

客栈老板真坑人，

---

①　苏（法语：sou）：辅币名，约合 1/20 法郎。

房间龌龊味难闻。

虱虫满屋怎入住？

餐具肮脏世无伦。

清汤寡水卖高价，

饭菜以假来充真。

若问此事堪何比？

胜景之中拱猪唇！

我跟你说，这客栈的老板做事真是肆无忌惮。他让客人吃死鸡，却还躲在一边嗤笑，真是可恶至极。

现在我在拉费尔，用等待午饭的时间给你写信。这顿午饭注定好不到哪儿去，因为我要和三个粗俗又愚蠢的家伙一起享用。客栈的墙上画着围猎图，我觉得这也不是什么好兆头，可能意味着这里没什么佳肴，所以画了这样的画，大有画饼充饥之意。

就写到这儿吧，我挚爱的阿黛尔，一封长长的信。期待着你也给我写一封这样的长信来，讲讲你那边都发生了什么，你看到了什么，做了什么。下次我会给咱们可爱的小布娃娃写信，让她先给我写吧。代我向你可敬的父亲问好，他也要回到布列塔尼度假了吧？你知道我爱他。

再见，我可怜的天使，有人叫我去吃饭，都来不及写完最后一段了。向咱们的朋友问好，告诉他们我从心底里想念他们。

不过，我首先是属于你的。

维

现在我启程去圣康坦①，今天晚上就能到。希望能很快见到你和孩子们，那将多么幸福啊。

---

① 圣康坦（法语：Saint - Quentin）：法国北部小城，属皮卡第大区埃纳省。

第三节　亚眠①—阿布维尔—勒特雷波尔②

勒特雷波尔，8 月 6 日

我亲爱的朋友，昨天对我来说真是喜忧参半：喜的是我终于收到了你的来信，忧的是只有一封。不过，我还是很高兴地知道你们已经安顿了下来，而且也收到了蒂蒂娜寄来的信，再替我亲亲她吧。当我得知旅途让你的父亲感觉劳累，我心里真不好受。告诉他回来的路上要多小心一些，照顾好自己。我估计你收到这封信的时间虽然会比较晚，但应该还是在你们动身返回巴黎之前，因此我还是决定把信寄过去。

我在阿布维尔逗留了将近 24 个小时。这几天，为了参观那些城堡，我一路小跑地大约走了 20 法里的路程，真有点儿累。我期待着一到这里就看到你的信，可我去了两趟邮局，都一无所获。我不怪你，我的小可怜儿，我知道你已经尽力了。在阿布维尔，我收到了玛蒂娜的一封信，从她的信里我知道了一些留在家里的可爱的小家伙们的消息。

我参观了几处古迹：在科尔比③，有两座漂亮的塔楼和几处依然明显的封锁壕；在博沃，看了一座已经开裂的塔楼；在皮基尼，只剩下几堵残垣了。

---

① 亚眠（法语：Amiens）：法国北部皮卡第大区索姆省首府，亚眠圣母院是法国最宏伟的哥特式大教堂。

② 勒特雷波尔（法语：le Tréport）：法国北部渔港小城，属上诺曼底大区滨海塞纳省，面对英吉利海峡（la Manche），以独特的石灰岩悬崖景观闻名。

③ 科尔比（法语：Corbie）：和博沃（法语：Boves）、皮基尼（法语：Picquigny）均为亚眠周边小城，属皮卡第大区索姆省。

亚眠圣母院是一座神奇的建筑，不过我在那儿看到了关于约瑟夫·巴拉①这个傻孩子的作品，那感觉就像我们在维纳斯的身上发现了跳蚤。

阿布维尔的圣乌尔弗朗大教堂有一扇宏伟的大门，雕刻得十分精细，设计得巧夺天工。这座古城的彩色房屋让我想起西班牙的布尔戈斯②，只有这样的地方，才让人觉得真实。

昨天我参观了厄镇③，那儿的城堡非常别致有趣，只是被最近的几次修缮给弄得太过整洁，失去了原本的韵味。我在一所中学的校园里参观了巴拉弗雷④和他妻子的墓，均是 16 世纪的杰作。在教堂的地下墓室里，还有厄伯爵和阿尔特瓦伯爵的坟墓。可笑的是，我在那里参观时，还有两位宪兵严密监视着，让人说什么好呢！

晚上我到达了勒特雷波尔。离海这样近，要是不去蹚蹚海水，我是绝对睡不着的。现在我心情愉悦，海浪都要舔到我的窗扇了。

我的阿黛尔，大海真是很美，但愿有一天我们能一起看。

昨夜，我在悬崖上散步，走了很长时间。啊！当时，我有一种振翅欲飞的冲动，要不是想到在巴黎咱们的小家，我可能真要从悬崖上"飞"出去了。

但是，你还在世上，我就不走了，而且，我的天使，只要你在，我就一直陪着你。我就这样被生活锁住，但我喜欢这个有你在的牢笼。

我还想看海，不知道这种渴望是否会让我放弃去鲁昂⑤，而是直接去

---

① 约瑟夫·巴拉（法语：Joseph Bara，1779—1793）：法国大革命中传奇式的少年英雄。

② 布尔戈斯（法语：Burgos）：西班牙北部城市。

③ 厄镇（法语：Eu）：勒特雷波尔东部小城，属上诺曼底大区滨海塞纳省。

④ 巴拉弗雷（法语：Balafré，1550—1588）：第三代吉斯公爵，法国宗教战争中，天主教和神圣联盟公认的领袖。

⑤ 鲁昂（法语：Rouen）：法国西北部上诺曼底大区滨海塞纳省首府，塞纳河流经此城，百年战争期间，圣女贞德在此就义。

卡昂①。不管怎样，你先把信寄到芒特②吧，留局待领。如果我不能亲自去取，在那儿还比较容易找到人帮我转寄信件。

我还给布朗热写了一封信，附在这封信下面了，请转交给他。也请你把这些短信转交给孩子们，并替我吻他们。

再见，我的阿黛尔，拥抱你将是我最大的喜悦。

你的维克多

向亲爱的玛蒂娜问好。向所有记得我们的人致意。可怜的南特伊③身体怎么样了？我走的时候他还生着病。

致路易·布朗热

勒特雷波尔

路易，我现在在海边。大海总是让我想起您，而且您知道，我一直把您当作兄弟。

多希望您也在这里呀，那样的话，不仅"您在我身边"，更重要的是"您也在海边"。我们这些人，总是热爱大海，这种热爱激起了无尽的诗情。在海边的悬崖上漫步的时候，我能感觉到头脑中波涛汹涌，就像天空下这片壮阔的海洋。

我昨晚到达此地，首先参观了教堂。这个教堂位于小城的最高处，就像整座城市的屋顶一样，我顺着楼梯登上顶部，辽阔的海面呈现在眼前。

---

① 卡昂（法语：Caen）：法国西北部下诺曼底大区卡尔瓦多斯省首府。

② 芒特（法语：Mantes - la - Jolie）：巴黎西部偏北的小城，属法兰西岛大区伊夫林省，全名"芒特拉若利"。

③ 南特伊（法语：Célestin Nanteuil, 1813—1873）：法国浪漫派画家、雕刻家和插图画家，雨果之友。

您想想，一座教堂就这样高高地矗立在山顶，为的就是让水手们远远地就能望见，为的就是告诉他们"我在这里"，世上还有比这更温存更美好的呼唤吗？我很喜欢看到水手来到教堂里（据说以前勒特雷波尔的教堂中的确有过一位），似乎这些与海洋朝夕相处的人，唯有在教堂里才能找到与大海相平衡的力量。在大洋边上能想到的令人不快的东西就是宪章和众议院了。

好吧，我还想说：时间可以淘洗出艺术的伟大！您没有同感吗？上帝的力量体现在自然之中，而自然的力量体现在艺术之中。

昨晚夜幕降临的时候，我去海边散步。当时月亮正在升起，海水正在涨潮，那些三桅帆船和渔船从勒特雷波尔海港的瓶颈处相继出航。灰色的薄雾笼罩着海天交接处，我只看到船和帆的线条变得越来越模糊，最终都隐没在了那片雾里。海浪一层层地涌来，看上去就像人们在房顶上铺的一块块的青石板。风很大，视野里遍布颤动着的墨绿色水洼，海浪嘶哑的喘息声和阴沉的景象笼罩着天地。长浪先是像一层柔软平滑的细布铺上海滩，退去时却被石子划得面目全非。这景象真是既壮丽又可怕。大海在绝望地颤抖，月亮阴冷地高悬着，它们之间有一种诡异的联系。海，像一头痛苦的浑身布满鳞片的巨兽，被月亮死尸般冰冷的面容吸引着，就像可怜的鸟儿被蛇的目光吸引一样。月亮究竟有怎样的魔力，能在9万法里①之外的天际，把海洋变成它的猎物了呢？

昨天，在短短的几个小时之内，我看到了大海的三种不同面貌：

第一种，是下午2时，在阿布维尔和瓦里讷②之间，我在右手边远远

---

① 月球距地球的平均距离为38万千米（约合9.2万法里），海洋的潮汐现象即由月球的引力产生。

② 瓦里讷（法语：Valines）：法国北部小城，属皮卡第大区索姆省，在阿布维尔和勒特雷波尔之间。

地望见了她，那时的海就像一片雾气摊在地平线上。

第二种，是在厄镇附近，夕阳西下的时候，天空灰暗，雾气氤氲，海填满了两座丘陵之间三角形的空隙。不知太阳是在怎样的角度，只见这片空隙被金色的阳光铺满，没留一个死角，表面是一层轻轻颤动的云纹。这一切，是在我们的车行至高坡上的时候突然显现出来的，就像在山谷间开了个光芒四射的豁口，与晦暗的天空形成强烈对比。您能想象这情景吗？

第三种，就是夜间涌起的晚潮。

看来这封信是写不完了，我还没有谈到您呢，我亲爱的朋友。不过我觉得，谈海，似乎就是在谈您了，因为如果您现在和我在一起的话，我们就不用说这些，而是可以谈很多别的话题了。哦，多希望您也在这儿啊！这样，我有了一位朋友，而海，有了一位大画家。

再见。纸短情长，紧握您的手。但愿我在这边欣赏美景的同时，您在那边也能绘出美丽的画。

维克多·雨果

第四节　迪耶普①—费康②—埃特勒塔③

蒙蒂维利耶④，8 月 10 日，早上 8 时

我的阿黛尔，这会儿你可能就要到达巴黎了吧？我在勒特雷波尔写给你的最后一封信没有寄往布卢瓦⑤，因为我怕它不能及时到，所以它很可能和这一封同时送到你手上。

上封信之后，我看过了从勒特雷波尔到勒阿弗尔⑥的所有海岸线，当然，这话说得稍早了些，我毕竟还要再走三个小时才能到达勒阿弗尔。

我参观了迪耶普，那里有一座外观还算漂亮的城堡，不过也只剩下些稀奇古怪的遗迹了。比如一扇漂亮的文艺复兴时期的窗子，据说隆格维尔伯爵夫人⑦就是从这扇窗子逃脱的。这位当年的贝里伯爵夫人⑧，比现在这位可要漂亮多了。另外，这传言也不能完全相信。因为去年在昂布瓦斯

---

① 迪耶普（法语：Dieppe）：法国北部沿海小城，属上诺曼底大区滨海塞纳省，位于勒特雷波尔西南。
② 费康（法语：Fécamp）：法国北部沿海小城，属上诺曼底大区滨海塞纳省，位于迪耶普西南。
③ 埃特勒塔（法语：Étretat）：法国北部沿海小城，属上诺曼底大区滨海塞纳省，位于费康西南，以白色石灰岩海岸闻名，有座美丽而著名的象鼻山。
④ 蒙蒂维利耶（法语：Montivilliers）：法国北部小城，属上诺曼底大区滨海塞纳省，位于埃特勒塔正南、勒阿弗尔东北。
⑤ 布卢瓦（法语：Blois）：法国中部大区卢瓦尔—谢尔省首府，位于图尔和奥尔良之间。
⑥ 勒阿弗尔（法语：Le Havre）：法国重要海港城市，仅次于马赛港，属上诺曼底大区滨海塞纳省，位于塞纳河入海口北岸，被称作"巴黎外港"。
⑦ 隆格维尔伯爵夫人（法语：Duchesse de Longueville，1619—1679）：亨利二世的女儿，以美貌和风流著称。
⑧ 贝里伯爵夫人（法语：Duchesse de Berry，1798—1870）：查理十世的儿子贝里伯爵的妻子，查理十世被推翻后，她为自己的儿子力争王位。

的时候，人们也曾指着一扇窗子给我看，说那是隆格维尔伯爵夫人当年的逃遁处。把这样一位美丽的贵妇，用绳梯挂在所有文艺复兴时期的窗棂上，亏人们想得出来！

此外，这个城市本身很平庸乏味，但幸好它靠海，大海将它触碰到的一切都变得美丽而富有诗意了。

迪耶普之后，我参观了圣瓦莱里昂科①，一个无趣的小港口。后来又到了费康，这可是个迷人的城市，有一座漂亮而朴素的哥特式教堂，保留了罗曼风格，再加上文艺复兴时期的精致的小礼拜堂，真是美极了。还有15 世纪美观的坟墓和彩绘的玻璃窗。我们能看到的最美的东西要数散落在教堂中的祭廊残迹了。在坟墓上那幅美妙绝伦的《顶礼圣母像》中，有很多像拉斐尔②油画里的头像，如真人大小。其中有一位手执书本的人物形象，在安格尔③的画作中是最好的，你尽管去想象吧，我甚至怀疑他自己再也绘不出比这一幅更传神的画作了。

从费康出来，由于找不到车，我步行了 4 法里到达埃特勒塔，又步行了 4 法里到达蒙蒂维利耶，昨天一天可是值了。到达蒙蒂维利耶的时候，已经是晚上 11 时了。我敲开旅店的大门，美丽的女主人布玉姑娘和蔼可亲地接待了我，她让我睡在一间配有华美的桃花心木家具的房间里，还给了我天蓝色的信纸，我就是在用这张纸给你写信，我的阿黛尔。

我在埃特勒塔见到的景色美不胜收，海边的岩壁上，每隔一段距离就会有一个天然的拱形洞穴，潮水涌来，在拱下拍打着岩壁。我等着潮水退

---

① 圣瓦莱里昂科（法语：Saint – Valery – en – Caux）：法国北部沿海小城，属上诺曼底大区滨海塞纳省，位于迪耶普和费康之间。

② 拉斐尔（法语：Raphaël，1483—1520）：意大利画家、建筑师。与达·芬奇和米开朗琪罗合称"文艺复兴艺术三杰"。

③ 安格尔（法语：Jean Auguste Dominique Ingres，1780—1867）：法国新古典主义画派画家。

去，然后穿过海草、水洼以及附着在巨大的卵石上的像头发一样被波浪梳洗过的滑溜溜的绿色海藻，来到我画的这幅象鼻山下。这巨大的岩洞四周峭崖壁立，左右都被海水冲刷出很多像门廊一样的昏暗洞穴，象鼻山的大拱下的石壁也是镂空的，从这里还能看到第二道拱门。底部，有很多粗糙的岩柱柱头，是被四周的海水侵蚀而成的。这是我见过的最宏伟的"建筑"了。见到布朗热的时候，你告诉他，与天然的埃特勒塔比起来，皮拉纳兹①的作品什么都算不上。

在远处的海面上有一艘船，那浅灰色的帆映出一幅巨大的拿破仑的肖像，一切都太美妙了。

还没跟你说，在费康的时候，我曾在满月下看到远海，真是美极了。当时一艘挪威船出海，水手唱着歌，给人的感觉很幽怨。当时，在我身后，就是位于两座丘陵之间的费康城和它的钟楼；在我面前，是一起融化在月光中的大海和天空；在右边，是海港稳固的灯塔；在左边，是崩塌下来的悬崖巨大的阴影。我站在防波堤的一个脚手架上，这架子随着每一股涌来的海浪颤动着。当时，我想起了你，我可怜的天使，想起了咱们的孩子，想起了在皇家广场②玩耍的代代，想起了你举手投足间散发出来的迷人的清新气息。

---

① 皮拉纳兹（法语：Piranèse，1720—1778）：意大利著名雕刻家和建筑师。
② 皇家广场（法语：Place Royale）：巴黎最古老的皇家广场，兴建于 17 世纪，雨果一家从 1832—1848 年住在该广场六号楼，1870 年广场更名为孚日广场（法国：Place des Vosges）。

　　我还没有参观蒙蒂维利耶，再过一小时我就坐在公共马车的上层车厢里出发去勒阿弗尔了，到那儿再吃午饭。不用说，走到哪儿我都是隐姓埋名的，并且除了在苏瓦松，还从来没被认出来过。车子一准备好，我就从勒阿弗尔坐车去鲁昂或是卡昂。如果去卡昂，我会比预期晚到家三天。对了，在迪耶普，我还看到了雄伟壮丽的阿尔克城堡残垣。

　　我的阿黛尔，写信还是寄到芒特吧。

　　希望这次小小的旅行对你有好处，让你身材保持丰满，精力充沛。我要利用在诺曼底的时间仔细游览。只不过这样就要晚些拥抱到你了，好长时间没有见到你们了，我的天使们。

　　请接受你的老友无限的吻。替我拥抱大家！

维

第五节 勒阿弗尔—鲁昂

鲁昂，8 月 13 日

亲爱的朋友，我一路搭顺风车到达鲁昂，现在已经基本决定不去卡昂了，因为那样太绕远。我给你写信的时候还没有开始游览，因为昨晚 11 时我才到。不过，当时皎洁的月光从山坡上倾泻下来，整座城市的影子在大地上呈现，静静流淌的塞纳河则像一条明亮的玉带拥抱着刚刚入梦的鲁昂，很美。

自从上封信之后，我又看到了很多漂亮的景致：蒙蒂维利耶的罗曼式钟楼，勒阿弗尔的桅杆林，阿夫勒尔①教堂高耸的镂空钟楼，利勒博讷三座不同构思的建筑——哥特式教堂、封建王朝时期的城堡主楼、古罗马时代的剧场；唐卡维尔，拥有一座比宫殿还美的城堡残垣；考特贝克就像用石头镶了花边；圣旺德里尔，这精美的地方被勒努瓦②家族糟践了；瑞米耶日，比图尔尼③还漂亮。这些景致，像一颗颗珍珠被美丽的塞纳河仔细地串了起来。

今天，我要参观鲁昂。

---

① 阿夫勒尔（法语：Harfleur）：和利勒博讷（法语：Lillebonne）、唐卡维尔（法语：Tancarville）、考特贝克（法语：Caudebec）、圣旺德里尔（法语：Saint – Wandrille）、瑞米耶日（法语：Jumièges）均为从勒阿弗尔沿塞纳河而上到鲁昂要经过的城市，属上诺曼底大区滨海塞纳省。

② 勒努瓦（法语：Yvetotais Nicolas Cyprien Lenoir，1733—1829）：勒努瓦家族从 1792 年起在圣旺德里尔开办工厂，对当地的自然环境造成了一定的破坏。

③ 图尔尼（法语：Tournus）：法国东部城市，属勃艮第大区索恩—卢瓦尔省。

我的阿黛尔，你看，这些美好的事物都不能阻止我想起你，我的小可怜儿。你是美丽中的美丽，优秀中的优秀，与你团聚时我将会多么欢喜啊！

在鲁昂之后，我就只剩下欣赏塞纳河岸的风景了，离河越近越好。如果钱还够，我可能还会经过日索尔①到贡比涅②地区，去参观那里的皮埃尔丰③城堡，我的城堡之旅独缺此处，争取补上。

等待美好的真正的吻，我在此拥抱你，我的阿黛尔，也拥抱亲爱的孩子们和玛蒂娜·勒须里卡·易·加拉莎。——爱我吧！

你最好的最可靠的朋友。

维

来信寄芒特，留局待领。

---

① 日索尔（法语：Gisors）：法国北部城市，属上诺曼底大区厄尔省。
② 贡比涅（法语：Compiègne）：法国北部城市，属上皮卡第大区瓦兹省。
③ 皮埃尔丰（法语：Pierrefonds）：皮埃尔丰东北部小镇，其城堡建成于 14 世纪末。

第六节　鲁昂—莱桑德利①—拉罗什吉永②

拉罗什吉永，8月16日

　　我在拉罗什吉永，想念你。整整十四年前，也许日期都不会错，我就在这里，想念谁呢？想念你，我的阿黛尔。哦！我的心一点儿没变，我爱你胜过世界上的一切，你可以相信我。你就是我的生命。

　　这里凄清质朴的景色一点儿也没有变。依旧是新月形的塞纳河，依旧是有着苍茫轮廓的丘陵，依旧是广阔的林带，依旧是当年的城堡。只不过城堡的主人已逝，而我——当年的过客——已垂垂老矣。另外，城堡里摆设的依旧是当年封建领主的家具，我又见到了路易十四③坐过的椅子和亨利四世④睡过的床。

　　至于我以前睡过的那张床，就是拉罗什富科⑤红衣主教曾经睡过的那张大床，在半年前被现在的主人改成了台球桌，因为德·罗斯蒂涅克先生抱怨说这床太大了。这样一来，我的任何痕迹都不存在了。哦，也不对，当我因这里的物是人非浮想联翩的时候，一个仆人以为我是个生客，突然过来跟我说：维克多·雨果曾经来过这里。他还拿出一本公共的留言簿给我看，上面有一个游客抄的我的半句诗，下面还署着我的名字。他们就拿

---

①　莱桑德利（法语：les Andelys）：法国北部小城，属上诺曼底大区厄尔省，位于塞纳河岸。
②　拉罗什吉永（法语：La Roche－Guyon）：法国北部小城，属法兰西岛大区瓦勒德瓦兹省。
③　路易十四（法语：Louis XIV，1638—1715）：法国国王（1643—1715年在位），自号"太阳王"。
④　亨利四世（法语：Henri IV，1553—1610）：法国国王（1589—1610年在位），法国波旁王朝的创建者。
⑤　拉罗什富科（法语：La Rochefoucauld）：法兰西最古老的家族之一，1659年起拥有拉罗什城堡，先后出过三位红衣主教。

这个蒙骗来访的人。

　　我就由他们错去，反正纠正他们也没什么意义。既然我在这里真实的痕迹已经不复存在了，让一个赝品来代替又有什么大不了的。十四年前，同样在这个想念你的地方，我的名字也是这样被不断念叨着。在这座倾圮的塔楼下面有过多少新鲜的梦想啊！今天，遗迹已经不再是遗迹，而我自己，也有很多地方崩塌了！

　　然而，我对你的爱永远不会倒塌，我可怜的天使。它就像坚固的墙心，随着墙面的剥落才能逐渐显露出来，为人所见。虽然斑驳，但坚不可摧。

　　我任由思绪飞驰，一个小时之后就要出发去芒特了，去收你的信，收那些让我充满喜悦和无尽期待的信。没错，我爱你。

　　我要给你讲讲昨晚过夜的莱桑德利，以及那里的加雅尔城堡①。这个城堡是由很多颓圮的塔楼组成的，从那上面可以看到蜿蜒的塞纳河的四个河湾，我把它画了下来。

　　我参观了鲁昂，告诉布朗热我去过那儿了，他知道我是什么意思。我在那里待了两天，13 日和 14 日，什么都看了：统计院、布尔格—泰洛尔德旅店、法院、大钟、圣乌昂教堂、圣马克鲁教堂、圣万桑教堂的彩绘玻璃窗、喷泉、精雕的老房子，还有似乎转过任何一个街角都能望见的宏伟的圣母院。我登上了圣乌昂教堂的钟楼，整座城市和周边的景物尽收眼底，真是美极了。

　　对了，刚才忘记跟你说了，我在加雅尔城堡的地堡中见到了用铅笔写的我的名字，旁边还写着罗西尼②。

　　有人叫我去吃饭，先写到这儿。几小时后我就到芒特和你（的信）在一起了。

------

　　①　加雅尔城堡（法语：le Château – Gaillard）：位于莱桑德利的 12 世纪古堡，由英格兰国王理查德所建，从古堡可俯瞰塞纳河河谷。

　　②　罗西尼（意大利语：Gioachino Antonio Rossini，1792—1868）：意大利歌剧作曲家。

第七节　蓬图瓦兹①—皮埃尔丰

蓬图瓦兹，8 月 17 日

我昨天在芒特收到了你的那些信。非常感谢你，我的阿黛尔，感谢你信里面那些温暖甜蜜的话语。你是爱我的，不是吗？感谢你对父亲的照顾，我爱他就像爱我自己的父亲，不，胜过爱自己的父亲，因为那是"你的"父亲。感谢我的蒂蒂娜写的温馨的短信。感谢善良的夏蒂翁②。替我拥抱咱们的孩子们。

你写的所有东西都很有价值，继续写吧，以后的信都请寄到维莱科特雷③。我还要去贡比涅看皮埃尔丰城堡，现在我已经到了蓬图瓦兹。不过如果找不到车去桑利斯④（这种情况很可能发生），我就直接回巴黎了，这样我也一点儿都不遗憾，因为那样就要见到你了，去他的贡比涅吧。从现在开始，我随时可能出现在你面前。

很高兴知道你在昂热过得愉快。我心中充满对你和孩子们的思念。

替我拥抱他们，就写到这儿，邮车就要走了，向玛蒂娜问好。

你的维克多

---

① 蓬图瓦兹（法语：Pontoise）：法国巴黎西北部城市，法兰西岛大区瓦勒德瓦兹省首府。
② 夏蒂翁（法语：Auguste de Châtillon，1808—1881）：法国画家、雕刻家、诗人，雨果之友，曾给雨果及其家人画像。
③ 维莱科特雷（法语：Villers – Cotterêts）：法国北部城市，属皮卡第大区埃纳省。
④ 桑利斯（法语：Senlis）：法国北部城市，属皮卡第大区瓦兹省。

皮埃尔丰，8 月 20 日，下午 1 时

　　我的阿黛尔，我在皮埃尔丰的旅店给你写信，窗外是名胜古迹。车子很难找，我千辛万苦才到达这里。我马上就去维莱科特雷，而且，如果能搭上双层驿车，我大约能和这封信一起到达巴黎。我的心早已飞回去了。

维

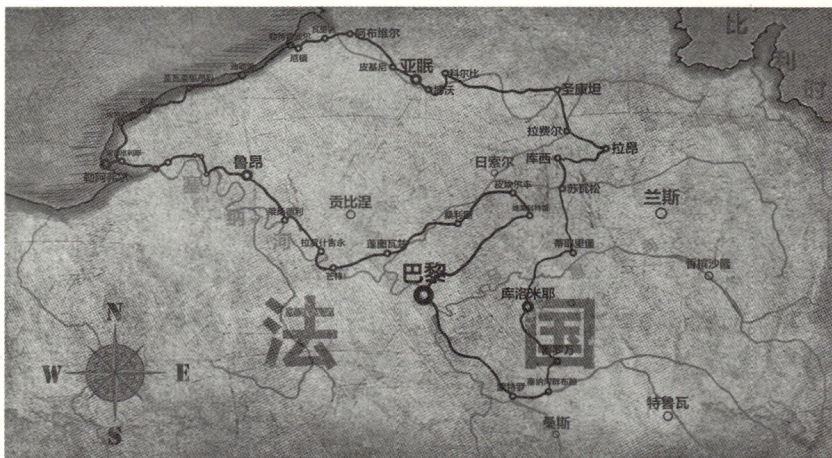

第三章

1836 年

第一节　沙特尔①

拉卢普②，6月18日

　　我现在在拉卢普的一家客栈里安顿了下来，我的阿黛尔，从沙特尔到这里，我走了九个小时，而现在我头脑中想到的第一件事就是给你写信。出发以后，我们一分钟也没有得闲，南特伊作画，我四处考察。第一天，我们在谢夫勒斯③吃了午饭，晚上睡在朗布依埃④。

　　我以前经常跟你说起谢夫勒斯，那里的城堡虽然被磨坊主加了一个荒谬的屋顶，但仍不失宏伟。至于朗布依埃，除了公园，城市和城堡都相当平庸。不过城堡里面有一座还算漂亮的塔楼，可惜两栋新式房屋紧贴其上，大煞风景。从比耶夫尔⑤开始，一路风景很好。第二天我们参观了曼特农⑥，15世纪的小城堡很可爱，还有17世纪建造的现已被废弃的引水

---

　　① 沙特尔（法语：Chartres）：法国中央大区厄尔—卢瓦尔省首府，沙特尔大教堂通常被认为是法国哥特式教堂建筑的最经典之作。
　　② 拉卢普（法语：La Louppe）：法国中北部小城，属中央大区厄尔—卢瓦尔省。
　　③ 谢夫勒斯（法语：Chevreuse）：法国北部小城，属法兰西岛大区伊夫林省。
　　④ 朗布依埃（法语：Rambouillet）：法国北部小城，属法兰西岛大区伊夫林省。
　　⑤ 比耶夫尔（法语：Bièvres）：法国北部小城，属法兰西岛大区埃松省。
　　⑥ 曼特农（法语：Maintenon）：法国中北部小城，属中央大区厄尔—卢瓦尔省。

渠。最后，我还在骤雨中远远地望见了沙特尔城生动的背影。

这里需要很多的篇幅和很多的惊叹号。沙特尔大教堂①真可称得上是建筑史上的奇观！

我们花了 36 个小时，把这座教堂里里外外、上上下下看了个遍。我们走过教堂的大殿，下到地下室，爬上钟楼，如饥似渴地从各个角度欣赏这座建筑。亏得我们对其了解不多，否则至少需要住上一年半载才能把它所包含的东西研究透。现在，我只能算是对这座令人眼花缭乱的艺术精品有了一个粗浅的认识。

教堂内部非常神奇！大殿高而昏暗，彩绘玻璃窗上镶满了钻石，祭坛周围的浅浮雕及其镂空的边框，称得上是 15 世纪、16 世纪之交的艺术精品。真是座宏伟的教堂！置身其中，简直就像在森林里一样，你既能看到许多细微繁杂的生命，又能感到世界整体的静谧伟大！这是源于自然的艺术结晶！既无限大又无限小，既细微精妙又气势恢宏！

唉，我们当今那些可怜的建筑师们啊，为了随便一个小小的建筑就要消耗那么一大堆石料。那些只会盖光秃秃的高墙的人，那些失去了艺术品位的艺术家们，居然能摒弃教堂里的阿拉伯装饰图案②，这与画橡树的时候把叶子都去掉有什么两样？他们真该来这里研究一下，学习学习怎样让简单去囊括复杂而井井有条的内容，怎样对细节进行精雕细琢而突出整体的宏大。

教堂的外观也很壮丽，耳堂③尽头的大门精美绝伦。大门由几扇带天花板的小门构成，立体感十足，从旁边看过去，就像埃及式的柱廊。雕像

---

① 沙特尔大教堂：始建于1145 年，是当时最大的哥特式建筑之一。
② 阿拉伯装饰图案：各种植物和抽象曲线相互盘绕构成的基本图案。
③ 耳堂：十字形教堂的横向部分，与教堂的大殿十字交叉。

与亚眠大教堂的类似，是基督教艺术最朴素时期的作品。

两座钟楼左右对峙，体现了慈悲与威严最和谐的对比。较为古老的那一座较低，仍为罗曼风格，虽有所装饰，但依然阴郁而庄严。另一座较新，高400法尺①，堪称瑰宝。

三个大玫瑰花窗，从外面看形状可人，从里面看色彩缤纷。

说到曾经的火灾②，不管报纸上怎么说，损失确实巨大，我是看过后才这么说的。我参观教堂的时候小心翼翼，就像平时那样，不向任何人透露我的姓名，以免引来礼貌的招待，反倒麻烦。这样的话，为了看到所有想看的东西，就不得不与愚蠢的敲钟人和傲慢的祭器管理人周旋。他们才是教堂的绝对主宰，这在哪儿都一样。珍贵的遗迹被圈了起来，好奇的游客想要观看，还得请他们高抬贵手。在沙特尔，情况还算好的呢，祭器管理人把这工作交给守护的士兵们去做。当你准备进去的时候，士兵就会向你喊："站住！有没有许可？"你问："由谁许可？""门房。"他回答。

我说损失巨大，是因为整个教堂的上半部分损毁得十分惨重，几乎到了无法修复的程度。精雕细琢的那些部分自不必说，粗大的框架的修复都缺少原料和工人，到哪儿去找栗木？有能力的屋架工也找不到。人们只好用铁架撑起屋顶，也算权宜之计吧，这样至少在外观上比鲁昂教堂那蹩脚的钟楼好看一些。

尖顶部分损坏得一点儿也不轻。这里不仅是屋顶被烧毁了，还有原本精致漂亮的石质窗口，都在火灾中被毁掉了，剩下的只是些在尖顶的横肋上凸出的被侵蚀的"断肢"。

至于老钟楼，罗曼式的装饰风格比较厚重而且紧贴石壁，因此还不至

---

① 法尺（法语：pied）：法国古长度单位，合325毫米。
② 此处指该教堂在1836年遭遇的一场大火。

于被烧得太走样，但我觉得这一座被坠物造成的震动的损伤似乎更大些。这样的打击对一个老人来说简直太沉重了①——而这位老人，已经在风雨中屹立了七百个春秋啊！

钟楼里面别有一番风致，高大空旷的房间的角落里，到处都能看到大堆大堆的灰土，还有些被火烧弯、变形甚至熔化了的废铁和碎铜，其中还能依稀辨出钟舌。你要是去靠一根残存的铁棍，会发现它像在牙槽颤抖得松动的牙齿一样。看上去状态还不错的拱顶，实际上早已开裂。你走上镂空的楼梯，也会发现它不停地颤动。粗大的断石在你脚下摇晃，被烈焰烘烤了十二个小时的花岗石栏杆不再光洁，手摸上去像暴起的鳞片。

现在我们能让谁去修复这样的建筑呢？杜邦②先生也许可以。但我看还是省省刚修复了圣丹尼教堂的这双笨拙无知的手吧。对于只能建造交易所和玛德莲教堂③这样的混合仿制品的泥瓦匠来说，承接沙特尔或圣丹尼教堂这样的工程还是需要很大勇气的。有谁敢对维尼奥尔④和安德烈·哥隆邦⑤这样天才建筑师的作品评头论足呢？如果你对该建筑原有的艺术风格都不了解，怎么敢对如何修缮指手画脚呢？

教堂内部的损毁也十分严重，不过不能归咎于火灾，而应当谴责那些负责修缮的建筑师们。最蹩脚的一个地方就是把布里唐的那套洛可可的玩意儿带进了祭坛，他们在原本阿拉伯—哥特风格的围屏上开了个缺口，并围绕其绘出一道道光轮。

啊，善良的沙特尔人啊，既然你们要修缮，那就把你们的祭坛好好修

---

① 法国 17 世纪悲剧作家高乃依的名著《熙德》中，唐·狄哀格受辱后的一句话。

② 杜邦（法语：Félix Duban，1798—1870）：法国建筑师，参与了多座历史建筑的修复。

③ 交易所（法语：Palais de la Bourse）、玛德莲教堂（Eglise de la Madeleine）：均为 18 世纪、19 世纪之交巴黎的新古典主义建筑。

④ 维尼奥尔（法语：Vignole，1507—1573）：文艺复兴时期意大利著名建筑师。

⑤ 安德烈·哥隆邦（法语：André Colomban）：法国建筑师、雕塑家，擅长建造宗教类建筑。

一下。给我把布里唐赶走，以及他的《圣母升天图》①，还有路易十六的铁栅栏、浅浮雕和仿大理石，把所有这些半死不活的玷污你们圣殿的18世纪恶趣统统赶走吧。不过，也真是恶有恶报。在上述荒唐的修缮刚刚完工，愚蠢的主教还没来得及在新的祭坛上举行祭礼，大革命②来临了，它把主教和教士会议一扫而光，怎么没把布里唐也一并扫去呢？刚才忘了说，现在教堂里面居然还特意把这套洛可可的东西指给游客看，感觉就像故意让人欣赏胡乱涂写在《圣经》空白处的让·巴蒂斯特③的四行诗一样。

既然沙特尔人决心修缮教堂，他们就应该做得更好，至少应该阻止人们拆除老城墙，那老城墙会让纪尧姆门看上去更加完整。

另外，如果教堂直接连屋顶都不要了的话，相信会别有一番风味。

纪尧姆门的墙垣由许多小立柱组成，纵向的肋线看上去很漂亮，此门高居城上，远远看去就像一架巨大的管风琴。

从大钟楼上望去，被火烧得光溜溜的屋顶极美，简直就像巨兽的脊背。最不可思议的是，环绕屋脊的廊台顶端的水管道依然完好无损，后来有人解释说这是因为反光。不过离火最近的地方还是有管道被烤化了，熔化的管道在屋顶流淌，之后凝成无数钟乳石悬挂着，现在还在阳光下闪耀。

从老城墙这边看，整个沙特尔城很美，这里应该是画家们最常光顾的地方。

邮车要走了，我匆匆忙忙写下这些。亲爱的朋友，要是朋友们有谁问

---

① 《圣母升天图》（法语：Assomption）：描绘圣母玛利亚升天场景的图画。

② 法国大革命（1789—1799）：革命期间，封建贵族和宗教特权不断受到冲击，传统观念逐渐被民主思想所取代。

③ 让·巴蒂斯特（Pierre-Jean-Baptiste Chaussard，1766—1823）：法国诗人。

起，你就把这些细节讲给他们吧。南特伊仍然跟我在一起，看来这次旅行他很喜欢，想去看更多的地方，他向你问好。我们会乘轻便马车继续前行。

拥抱你们，尤其是你。不在你身边我才觉出来自己是多么爱你。替我吻孩子们一千下，我回头再把这些吻还给你。给我往瑟堡①写信吧，留局待领。

你的维克多

握你父亲的手，请把这封信读给他听吧，我想他会感兴趣的，因为他甚至比我更关心这里的情况。

阿朗松②，6 月 19 日

我的阿黛尔，我在客栈一张铺着脏兮兮桌布的桌子上给你写信。我们在诺让勒罗特鲁③下了轻便马车，换乘公共驿车直到栋夫龙④。我想南特伊会在那儿和我分手。我们现在在阿朗松，只有一刻钟的时间吃点儿东西，我还是利用这段时间给你写信了。

我们前天离开了沙特尔，但还有一座美丽的教堂我没跟你讲，这座教堂里面有非常漂亮的彩绘玻璃窗，甚至比沙特尔圣母院的还要璀璨。我们离开了博斯⑤地区，那里的原野在夕阳的余晖下显得非常开阔，真该好好欣赏一会儿。现在我们到了诺曼底地区，周围随处可见绿荫蓬蓬的苹果

---

① 瑟堡（法语：Cherbourg – Octeville）：法国西北部重要军港和商港，属下诺曼底大区芒什省，全称"瑟堡—奥克特维尔"。

② 阿朗松（法语：Alençon）：法国下诺曼底大区奥恩省首府。

③ 诺让勒罗特鲁（法语：Nogent – le – Rotrou）：法国中北部小城，属中央大区厄尔—卢瓦尔省。

④ 栋夫龙（法语：Domfront）：法国西北部小城，属下诺曼底大区奥恩省。

⑤ 博斯（法语：La Beauce）：法国地区名，包括法兰西岛大区西南部和中央大区北部的五个省，该地区以肥沃良田闻名。

树。可是天气不怎么样，下雨、刮风，太阳在云中躲着，偶尔像嘲弄我们似的露一下脸。

在诺让勒罗特鲁，我们参观了那座六七年前人们想卖给我的城堡。在我写信的时候，南特伊为你画了张城堡的速写。城堡的外观依然漂亮，而且能俯瞰周围辽阔起伏的平原，风景很美，只是里面早已破败不堪。

我的阿黛尔，今天是星期天。我忧伤地想起一周前我在你身边是多么快乐。咱们在圣日耳曼森林里面骑马散步，像年轻时那最快乐的岁月里一样靠在彼此肩头。我一边牵着你的马缰，一边望着咱们的孩子们。我的阿黛尔，跟这个周日比起来，我更喜欢跟你在一起的上一个周日。

再过三个星期我就可以再次见到你们了，拥抱你们。现在我送一千个吻给蒂蒂娜、代代、多多和我那离家在外的可怜的夏洛。握你父亲的手。紧紧地拥抱你，我的阿黛尔。

维

第二节　富热尔①

富热尔，6 月 22 日

我的阿黛尔，我已经三天没有给你写信了，感觉十分需要跟你说说话，需要通过想念你来休息片刻。

南特伊离开了我，不过可能还会在瑟堡与我会合。从阿朗松出来后，我游览了拉赛②，这个小城正好在我行进的途中，还保留着不少野性。那里有三座古老的城堡，其中两座非常值得赞赏，我画了下来，另一座只剩一些残垣，掩映在荒凉的树丛中。

拉赛过后是马耶讷③。唉，人们对这可怜的布列塔尼真是了解太少了，她比阿尔卑斯山脚下的瑞士更美。马耶讷是座明媚的城市，横跨马耶讷河。这里有一座漂亮的城堡；一座高大的教堂，是古罗马时期建造的，至今已有两千年历史；一些建于 15 世纪的木筋墙房屋；还有一座有尖形桥洞的石拱桥，所有这些构成了一座令人陶醉的小城。

在马耶讷之后，我又来到了瑞布兰④，这里有座恺撒的营地，一位世界上最漂亮的姑娘给我做向导，她还送给我玫瑰花和古老的墙砖。她穿着裙子，但依然轻盈地跨过围墙。然后她又带我去看了一座古罗马的庙宇和

---

① 富热尔（法语：Fougères）：法国西部城市，属布列塔尼大区伊勒—维莱讷省。
② 拉赛（法语：Lassay – les – Châteaux）：法国西部小城，属卢瓦尔河大区马耶讷省，全称"拉赛莱沙托"。
③ 马耶讷（法语：Mayenne）：法国西部城市，属卢瓦尔河大区马耶讷省，位于拉赛以南。
④ 瑞布兰（法语：Jublains）：法国西部小城，属卢瓦尔河大区马耶讷省，位于马耶讷东南。

很多遗迹，还讲了很多她自己的故事。临走的时候，我送给她一个埃居①，她让我吻她。原谅我把这些事情都告诉了你，不过我确实会给你带回去恺撒军营的一块大理石作为我这次好运的见证。唉，我太自命不凡了。

今天我在埃尔内②吃的午饭。这是座令人难受的平庸小城，一个丑陋的老女人开了一家下等的客栈。我没有其他娱乐，时间都用来驱赶面前这群叽叽喳喳对我评头论足的长舌妇了。

我还在埃尔内的大街上看到些可爱的拾马粪的小孩子，举手投足十分优雅，但他们总有一天也会成为灰头土脸的农人。

我现在在富热尔城，在一座理应被画家们膜拜的城市里。这里有一座旧城堡，城堡侧翼由世界上最美丽的古老塔楼守护着。这里有吱吱呀呀的水磨、潺潺流淌的小溪、陡峭险峻的山壁、盛开玫瑰的花园、山墙矗立的街道、大大小小的教堂、摆着光亮老橱柜的商店以及爬满常春藤的各种古建筑。所有这些，我在白天欣赏了一遍，在黄昏欣赏了一遍，又在月色中欣赏了一遍，百看不厌。真是美极了。

这儿或那儿有几座路易十五时代的房屋，但并不好看。蓬巴杜夫人③的品位和当地植物菊苣④一点儿也不相称，洛可可风格和大理石也相当不搭配。

天气又好起来了，路变得很美。到处都是润眼的绿色，灌木丛、大树、开满野花的牧场、空气中弥漫着野蔷薇的花香。偶尔，从一片长着毒芹的地里散发出野兽的气味，倒塌的墙边生长出高大的毛蕊花，几只松鸦

---

① 埃居（法语：écu）：1793—1878 年，法国通用的银币名，1 埃居合 5 法郎。
② 埃尔内（法语：Érnée）：法国西部小城，属卢瓦尔河大区马耶讷省，位于马耶讷以西。
③ 蓬巴杜夫人（法语：Madame de Pompadour，1721—1764）：法王路易十五的情妇，她对当时的政治、文艺、建筑各方面产生了极大的影响。
④ 菊苣：当地常见的多年生草本植物，开蓝色小花。

拍打着它们蓝色的翅膀，那些喜鹊油亮的羽翼让人想起蒂雷纳①元帅油亮的马鬃。然后，所有这些都被开着金雀花的道路镶上了框，就像在画中一样。

明天，我就去昂特兰②了，要去参观保皇党军队当时著名的战场。在这封信带着我的吻飞向傅尔克③的时候，我想念着你，我可爱的阿黛尔，你和孩子们是我的喜悦，是我的生命。

向玛蒂娜问好。替我拥抱你的父亲。我久久地拥抱你。有一天我会和你一起旅行，那将让我快乐无比。

---

① 蒂雷纳（法语：Turenne，1611—1675）：法国大元帅之一。
② 昂特兰（法语：Antrain）：法国西部小城，属布列塔尼大区伊勒—维莱讷省。
③ 傅尔克（法语：Fourqueux）：法国北部小城，属法兰西岛大区伊夫林省，阿黛尔当时居住于此。

第三节　蓬托尔松①—圣马洛②

圣马洛，6 月 25 日

　　亲爱的朋友，又过去了两天，我一直想念着你。我们必须找机会一起来看大海，带上咱们的小宝贝们。我想见到多多和代代，当然还有我们那位马上就要第一次领圣体的蒂蒂娜小姐。昨天，连颠屁股的小马车上都没了座位，我只好在沙滩上徒步 6 法里，从多尔③走到了圣马洛，当时真想看到咱们的孩子在海边嬉戏，他们一定会像在装满了无数贝壳的巨大珠宝匣中玩耍。

　　到圣马洛的时候我已经脏透了。于是，我第一时间跑到海边，跳进海水里。悬崖峭壁围绕着圣马洛要塞，一到落潮的时候，这里就变成了一个巨大的花岗岩浴场，由成千上万的小浴池组成。我从一块岩石跳到另一块岩石，尽管期间被大浪从尖尖的石头上打落到水里好几次，我还是继续走，走到了海水很深的地方。管他呢，其实每次被海浪裹挟并掀翻到海中的感觉还是蛮好的。

　　由于我这四天来大约步行了 12 法里，着着实实地在大太阳底下晒着，现在脸上全脱了皮，红红的，很难看。

　　其他想说的，就是我需要水。自从来到布列塔尼，我就像掉进了垃圾

---

①　蓬托尔松（法语：Pontorson）：法国西部小城，属下诺曼底大区芒什省。
②　圣马洛（法语：Saint－Malo）：法国西部城市，属布列塔尼大区伊勒—维莱讷省。
③　多尔（法语：Dol－de－Bretagne）：法国西部小城，属布列塔尼大区伊勒—维莱讷省，全称"布列塔尼大区多尔"。

堆一样，浑身脏得要死，而且这身污垢恐怕只有大海能洗干净了。

下面我给你讲讲我在蓬托尔松睡过一晚的房屋（其实根本就没怎么睡着）：那是一个阁楼，上面能看得见大梁，地上用泥糊了地板（当地叫"泥板子"，挺贴切的）。天花板上吊着硕大的蜘蛛，地上到处是细小的跳蚤。屋里有两把破椅子，上面的草垫都快烂完了。床垫没有筋骨，一躺下去就深陷在里面。正对面的窗子上有个旧得快辨认不出的招牌，用老式的字体写着"某某，巴黎来的裁缝"。吃晚饭的时候，我发现布列塔尼的盘子真的要刮掉很多层才能露出本真的面目，如果有跳蚤从上面爬过，肯定会留下痕迹。虽然蓬托尔松靠海，但竟然没有鱼吃，老板端上来的是炖得半烂的羊腿。所有这一切都是在一根纤细的蜡烛发出的微弱光芒下勉强辨认出来的，这蜡烛沮丧地歪在一支生了铜绿的洛可可式大烛台上面，流了一盘烛泪。饭后我就早早地上床睡了，第二天早上给了老板 5 法郎，与其说这钱是因为在他这儿吃了饭，倒不如说是因为晚上被（跳蚤）吃了个够。

就为了进这样的房间，吃顿这样的饭，我还得走过 11 级恐怖的台阶，每级台阶高达 13 法寸①，宽度却只有 3 法寸。

你可以把这个住所的情况跟你父亲讲讲，当然，他会说：蓬托尔松是在诺曼底。没错，地图上是这样标注的。不过这儿的肮脏却分明告诉你：这是在布列塔尼。

另外，在这个地区，猪吃的是青草。我想在布列塔尼，恐怕要数这些猪最干净了。

人们用树干横围在田地四周，再在树干上竖起一截截的木头做成栅

---

① 法寸（法语：pouce）：法国古长度单位，为 1/12 法尺，约合 27 毫米。

栏，很像梳子。我想，布列塔尼人做梳子的灵感大概来自这种栅栏吧。

在多尔，也就是我昨天吃午饭的地方，有一条几乎保留了罗曼风格的漂亮的老街，街边有些房子是撑在几根石柱上面的，这些柱子上还雕刻了柱头。大教堂的半圆形后殿有面漂亮的彩绘玻璃窗，但整个教堂已经很破败了。

如果没有港口的老塔楼和大海，圣马洛也就没什么意思了。我昨天在岩石坑里捉到一只丑得可爱的小动物，当地人把它叫作"海蟾蜍"①。

我打算今天去迪南②。虽然不确定是否还有时间去瑟堡，但还是把信寄到那里吧。如果我去卡昂的话，我会想办法让人把信转寄过来。刚才我给布朗热写了一封信。明天我还想给露易丝小姐写一封，告诉孩子们也给她写信吧，她对他们那么好，你知道她会很高兴的。

我的阿黛尔，我希望你在傅尔克过得愉快，玩儿得尽兴。我温柔地拥抱你和咱们的小宝贝。别忘了代我向你父亲问安，向咱们的朋友夏蒂翁、布朗热、罗必兰③和戈蒂耶④问好。

---

① 海蟾蜍：杜父鱼科的一种鱼。
② 迪南（法语：Dinan）：法国西部小城，属布列塔尼大区阿摩尔滨海省。
③ 罗必兰（法语：Charles Robelin，1797—1887）：法国建筑师，雨果的朋友，为雨果《巴黎圣母院》的创作提供了很多材料。
④ 戈蒂耶（法语：Théophile Gautier，1811—1872）：法国诗人、小说家、戏剧家和文艺批评家，雨果的朋友。

第四节　富热尔—圣马洛

致路易·布朗热

圣马洛

　　我亲爱的路易，今天我又见到了大海，对海的偏爱每年都会带我来到海边。今年，她的身影第一次出现，是在多尔和圣马洛之间的地平线上，那是极远处小山包上的一抹绿痕，就像窗玻璃上的一道裂口。现在我在圣马洛，一到这里我就跳进了海里畅游一番，然后立刻回来给您写信，身上还带着这古老大洋的海水。

　　将来某一天，我一定会去把您从那浩大的绘画工程中强行拉出来，让您跟我一起看看我正独自欣赏着的大洋。您知道，我们以前在蒙鲁日平原散步的那些夜晚是多么的快乐！如果我们现在能共同欣赏这片翻涌着海浪的平原，那该多好！

　　您还应该来看一座城市，和我一起来看，那就是富热尔——不好意思，话题转得有些快，不过我不想跟您啰啰唆唆地说大海了，那样一百页也写不完。好吧，我从富热尔出来后，就像拉·封丹看完《巴路克书》①之后一样，逢人便问：您去过富热尔吗？

---

　　① 巴路克（法语：Baruch）：古代先知，他所作的《巴路克书》为天主教《次经》中的一部经典，拉·封丹读完此书后常常问别人："你读过巴路克的书吗？这真是一位伟大的天才。"

　　另外，整个布列塔尼，都值得一看。有时候，在一个不起眼的小镇，比如说拉赛，您会一下子发现三座漂亮的小城堡。可怜的布列塔尼！她把什么都保留了下来：古建筑和屋里的居民；诗意和肮脏；古老的色彩和沉积的污垢。布列塔尼人，赶快把那些建筑清洗一下吧，它们可都是杰作啊！至于布列塔尼人本身，我看很难洗干净了。在欧石楠遍布的旖旎风光中，在奇形怪状地歪倚着的榆树旁，在向您伸展出双臂的枝繁叶茂的橡树下，在开满金雀花的田野间，常常会有一只巨大的乌鸦，拍打着油亮的黑翅膀突然飞起，您还能发现一座迷人的茅草屋，在常春藤和野玫瑰的簇拥下冒出缕缕炊烟，于是您欣喜地走过去……天呐！可怜的路易，您会发现这金灿灿的茅草屋竟然是布列塔尼人的脏窝棚，那里面，猪和人横七竖八地睡在一起！咱们总得承认猪很脏吧？

　　回到富热尔的话题上，我真希望您能来这里看看。请您想象一把勺子——不好意思，这里又有一些突兀，不过我想说的是——勺子，就是富热尔城堡；而勺柄，是富热尔城。在被绿色藤萝遮盖住的城堡上，有七座不同式样、不同高度、不同时期的塔楼。在勺柄上，堆砌着大大小小的各种塔楼、古老的茅屋的旧墙、锯齿状的山墙、尖尖的房顶、石质的窗子、悬空的阳台以及设在突廊和露台上的花坛。城堡紧贴着城市，一并向一个幽深的翠绿山谷倾斜过去。库阿斯农河①的若干条细小的支流又将上述一切分隔开来，小溪上日夜不停地转着四五架吱吱呀呀的水磨。再想象一下屋顶冒起炊烟、姑娘们唱起歌儿、孩子们欢笑吵闹、铁砧叮叮当当，这就是活生生的富热尔了，您觉得怎样？

　　咱们就像这样一起站在教堂的平台上欣赏几天，然后，我亲爱的路

---

　　① 库阿斯农河（法语：le Couasnon）：法国西部流经富热尔的一条小河，全长40千米。

易，您把这一切画下来，相信您的画会比真实的城市更美。

　　好啦，这样的小城在布列塔尼有十座：维特雷①、圣苏珊、马耶讷、迪南、朗巴勒，等等。可是当您对这里愚昧的居民说起他们的城市有多么美丽、多么迷人、多么令人赞叹的时候，这些住在壮丽屋宇下的不知好歹的家伙们只会傻乎乎地瞪大眼睛，觉得您是个疯子。事实上，布列塔尼人对他们的家乡一无所知。跟这些身在福中不知福的人说话，简直就是对牛弹琴。

　　我早就想给您写信了，这是因为我爱您，我的路易，和您相遇是我今生最美好最幸运的事情，而且我希望咱们的友谊能保持一生。我时不时地离开巴黎，但我从来不会离开我的家庭和朋友。我的心一直和您在一起，这您是知道的，不是吗？但是，在您即将看到的我的作品中，我想融入一些新的东西，我常常感觉厌倦您的城市，厌倦从各种思想的训诫中搜集到的那些人类的愚蠢行径。因此，有的时候我感觉需要离开巴黎，它喋喋不休的抱怨比我内心大洋的呼号更令人难以忍受。

　　我衷心地爱您，紧握您的手。

维克多·雨果

---

　　① 维特雷（法语：Vitré）：维特雷、圣苏珊（法语：Sainte – Suzanne）和朗巴勒（法语：Lamballe）均为布列塔尼大区小城。

第五节　圣米歇尔山[①]

库唐斯[②]，6 月 28 日

我的阿黛尔，如你所见，这封信是在库唐斯写的，这是我心爱的玛蒂娜曾经的住地（当然，我心爱的不是"住地"）。虽然已经是晚上 11 时了，我还是在城里简单逛了一圈。我看到了月光润色下的那座漂亮的大教堂钟楼，这是我从沙特尔出来后见到的最壮美的教堂了。多尔的那一座几乎不能算数，阿夫朗什[③]的那一座已经毁掉了。

我刚回到客栈，很疲倦了，但是，我的小可爱，我还是想在睡前给你写封信，这样我就能做到好梦了。——有人给我端来了一碗汤，我待会儿继续写。顺便说下这汤不错，客栈里面能提供这样的汤更为难得，不是亲自尝过了还真不敢相信。

下面给你讲讲我最近遇到的事。从上次给你写信的圣马洛出来，我又去了新堡[④]。在公共马车的前车厢里有三位乘客，一位是在新堡驻军的少尉，一位是穿着出奇素净的少女，另一位就是我。从新堡出来的时候，我问这位少女："小姐，您介意我把窗玻璃拉上去吗？"她带着点儿德国或英

---

① 圣米歇尔山（法语：Mont – Saint – Michel）：法国一座著名的小岛，位于下诺曼底大区芒什省的蓬托尔松市。

② 库唐斯（法语：Coutances）：法国西部城市，属下诺曼底大区芒什省，位于阿夫朗什以北。

③ 阿夫朗什（法语：Avranches）：法国西部城市，属下诺曼底大区芒什省，位于蓬托尔松以北。

④ 新堡（法语：Châteauneuf – d'Ille – et – Vilaine）：法国西部城市，属布列塔尼大区伊勒—维莱讷省。

国口音轻柔地回答我："随你①的便。"对于这样的回答，那位少尉十分惊讶，并且很反感。这是以前公谊会教徒在圣苏姗进行教育时的口气。但她仍然和我们一起旅行，并且继续跟这位军官用"你"来讲话，不过态度很谦卑端庄，军官慢慢也就习惯了，态度和蔼了许多。我冷静地看着这一切。她和我们一起吃了晚饭，但在通向维特雷的岔路上，她换乘了另一辆满是灰尘的马车，颠颠簸簸地走了。

我没有去维特雷，而是从迪南又回到了蓬托尔松。蓬托尔松是一座漂亮的老城，像燕子窝一样筑在悬崖上。这里还保留着美丽的教堂、壮丽的老塔楼，我把后者画了下来。偶尔能看到雕花的老房子，还有一个精美的罗曼式教堂门廊，但教堂已经不复存在了，几座房屋正门的花岗石雕刻显出文艺复兴时期的艺术特色。我到市政府去找了德·圣雷翁先生，不过他还没有回来，这使我很不快。

昨天我去了圣米歇尔山。在这里，应为其堆叠起至高无上的赞赏，就像人们在峭壁上堆叠起建筑，自然又在建筑上堆叠起巨石一样。但是我的阿黛尔，我只是想从今天的午饭跟你谈起，这真是很差劲的一顿饭。客栈的老板娘是一位有着茶褐色头发的老太太——拉鲁瓦女士，她从海里搞来一条烂鱼给我吃。由于这儿地处诺曼底和布列塔尼的交界地带，也就同时具有两个地方的肮脏，这算是种族的结合还是污垢的交汇，随你去想吧。

我仔仔细细地参观了城堡、教堂、修道院和隐修院，没想到这里也经过了土耳其式的破坏。你能想象吗？在这样一个由骑士和教士簇拥着的圣地中央，自 14 世纪以来就有了一座监狱。这座畸形的丑陋的监狱，就像癞蛤蟆蹲在圣物箱里一样。法国人什么时候才能理解历史性建筑的圣

---

① 法国人对不熟悉的人均用"您"来尊称，这个姑娘使用"你"显得很不礼貌。

洁呢？

从外面看，在 8 法里开外的陆地上或是从 15 法里以外的海面，都能看到圣米歇尔山。它就像一座雄伟壮丽的金字塔一样坐落在雕有中世纪图案的岩石上，而这岩石的底部，时而是沙地，时而是海洋①，让这座山看上去时而像埃及的胡夫金字塔②，时而像西班牙的特内里费岛③。

在里面看，圣米歇尔山却着实可悲。一个宪兵守在门口，坐在一尊锈迹斑斑的大炮上，这炮是从那场难忘的保卫城堡的战争④中缴获的。其实还有另外一尊，但人们愚蠢地把它丢在边门附近的烂泥潭里了。我们上了山，这是一个肮脏的村落，我们遇到的只有沉着脸的农夫、百无聊赖的士兵和一位平庸的神甫。在城堡里，门闩的响声、各种工匠的嘈杂声不绝于耳，此外还能看到一些幽灵监督着另一些幽灵（每周赚 25 法郎）干活，这些衣衫褴褛的幽灵在半明半暗的光影下移动。修道士的门拱下，古代骑士的华堂现在成了作坊，从高处的天窗望过去，里面灰暗的人影像硕大的蜘蛛一样攒动着。罗曼式教堂的大殿成为臭烘烘的饭堂，昔日纤秀的尖拱长廊沦为脏兮兮的过道，15 世纪的艺术精品被恶人的小刀糟蹋殆尽。过于拥挤的建筑和人为的破坏毁掉了这里原本的风光，这就是现在的圣米歇尔山。

更可恶的是，在这座金字塔的顶端，原本大天使的金色雕像大放光彩的地方，被安上了四根黑黑的晃动的柱子，据说那是发电报用的。可这里

---

① 白天大海退潮时，圣米歇尔山周围大片的沙滩显露出来，并与该岛大陆相连；黄昏开始涨潮，海水淹没沙滩，天黑时该岛就变成了孤岛。

② 胡夫金字塔（法语：Pyramide de Chéops）：埃及最大的金字塔，位于吉萨。

③ 特内里费岛（法语：Ténériffe）：大西洋中的加那利群岛中最大的一个岛屿，靠近非洲海岸，但属于西班牙。

④ 在 1337—1453 年的英法百年战争中，曾有 119 名法国骑士躲避在修道院里，依靠围墙和炮楼，抗击英军长达 24 年。

曾经是承接上天旨意的地方啊！这个世界把一切都扭曲了，真可悲。

我爬到正在大幅晃动的电报机房上，岛上的嘈杂声传递着不祥的消息，可能是我在阿夫朗什听说的新近的那场针对国王的谋杀案，这里的人们还不知道呢。在我到达平台的时候，底下的人拉着绳子冲我喊"千万别碰那机器的天线"。只要稍稍碰一下，我绝对会被电流击到海里去，那可不是闹着玩儿的，这儿离海面有 500 法尺呢！平台上有这么个电报机真是讨厌，栏杆从两边拦了一下，只有窗台那么高，为的是不让人妨碍着机器。今天风很大，幸亏我把帽子丢到更衣室了，不过现在还得紧紧地抓住梯子。我没空去想头顶上扭动的天线，只顾尽情地欣赏着圣米歇尔山周围的美景，大海连着绿树，绿树又接着沙滩。

这时，海水开始涨潮了。在我下方，穿过被他们称作"隔间"的单人囚室的铁栏，我看到一个犯人被铐着腿，面朝布列塔尼的方向，伤感地唱着一首布列塔尼的歌，可这歌声被狂风刮向了诺曼底。也是在我的下方，有另一位歌者，不过它是自由的，这是一只小鸟。我不动声色地站在上面揣测着：那位犯人的铁栏与鸟儿的翅膀会有怎样的对白呢？这一切突然被电报机的滑轮发出的刺耳声音打断，也许是内务部长先生正在向各位省长和区长传达什么吧。

圣米歇尔山现在已经不再关押政治犯了，什么时候这里就没有犯人了呢？

亲爱的朋友，我发现快没纸了，蜡烛也将燃尽，我只能写到这儿了。还有很多事想给你讲，下次吧。今天只剩下一点儿地方了，我发自内心地吻你和咱们的四个小宝贝，替我握你父亲的手，向玛蒂娜问好，如果见到布朗热，向他问好，也向咱们所有的朋友致意。

第六节　库唐斯—格兰佛①—圣洛②

圣让德代③，6 月 30 日

我这里天气极热，可能你所在的博尔克也像圣让德代一样热吧。我的小可怜儿，但愿你那里能有一阵阵清新的凉风。我热点儿倒是不要紧，如果可以的话，就让我替你承受这份炎热吧。

我昨天离开了库唐斯那座在海风中摇晃着（丝毫没有夸张）但令人赞赏的钟楼。我们的车刚穿过一段迷人的林荫路，旁边还时不时地出现一座屋顶上遍布鲜花的修葺精美的茅草屋。

这些茅草屋真是漂亮可人。农民用来苫盖房顶的一束束的稻草，被大自然变成了花园。农民刚干完他们那点儿早春的活计，春天就来了，春天一呼吸，微风中的千百颗种子便被播撒下来，不出一个月，屋顶上就开始长出嫩草，活了，开花了。如果是稻草屋顶，就会像在地里一样，开出黄的、绿的、红的花朵。如果是在海边——比如圣马洛附近——屋顶用荆豆覆盖，则会结结实实地长出一层粉红色的苔藓，就像海藻一样。只需一点点时间、一缕温暖的阳光、一阵和煦的风，这惨兮兮的茅屋屋顶就能变成塞米拉米斯④的空中花园。自从我离开巴黎之后，看到的都是这些。春天

---

① 格兰佛（法语：Granville）：法国西部海港小城，位于阿夫朗什和库唐斯之间的海岸。

② 圣洛（法语：Saint‑L）：法国下诺曼底大区芒什省首府，位于库唐斯以东。

③ 圣让德代（法语：Saint‑Jean‑de‑Daye）：法国西部小城，属下诺曼底大区芒什省，位于圣洛以北。

④ 塞米拉米斯（法语：Sémiramis）：古巴比伦王后建造的举世闻名的空中花园。

只需吹口气，一间茅草屋就能披上鲜花。

离开圣米歇尔山的时候，我去游览了阿夫朗什，那儿的风景秀丽，不过也仅此而已。这里曾经有三个钟楼，但现在已成了三座电报机房，在空中自娱自乐地传播着流言蜚语。然而，这唠叨的电报机房可没给这片风景添色。真想像伏尔泰①经常说的那样问一句："博学者于埃，阿夫朗什的主教，你在哪里啊？"

我在格兰佛的海上兜了一圈，这得给你讲讲。

在防波堤的尽头，我跳上一只小船，开始划行。一出防波堤，我们就在海上了，哎哟，海浪可真不小，我一边保持平衡，一边清点我的装备：两个 12 岁的少年、两支用细绳绑在船上的桨、没有桅杆、薄薄的船体，这就是我的小船。当时的天空瓦蓝瓦蓝的，太阳晒得狠。当时正赶上落潮，我们一下子就被拖向了远海，那两个勇敢的小家伙已经开始讨论第二天早上登陆泽西岛②了。而被我当作脚凳的 4 瓶鲨鱼罐头，就是我们的全部给养。你能想象吗？在夜里，海上航行 18 法里，就靠两个孩子、两盒火柴和两支桨！不过还好，后来起了一阵吹向海岸的大风，把我们送回了港口。

这是我第三次在海上漫游，事实证明我能承受这有力而复杂的海浪带来的震颤。

从海上回来后，我去吃午饭。正吃着，只听见一阵嘈杂声，街上突然涌来一群人。这条街又长又窄，直通教堂。街边是低矮的店铺，里面是可恶的巴黎商贩。在一片嘘声里，我跟着人群的目光，看见小街正中走过两

---

① 伏尔泰（法语：Voltaire，1694—1778）：法国启蒙思想家、文学家、哲学家。
② 泽西岛（法语：Jersey）：英国三大皇家属地之一，位于诺曼底半岛外海 20 千米处的海面上。

个瘦长而憔悴的女人，她们从头到脚裹着黑色哔叽面料的披风，在太阳下大步走过。一个宪兵押送着她们。人们说这是一对母女，她们杀死了母亲的丈夫，也就是女儿的父亲。她们是在那男人喝醉的时候用扫帚把他打死的，现在要被押送到监狱。满街嗤笑着的婆娘、炎炎的烈日、宪兵、这两个大步走着的黑色幽灵以及追随她们而去的叫嚷声，我敢说，这一切都是不祥之兆。

离开格兰佛的时候，夕阳西下，沁人心脾的海风轻拂着路边的苹果树。尽管不像环绕着圣米歇尔山的柽柳那样花香四溢，这条大路依然漂亮明媚。在离开那座小城大约有 0.25 法里的地方，我正凝视着海浪中三桅帆船长长的影子，突然见到一只巨大的雀鹰在追捕云雀。要不是又看到稍远的地方一只拳头大小的可爱的小灰雀在追逐飞虫，我也不会想很多。这真可谓"螳螂捕蝉，黄雀在后"。灰雀的举动像极了雀鹰，而它终究也会成为被追的对象，一切是那么的相似，一切生命的轮回又都联系在一起。

晚上，我到了库唐斯。

我对这一路所看到的各种破坏感到很生气。在阿朗松，有一尊优美朴素的白色大理石雕像，穿着很像玛丽·德·美第奇①，但鼻子被教堂乌黑的墙面碰坏了，压在一堆椅子下面，你把这事儿跟雷欧·马松②讲讲吧。在马耶讷，一座丑陋的白色监狱被傻乎乎地安置在古堡正中。在蓬托尔松，有一个优雅的文艺复兴时期的祭坛，其上却被神甫包成了一个蠢笨的告解室，人们就从 16 世纪的浅浮雕和画上面踩过去，殊不知那上面讲的是圣灵降临的故事，怎能如此践踏？在多尔，一座文艺复兴时期的坟墓就

---

① 玛丽·德·美第奇（法语：Marie de Médicis，1575—1642）：意大利豪门美第奇家族的重要成员，法国国王亨利四世的王后，路易十三的母亲。

② 雷欧·马松（法语：Léon Masson）：阿朗松附近小城阿让唐（Argentan）人，雨果之友。

要被尘土掩埋了。在阿夫朗什，大教堂被拆除了，只剩下一根圆柱，还被推倒了。在库唐斯，整座教堂岌岌可危，人们花了 4000 法郎，把一个尖形拱肋圈起来，将其改造成一个光芒万丈的祭坛，两堵厚实的石灰墙横穿耳堂。当地的一个叫作"杜歇纳"还是"代歇纳"的建筑师已经开始粉刷教堂，他的计划是大堂明黄色、拱顶纯白色、拱肋大红色，这件蠢事在公众的抗议下才停下来。人们告诉我，如果要把库唐斯教堂粉刷一遍，要花费 20000—25000 法郎。在圣洛，教堂里有两座像圣德尼教堂的尖顶一样漂亮的钟楼，亟待修缮但没有人去管。我问为什么，那里的一位神甫说是因为缺乏经费。我说可以向政府申请啊，他们都有保护维修纪念性建筑的开支。人家却回答我说，圣洛的这座教堂不属于纪念性建筑。——哦，真是荒谬！要知道政府划拨给玛德莲教堂和奥赛码头①的钱，一出手可就是几百万的啊！

也是在圣洛的这座教堂里，还有一个细节，是我在别处没有见过的。这是一个露在外面的讲道台，讲道台后面有扇小门通往教堂，神甫就在这里向民众布道。讲坛精雕细琢，是 15 世纪的风格。上一任市长曾经想把它拆除，以便让街道平直，但这属于教堂的财产，最终也没有允许施工。教堂的彩绘玻璃窗状态不佳，几经修缮却越发地难看了。

不管怎样，能在或大或小的教堂里待一会儿总能让我感觉愉悦，库唐斯和圣洛养了养我的眼睛。在海滨城市总是没有什么纪念性建筑，它们就像首都一样，各种建筑耗损得很快，而且人员流动性大，谁都无心去保护或经常维修。

我将高高兴兴地向瑟堡出发，不只是因为在那里我又能看到海，还因

---

① 奥赛码头（法语：le quai d'Orsay）：位于巴黎第七区，法国外交部所在地。

为我又能收到你的信了。我的阿黛尔，我需要你的信。已经有半个月看不到你、看不到你宽容的微笑、看不到咱们可爱的小宝宝们欢闹了。我渴望见到你们！不过我就要收到你的信了，一想到这个我就非常高兴。我的阿黛尔，再见。——愿你玩儿得愉快。

刚写好信，驿车的管家来叫我吃晚饭，据说有浓汤和草莓。这晚饭的时间正合适。

第七节　卡朗唐①—波尔巴伊②

巴尔纳维尔③，7 月 1 日

我的阿黛尔，希望你不要嫌我给你写的信太少，不要像我这样，一会儿看不到你，就会觉得想念你。希望你在那边总是高高兴兴的，不觉得无聊。希望有朋友们时不时地去看望你。明天，我就能到达瑟堡并收到你的信了，真高兴！

昨天我在卡朗唐和佩里耶④参观了两处英式的哥特钟楼。在卡朗唐的教堂里面，我见到一个有趣的柱头，上面居然雕刻着交错的海藻图案。在那个时代，艺术家们不会刻意地去寻找老鸦企属的植物或是莲花来做装饰，他们总是就地取材：如果在内陆，就会选择甘蓝和蓟；如果靠大海，就会选择海藻。

诺曼底这一地区的所有教堂，如圣洛、卡朗唐、佩里耶，均是由库唐斯教堂的风格衍生出来的。库唐斯教堂的尖塔就像沙特尔教堂质朴的钟楼，轻盈纤细的雕刻就像圣丹尼教堂的尖顶。这些特征在诺曼底各地萌蘖，稍加变化就成了大大小小的教堂。

这种重复和雷同没有什么不好的，如果你在行进途中能看到一座这样

---

① 卡朗唐（法语：Carentan）：法国西部小城，属下诺曼底大区芒什省，位于圣让德代以北。
② 波尔巴伊（法语：Portbail）：法国西部海港小城，属下诺曼底大区芒什省。
③ 巴尔纳维尔（法语：Barneville – Carteret）：法国西部海港小城，属下诺曼底大区芒什省，位于波尔巴伊以北。
④ 佩里耶（法语：Périers）：法国西部海港小城，属下诺曼底大区芒什省，位于库唐斯和卡朗唐之间。

的镂空的尖塔突然出现在一座小山丘的后面，而且身披妩媚的金黄色，那将是多么美的景致啊。

别的没有什么稀罕事儿，不过从圣洛到卡朗唐的车厢里，我遇到了一位又干又瘦的大个子女人，当时这车上只有她、车夫和我。这个人长得很丑，又一副假正经的模样，但很有心计。她是一个穿着白衣服、蓝袜子的红头发女人，好一个法式的搭配①。但从口音判断，应该是英国人。况且，英国也盛产这种人。当时我想象着她可能是特洛勒普②的夫人，不禁哑然失笑，这显然让她很反感。

在进入卡朗唐的时候，有一件让人难过的事。我们见到了一个不幸的傻姑娘，长得好像没有前额也没有下巴，挺大个子了，但口水淌得满手都是。她坐在门槛上，忧伤地看着我们经过。有人说这样的孩子没有感觉，但我分明地感受到她在承受着痛苦。可怜的灵魂啊！

还有更令人难过的事情，就发生在刚才，在波尔巴伊。

由于找不到车，我只好步行。如此富饶的诺曼底，路居然这么难走，真是一大耻辱。马路直接用大块的岩石铺就，车辙深陷，路面有时都能碰到轮轴，没有路的地方又是荒草齐腰或沙土没足。快6时了，我加紧脚步。有个人赶着装满肥泥的大车从旁边经过，他提醒我到7时这条路就要被海水淹没了。当时的景色很美。我站在近海的一座小山丘上，面前是一望无际的平原，波涛成年累月的冲刷让地形略有起伏，层层叠叠的土丘像起伏的海浪，海大概就是按照自己的形状塑造了这片土地。整个平原芳草萋萋，几只瘦弱的小羊在吃草。再往前就是大海，泛着细小的波纹，但正

---

① 蓝、白、红是法国国旗的颜色。"蓝袜子"也通常用来指女才子、女学者。
② 特洛勒普（英语：Anthony Trollope，1815—1882）：维多利亚时代英国最为出色的长篇小说家之一。

以很快的速度向这边覆盖过来。在我右边，长满欧石楠的丘陵铺展开去。在我左边，一块海边凸起的高地上，波尔巴伊那筑有雉堞的钟楼在灰色的薄雾中若隐若现。一块厚重的云朵无情地压在偏西的日头上，这太阳不由得向各个方向喷出万丈光芒，就像挤压海绵，水就会四下溢出一样。海水还没有泛到路上来。在下面的斜谷中，一个人骑着马正急急忙忙地赶路，马上驮着鼓囊囊的包裹，他得在涨潮前赶到村子里。我也像他一样加快了速度。当我到达的时候，海水已经漫到了我的脚后跟。

我进村的时候，看到一大群农妇在一个墙角大声吵吵着，一个可怜的独眼姑娘被她们围着，她患有佝偻病，衣衫褴褛，哭得很伤心，妇女们好像是在开导她。事情是这样的：这个姑娘生下来就患有癫痫，10 年前半个身子瘫痪了，10 个月前一只眼睛又瞎了，再加上家境贫穷没有办法治疗，她卧床已经 10 年了。今天，她趁父母都下地干活的时候，自己从破房子里挪出来，想要投海自尽，被这些妇女拦下了。我从来没有见过如此这般的痛苦和绝望。这个可怜的丑孩子，长得还不如蒂蒂娜高。我问她年龄，"15 岁，好心的先生。"一个农妇回答说。这姑娘看着自己短小的手脚，有些鲁莽地打断那位农妇，说："我 16 岁了。"我给了她一些钱，又对她说："要对生活充满希望，因为还有上帝呢。"她很感谢我说的话，胜过感谢我给她的钱。似乎这已经不是她第一次试图投海了，因为据说以前也偶尔看见过她在涨潮的时候向海边走去。

在我到达巴尔纳维尔的时候，太阳已经完全落下去了，树木在银色的天空下印出轮廓分明的影子，很漂亮，远方的大海发出类似巴黎那种豪华的四轮马车驶过的声音。我不知道这会儿还有没有客栈能提供房间，不过幸好老天帮忙，我总算在一个地方安顿下来了，而且还有张桌子能让我趴在上面给你写信。亲爱的阿黛尔，我的信也是写给孩子们的，告诉他们也给我写点什么吧，所有的孩子都写，包括代代。（再写信就寄到卡昂，留局待领。）拥抱你们——我可怜的天使，拥抱你的父亲和玛蒂娜。跟所有爱你的人握手。

你的维克多

如果有我的紧急信件，你就先回复一下：维克多·雨果先生不在，两周后回来。

第八节 瓦洛涅①—特罗阿恩②

圣梅尔埃格利斯③，7 月 5 日

亲爱的朋友，我累坏了。在瑟堡我又遇到了在等着我的南特伊。我们想看看从瑟堡到圣梅尔埃格利斯的整条海岸，但岸边没有路，所以只能步行，现在我俩都累得不想动弹了。

我原本有无数的话想跟你说，但今天只顾着看你的信了。你的信让我很难过，咱们可怜的宝贝生病的消息对我来说真是煎熬。我迫不及待地想回去看看他，看看我那可爱温柔的多多。希望到卡昂的时候能收到另外一些能让我稍微放心些的信。替我拥抱这个乖孩子，告诉他我很惦记他，也拥抱其他孩子。

另外，我的阿黛尔，你在信里说你有些忧愁，这让我也忧愁无比。你永远也不知道我爱你有多深，真的，我可怜的朋友。如果你能透视我的内心，我想你会觉得幸福的。

昨天，在巴夫勒尔④，我和南特伊想做一次海上旅行，但那位愚蠢的萨赖镇长先生居然没有同意。一气之下，今天早上我和南特伊来到了瓦洛涅，并把这事儿告诉了专区区长——克拉莫冈先生。我让他去追问一下镇

---

① 瓦洛涅（法语：Valognes）：法国西部小城，属下诺曼底大区芒什省，位于瑟堡以南。
② 特罗阿恩（法语：Troarn）：法国西部小城，属下诺曼底大区卡尔瓦多斯省，位于卡昂以东。
③ 圣梅尔埃格利斯（法语：Sainte – Mère – Eglise）：法国西部小城，属下诺曼底大区芒什省。
④ 巴夫勒尔（法语：Barfleur）：法国西部海港小城，属下诺曼底大区芒什省，位于瑟堡以东。

长这件事，并让后者给我写一封道歉信。接着，这位友好的区长邀请我们品尝他的香槟，提议一起吃晚饭并陪同我们参观古迹。我们极力回避了这些招待，但还是觉得应该去参观一下中学的图书馆。在那儿，人们给我看了一些手抄本（非常有意思），还给我介绍了老师们，我总算获得了一定的补偿。校长为了迎接我的到来，专门给孩子们放了一天假。结果就像你想象的，这些小魔头们对我感激不尽，他们马上就欢呼雀跃地玩儿去了。当我在学校的高墙下漫步沉思的时候，还能听到他们的叫喊，真开心。因此，我也想借这封信向孩子们的姥爷请示一下，可否也给我亲爱的宝贝们放一天的假，就在收到信的这天。

你忘记把曾经说过的蒂蒂娜的信寄给我了。我可怜的朋友，再见。我已经在回去的路上了。期待能在卡昂收到你的信，有好一点儿的消息。亲吻你清新甜美的脸颊，我爱你。

维

南特伊委托我向你送上最真挚的敬意。

特罗阿恩，7月9日

我的阿黛尔，在邮车出发之前我赶紧给你写几句话。有一封长信，也就是这次旅行的总结，我已经开始写了，但还没有完成，下次你会收到。

我看了你写来的两封信和孩子们的信。我的阿黛尔，我不希望你忧伤，你听到了吗？你如果不开心，我也开心不起来。如果我的旅行让你伤心，以后我不出去就是了。总之，你永远是我最爱的阿黛尔。

蒂蒂娜、多多和代代给我写的信很温馨，但我还等着夏洛的呢。以后写信就寄到日索尔吧，我会让人把可能再寄到卡昂和瑟堡的信也都转寄到那里。

得知咱们的多多身体好些了我很欣慰。他应该像男子汉一样勇敢，懂得照料自己，也懂得被人照料。我爱他。把这些话告诉他吧。——我的多多，你听见了吗？

得知你父亲的生日宴会办得很热闹，我很高兴，希望明年这个时候我也能在家。我看到美好事物的时候总会想到他，因为我知道他和我一样感兴趣。

告诉我的蒂蒂娜和代代，今天我在此地圣母院的小礼拜堂里面想到了她们。当时有几个海员的妻子跪着为她们出海的丈夫祈求平安。我也祈祷了，虽然出于我们这个年代愚蠢的傲慢心理，我没有下跪也没有交叉十指，但我真的是发自心底地祈祷，祈祷我的孩子们在无法预期的未来可以平安无事。——祷词说来就来，每当此时我就真心地祷告，并且我要感谢上帝给我这祷告的机会。

有人告诉我邮箱要关闭了，就写到这儿。拥抱你和你周围的一切，这也是发自心底的。

维

15—18 日，我将到达巴黎。

第九节　瑟　堡

库尔瑟莱①，7月7日

　　亲爱的朋友，我继续在旅途中用这种日记的方式给你写信。我离开了巴尔纳维尔，那儿的客栈只有牛奶和跳蚤。现在的路很难走，是我见过的最难走的路，从这里去能搭乘公共马车的地方，没有任何交通工具，因此我只能步行。在烈日下走4法里（还是村路）！幸好我提前把我的那些破衣服寄到了瑟堡，这样我就没有行李了。大清早6时，我就勇敢地上路了。

　　从巴尔纳维尔向北走了一段，我又转身往回看，蓝天、大地和海洋很美。这个相当宽阔的海湾有两个对峙的岬角，上面分别矗立着巴尔纳维尔和波尔巴伊的钟楼，在薄雾中依稀可见，就像一个马蹄铁的两端钉着的钉子。海湾中升起一团棕红色的雾气，迎接着归航的渔船，这雾气缓慢地向大海蔓延，但一出海湾，就消失不见了。取而代之的是一抹长长的云霞，我知道这云朵来自湿润的大地，而明天，它们可能就化作我的风景中的雨滴了。

　　就这样连休息带欣赏了片刻之后，我继续前行。偶尔跟碰见的渔民聊两句，他们把我当作沿岸的地主了。由于天太热，我尽量靠着灌木丛和水塘边走，不过差点儿踩到一群野鸭子身上。

---

　　① 库尔瑟莱（法语：Courseulles – sur – Mer）：法国西部海港小城，属下诺曼底大区卡尔瓦多斯省，全称"滨海库尔瑟莱"。

直线距离 4 法里的路，按我选择的路径走下来怎么也得 8 法里，晚上 5 时我终于到达了莱皮约①。从昨天上午 11 时到现在，除了在巴尔纳维尔的那杯牛奶，我什么都没吃。在 30 个小时没吃饭的情况下步行 10 法里，这就是我从拉艾迪皮②到莱皮约的壮举。

在莱皮约，我来到一个饭馆，漂亮的老板娘个子不高但很丰满。她在菜园里种了很多豆子，我先是帮她搓了半天豆荚，累得满头大汗，又跟她说了许多好听话，才吃到晚餐。7 时，我坐上去瑟堡的马车，这车的车辖辘扭曲得厉害。

车走了大约两个小时，天已经完全黑了。突然，我抬眼，哦，应该说是低下眼，看见前方有一个巨大的旋涡状暗影，泛着微白，那便是瑟堡海湾了。在我右下方，远远地有二十来盏灯，从黑黢黢的屋檐下透出光来。更远处，亮着两座灯塔。在我左方，路边的榆树在我们头顶上摆出各种古怪的造型，衬上天空昏暗的背景，显得有些阴森。后面盘旋的山路消失在半山腰的某个地方，前方的大海在神秘地召唤，我们到达了瑟堡。

来到一个城市真是不容易，不是吗？现在，我只是在一堆暗影里看到些灯光，在寂静的夜里听见了海的絮语，其他的东西任由我想象，这真是妙极了。不过第二天我就彻底失望了，因为除了教堂里那些不错的雕塑值得一看，就再没有别的了。瑟堡真是座平庸的城市。

我和南特伊在海上兜了一圈，也到海港和堤坝上走了走。当然，我对所有的大海港都没什么好印象，因为我痛恨这些给海穿衣披甲的砖瓦工程。在海堤、防波堤、丁字堤和码头组成的迷宫里，海消失不见了，就像

---

　　① 莱皮约（法语：les Pieux）：法国西部小城，属下诺曼底大区芒什省，位于巴尔纳维尔以北。

　　② 拉艾迪皮（法语：Haye – du – Puits）：法国西部小城，属下诺曼底大区芒什省，位于卡朗唐以西。

在鞍辔下面看不到骏马一样。埃特勒塔和勒特雷波尔万岁！港口越小，海越浩瀚。

晚上8时，我们离开瑟堡，慢慢地步行到图拉维尔①的海岸边。在我们身后，一望无际的大海铺展到天边，像打了一层蜡一样光亮、平坦、宁静。

从我们这里能看到三个海湾，一座花岗岩小山丘的尽头延伸出瑟堡的大坝，整个瑟堡笼罩在水汽之中。一只小艇径直穿越锚地驶离瑟堡，在身后留下了一段银色的航迹，足有1法里长。在暮色的笼罩下，丘陵和海的美丽线条都被模糊简化了，只见一些地方的海面泛起珍珠似的光芒。越向远看，海面越晦暗无光，直到海天交接处。太阳刚刚熄灭的地方，一层厚厚的云也像困倦极了的上眼睑一样，垂了下去。

多亏天空和大海给瑟堡增加了些色彩和情趣，这个海港还算漂亮，除此之外，这真是座不怎么样的城市。

我只能写到这儿了。没有吸水粉来弄干我的墨迹，我只能求助一下手边的这张《立宪报》②了。可怜的《立宪报》，委屈一下，尝尝我的墨水吧。

蓬托德梅尔③，7月12日

我的阿黛尔，我今天还是只给你写几句话。那封长信还没写完，我都不知道该怎么给你讲述我的见闻了。行程安排得很满，又是看海又是看教

---

① 图拉维尔（法语：Tourlaville）：法国西部海港城市，属下诺曼底大区芒什省，位于瑟堡以东，紧邻瑟堡。

② 《立宪报》（法语：le Constitutionnel）：法国一份政论性报纸，于1815年百日王朝期间创刊，1914年停刊。

③ 蓬托德梅尔（法语：Pont – Audemer）：法国西北部城市，属上诺曼底大区厄尔省。

堂，我都没时间喘息片刻。据说邮车要走了，我匆匆忙忙写下这些话，因
为我想让你总能收到我的信。

我希望你们那边一切顺利，希望我到家的时候能看到你们都健健康
康、高高兴兴的。

恐怕我没有时间写下所有的见闻，但这也正好留下一部分，等我到了
傅尔克再亲自跟你讲述。

替我亲亲咱们的小宝贝们。向玛蒂娜和朋友们问好。代我握你父亲的
手。吻你，吻你那可爱的双唇。

你的维克多

第十节　伊沃托①—圣瓦莱里昂科

伊沃托，7 月 13 日

　　亲爱的朋友，我可能无法坚持写这浩大的旅行日记了。一路上各种事件接踵而来，写出来都要很大篇幅，而我要看的东西越多，用来记录的时间就越少。

　　我游览了拉芒什海峡②沿岸所有漂亮的城市。在巴约③，有一座宏伟的大教堂。在卡昂，我参观了大大小小 15 座钟楼。不管什么时候，即使是在最小的村庄里，你一抬头，都可能见到一座令人赞叹的尖顶，不过，奇怪的是，下面只是一座很小的教堂，就好像在其貌不扬的植物上居然抽出了一枝花苔，开着美艳无比的花朵。晚上，南特伊和我一起在小城中散步，我们在弯弯曲曲的胡同中徜徉，似乎每走一步，都能抬头看见耸立着的教堂钟楼，就像寻常人家的房顶上都安着无比豪华的烟囱。

　　这样的旅行方式，对我俩这种什么都想看一看的人倒是挺合适。我们甚至情愿住一家下等的旅店，而不惜花大价钱去看一片好风景。为此我们可以乘轻便马车或蹩脚马车，可以坐在双层的顶座，也可以坐颠屁股的后座，随便怎么都行。有时候，碰到很爱攀谈的同路人，我俩就得跟他们聊

---

　　① 伊沃托（法语：Yvetot）：法国西北城市，属上诺曼底大区滨海塞纳省，位于鲁昂西北。
　　② 拉芒什海峡（法语：La Manche）：分隔英国与法国并连接大西洋与北海，又名"英吉利海峡"。
　　③ 巴约（法语：Bayeux）：法国西部城市，属下诺曼底大区卡尔瓦多斯省，位于卡昂西北。

天。对我来说，虽然还得写诗写文章，不过那不影响我时不时地加入他们的谈话。我可以一边谈话一边思考。

我们现在在伊沃托。由于没能抵抗住再看一次海的诱惑，我们准备下一站去费康。

伊沃托城看上去有些拙劣，那儿的房屋都被涂得通红，女孩子也一样。

不过，我们看过了伊西尼①，并在渔船上过了一夜；翁弗勒尔②有一个帆樯如林的小港，周围环绕着矮小但比南特伊要高的屋宇，背后是翠绿的丘陵；塞纳河在拉布耶③这里弯成了美丽的新月；蓬莱韦克④有各种各样漂亮的房屋；然后是蓬托德梅尔，有一座尚未完工的漂亮教堂，里面的彩绘玻璃窗真是美轮美奂。但是，我的阿黛尔，所有这些都比不过傅尔克，虽然那里只有一座丑陋的新式教堂，然而有你在，有你们大家。

我预计 19 日到巴黎，这段时间我会一直给你写信的。另外，我要告诉你：我已经完全经受住了晕船的考验。这次旅行中的几次海上漫游，我都平安无事。包括在巴夫勒尔的那一次，当时海上波涛汹涌，我们的三桅帆船都被灌上了水沫，我紧紧地抓住缆绳，站在小船边上，那真可算作我此生最难忘的经历之一了。

好啦，我的阿黛尔，又一沓胡乱写就的东西。我赶紧先拥抱你一下，再拥抱蒂蒂娜、多多、夏洛和代代，最后再拥抱你一下。我比以前任何时

---

① 伊西尼（法语：Isigny – sur – Mer）：法国西部小城，属下诺曼底大区卡尔瓦多斯省，全称"滨海伊西尼"。

② 翁弗勒尔（法语：Honfleur）：法国西北部城市，属下诺曼底大区卡尔瓦多斯省，位于塞纳河入海口南岸，勒阿弗尔对面。

③ 拉布耶（法语：La Bouille）：法国西北部小城，属上诺曼底大区滨海塞纳省，位于鲁昂西南，塞纳河南岸。

④ 蓬莱韦克（法语：Pont – l'Evêque）：法国西北部城市，属下诺曼底大区卡尔瓦多斯省，位于卡昂东北，翁弗勒尔以南。

候都更爱你们，还有五天就能与你们团聚了！

维

伊沃托，7 月 16 日

亲爱的朋友，我们总算又回到了伊沃托，但来了一场暴风雨，那风刮得太可怕了。我们想去圣瓦莱里昂科看海，这又得耽误两天。我准备 20 日到巴黎，可能 21 日才能见到你们，我会再给你写信告知准确时间。再写信还是寄到日索尔吧。昨天写的信没来得及寄出，今天一并寄给你。

这场暴风雨来得真不是时候，虽然我以前没见识过，这次也算是大开眼界，但它毕竟耽搁了我回家的行程，我多么需要再见到你啊！轻轻地吻你。

维

巴朗坦①，7 月 17 日

我从最重要的事情说起：我将在 20 日晚上或是 21 日早上到达巴黎，具体还要看日索尔驿车的快慢。我想更早赶到傅尔克去见你们，所以请你确保我能从皇家广场的门房那里拿到钥匙，并且让人提前准备好我的礼服和其他行头，放在我的房间里。提前感谢你，感谢你为我所做的一切。

我刚刚见识了一个不可思议的大场面。当我和南特伊到达圣瓦莱里昂科的时候，肆虐了一夜的暴风雨刚刚停息，但是大海仍然愤怒地激荡着。于是我们又花了八个小时的时间看海，我们跑到堤坝上，爬上悬崖，在沙滩的卵石上行走，把鞋子都磨破了。这些可都是千真万确的，回去后你就

---

① 巴朗坦（法语：Barentin）：法国西北部城市，属上诺曼底大区滨海塞纳省，位于鲁昂和伊沃托之间。

能看到我那双海狸皮的鞋子了。南特伊倒是聪明，直接赤着脚走路了。

海真的很美。极目所至，只见一道道长浪，仿佛在巨大的琉璃上展开雪白的翅膀。一切都在盛怒下跳跃着，墨绿和纯白混杂在一起，咆哮着。风很大，我们只能紧紧地抓住丁字堤堤首的栏杆。时不时地，淡黄色的波涛从海底成群涌起，在疾风的催赶下，沿着大坝发疯似的向我们袭来，就像冲锋陷阵的骑兵团，随即又在卵石间迸碎、回旋，在嘶哑的喘息声中散作一片片宽阔的水洼，泛着涎沫。每次巨浪的冲击都会将这座旧堤上的孔洞灌满水，海浪退去后，这些大小的洞口就像喷泉一样将海水喷泻出来。在我们脚下，有一块巨大的岩石，白色的海浪涌来铺展其上，退去时被黑色的花岗岩以各种方式划得面目全非。风暴如此嚣张，海上找不到一条船的影子。虽为白昼，但光线十分昏暗，偶尔从厚厚的乌云间隙透出一丝苍白的光。天空密布乌云，海面覆满浪涛，我们的脚下和头顶一片嘈杂。

伊沃托的住宿条件真是可怕。我取了上上封信里面的一句话，把它磨炼成诅咒之词，在临行前犒赏给这座城市：

致伊沃托

诺曼人的伊沃托，
庸俗肮脏难诉说。
破房烂屋处处是，
旅店脏似猢狲窝。
客房充满霉馊味，
床单乌黑墙裂豁。

伊沃托啊伊沃托，

狠敲竹杠太缺德。
饭菜低劣价钱贵，
病死兔肉上餐桌。
地痞无赖来骚扰，
捣破门窗把恶作。

伊沃托啊伊沃托，
天下地上真不多。
大道生着绿霉菌，
母驴拉着破酒车。
葡萄酸得赛过醋，
房子涂成烂红色。
连小姑娘也如此，
浓妆艳抹似妖婆。

伊沃托啊伊沃托，
为你唱支诅咒歌。
孱弱国王①归撒旦，
干瘪麦粒入空锅。
游客今朝离你去，
永不再来伊沃托。

---

① 孱弱国王：取材于法国诗人贝朗瑞（法语：Pierre Jean de Béranger，1780—1875）于 1813 年创作的著名讽刺歌谣《伊沃托国王》。

　　我终于要回到巴黎了，记住这句话——我在旅途中抒发的庄严感慨：大自然是美的，而人是丑的。

　　事实上，这一路有鲜花、树木、阳光和小鸟，也有衣冠不整的农夫、戴着破棉帽的村姑、吸溜着鼻涕的脏孩子；城市里有宏伟的大教堂，也有下等的客栈。你知道吗？这些所谓的客栈就是些文明了的、完善了的、订了《立宪报》的老贼窝。

　　我的阿黛尔，请相信我真心地为返程感到高兴。在日索尔，我就能收到你的信。在傅尔克，我就拥抱你了。吻蒂蒂娜、夏洛、多多和代代。你们就是我的喜悦、我的生命。吻你，我的阿黛尔，我爱你。——向你的父亲、玛蒂娜和咱们的朋友问好。

第二部分

比利时

第四章

1837 年

第一节　克雷伊①

亚眠②，8 月 11 日，晚上 9 时

　　亲爱的朋友，我到了亚眠。在衣柜上的大理石台面上，我只找到这张纸和白色的墨水，我很快地给你写几句话。我爱你，我的阿黛尔，请相信我。下次我会更详尽地给你讲述我的见闻。

　　从巴黎到这儿一路上风景如画，就像是穿过了一座大花园，还有很多迷人的教堂。克雷伊是一座漂亮的小城，到处是绮丽的古建筑，有座桥被一个小岛中分，所有这些都倒映在清澈的河水中。在布雷特伊③，邮局设在一座 15 世纪的精致小城堡里，就像在韦尔讷伊④一样。

　　另外，我还看到了一座漂亮的钟楼，应该是属于教堂的。

　　我写信的时候周围很吵，我内心非常难过。我亲爱的阿黛尔，我想象着再见到你们将会多么快乐。在家里，我们一边读贝朗瑞的歌谣一边喝汤，多么幸福啊，可我偏偏离开那么温馨的家，跑到这儿来吃旅馆的饭，真是太傻了。我图什么呢？其实主要是想变变环境，换换心态，因此也就

---

①　克雷伊（法语：Creil）：法国北部城市，属皮卡第大区瓦兹省，位于巴黎正北。
②　亚眠（法语：Amiens）：法国皮卡第大区索姆省首府，拥有著名的亚眠圣母院。
③　布雷特伊（法语：Breteuil）：法国北部城市，属皮卡第大区瓦兹省，位于克雷伊以北。
④　韦尔讷伊（法语：Verneuil）：法国西北部城市，属法兰西岛大区伊夫林省，位于巴黎西北。

只有旅行了。

再见，我可怜的天使。替我亲吻我挚爱的蒂蒂娜、夏洛、多多和代代，要挨个亲他们的双颊。——我爱你，我的蒂蒂娜，我爱你，我的阿黛尔。一千个吻。

维

第二节　索姆河^①—阿拉斯^②

　　　　　　　　　　　　　阿拉斯，8 月 13 日，晚上 6 时

　　我算了一下，在我写这第二封信的时候，你应该正在读我寄给你的第一封信。在我想念你的同时，你的心思也正在我身上，想到这一点，我就觉得幸福无比。

　　我现在已到阿拉斯，马上就要进入比利时了。昨天早上，我乘蒸汽船沿索姆河而下，从亚眠到了阿布维尔。上船的时候，太阳正在从浓雾中升起，大教堂宏伟的剪影显现出来，没有任何细节的干扰，只是伟岸的轮廓，真是美极了！

　　索姆河两岸的美无与伦比。放眼望去，全是绿树、草坪、牧场和可爱的小村庄，这丰润的绿色十分养眼。没有巨大的、严肃的东西，长长的河岸就像由很多弗兰德^③地区的小风景画拼接而成。河水从长满芦苇和鲜花的陡岸边、从可人的小岛旁潺潺流过。到处都是欣欣向荣的草场，沉静的奶牛在其上漫步，仿佛在思索着什么，一缕暖暖的阳光透过高大的杨树照在它们身上。我们的船时不时地在闸口停驻，而每当此时，蒸汽机就像累极了的牲口似的喘息一阵。

---

　　① 索姆河（法语：la Somme）：法国北部皮卡第大区的一条河流，全长 245 千米。发源于皮卡第高地，流经亚眠，注入拉芒什海峡。
　　② 阿拉斯（法语：Arras）：法国北部—加莱海峡大区加莱海峡省首府。
　　③ 弗兰德（法语：Flandre）：西欧的一个历史地名，指西欧低地西南部及北海沿岸，包括今日比利时、法国、荷兰的部分地区。与当地相关的事物常用"弗拉芒"一词来修饰。

　　我们参观了沿河的皮基尼①，那儿有一座漂亮的钟楼，还有一座属于布贝先生的大城堡，颇具皇家风范。在河的北岸，还有一些残垣值得一看，但岸上的草太高了，残垣掩映其中，不容易被船上的游客看得分明。另外，岸边的草和芦苇也很有情趣，每当游船经过，水波扩散到两岸的时候，它们就会殷勤而优雅地向人们弯腰致意。

　　我饶有兴致地再次参观了阿布维尔，4时许我们开始向杜朗进发，晚上9时才到。

　　对于不熟悉这条路的人来说，在离开阿布维尔3法里的地方，有一个惊喜，那就是建于15世纪的圣里基耶②修道院，非常壮美，但几乎倾圮了。我当时下了船，在修道院正殿里的那些雕塑之间流连了一个小时，雕塑很多，而且大部分都很美。有些甚至还保留着16世纪的彩绘。在圣母教堂，托座上有一尊玛丽·斯黛拉③的雕像，我真希望当时能画下来，但时间太紧了。圣母身处一颗巨星之中，周围又被其他星星环绕，一艘破损的大船在咆哮的海浪中寻找方向，远处深深的背景中，有一湾海港。这情景真是令人陶醉。人们目前正在对修道院进行重修，但修得不好。

　　村庄的广场上有一座非常漂亮的钟塔，四个角各附有一座小塔。我很想画下来，但我们得继续上路了。

　　去杜朗④的路弯弯曲曲，车子随着丘陵的地势单调地颠簸，这通常会让很多旅客感到厌倦，而我却乐在其中。我时不时地能看到一座安着红色大风车的磨坊，在风扇交叉的十字中心点，通常会被人画上一颗星星的图

---

　　① 皮基尼（法语：Picquigny）：法国西北部小城，属皮卡第大区索姆省，位于亚眠和阿布维尔之间。

　　② 圣里基耶（法语：Saint-Riquier）：法国西北部小城，属皮卡第大区索姆省，位于阿布维尔以东。

　　③ 玛丽·斯黛拉（拉丁文：Maris Stella）：海洋之星圣母，童贞圣母玛利亚的别名。

　　④ 杜朗（法语：Doullens）：法国西北部小城，属皮卡第大区索姆省，位于亚眠正北。

案，这背后一定有种温馨而甜蜜的讲究，出于信仰"玛丽·斯黛拉"（让
小多多给你讲讲这个拉丁文吧）。

　　杜朗的自然风景很美，城市却很平庸乏味。小城里面河流纵横，树木
繁茂，四周被漂亮的小山丘环绕，整体感觉像是一幅蹩脚的画被裱在了精
美无比的画框中。这里有一座棱堡①，建得曲里拐弯，外有壕沟护墙。沃
邦②的工事在这柔美的风景中显得很生硬。对我来说，除了在梵·德·莫
伊伦③的画中，实在忍受不了近代堡垒中的三角形和直角构造。

　　原本期待着到了阿拉斯能看到些好景致，不过最终我也只是稍感满意
而已。在两个广场四周，有路易十三④时代的弗兰德—西班牙款式的涡形
山墙建筑，很有情趣。但这里没有教堂——也不能这么说，其实这里有一
座钟楼，只不过十分难看罢了，就像圣雅克杜奥巴教堂⑤的那座一样。我
想进去看看，不过大门紧闭，根本打不开。这个拙劣的教堂就像一个丑陋
又假正经的女人，那还去看它干吗？真见鬼！

　　在那个小一些的广场上，有一座曼妙的建于 15 世纪的市政厅，旁边
靠着一座精美的文艺复兴款的建筑。市政厅的门面如果不是被当地建筑师
画蛇添足地装饰一番，效果会更值得称赞，可现在被哥特式装潢弄得像是
老安必古⑥剧院了。现在人们又在对钟塔进行修缮，这可怜的建筑真是被

――――――――――

　　① 棱堡（法语：Bastion）：古代堡垒的一种，把堡垒外墙轮廓建成凹多边形，这样，无论
城堡的任何一点被进攻，防守方都可以使用交叉火力对其进行多重打击。

　　② 沃邦（法语：Sébastien Le Prestre de Vauban, 1633—1707）：路易十四时期的法国元帅，
著名的军事工程师。

　　③ 梵·德·莫伊伦（荷兰语：Adam‑François Van der Meulen, 1632—1690）：出生于布鲁
塞尔，路易十四的御用画家，擅长战争和狩猎题材绘画。

　　④ 路易十三（法语：Louis XIII, 1601—1643）：法国波旁王朝国王，1601—1643 年在位。

　　⑤ 圣雅克杜奥巴教堂（法语：Eglise Saint‑Jacques‑du‑Haut‑Pas）：位于巴黎第五区的
一座教堂。

　　⑥ 安必古剧院（法语：Théâtre de l'Ambigu‑Comique）：巴黎的一家剧院，1769 年建成，
1966 年被拆除。

折腾得够呛!

亲爱的朋友,我就这样信手写来,享受着跟你交流的幸福感觉,不知不觉中纸都写得满满的了。我的晚饭也已凉了很久,不过,管他呢,写完给你的信才最重要啊。给我写信吧,我的阿黛尔。也把这封信拿给蒂蒂娜看看,同时给她一千个吻,当然也要吻其他宝贝。不过,我总有四分之三的吻是留给你的。哦!我已经迫不及待想见到你们了,尤其是你。我爱你。

维

向咱们的好朋友——特别是路易、罗必兰、夏蒂翁——问好!

第三节　杜埃①—瓦朗谢讷②—康布雷③

瓦朗谢讷，8 月 15 日

亲爱的朋友，明天我就会到布鲁塞尔，已经有点儿迫不及待了。因为，在阿拉斯之后的地方，除了杜埃，都太平庸了。

我说"除了杜埃"，是因为杜埃有一座我在城市中见过的最美丽的钟塔。你想象一下，这是一座哥特式建筑，屋顶由石片铺就，塔顶端有一只小狮子，用爪子举着一面旗。主塔尖由一个摞一个的锥形小窗构成，环绕主塔尖有四个小塔，塔顶亦有小窗，所有的锥形小窗之上都有一个风向标。设置这么多窗子是为了传递排钟优美的旋律，钟声奏响时，人们可以从每个小窗子里看到一只卖力震颤着的小钟，就像歌唱时嘴里的舌头一样。

我把这座钟塔画下来了，虽然不太顺眼，但看着它，我仿佛仍能再次听见那欢快而悠扬的旋律，就好像音符正从这座尖塔塔顶自然蒸发出来的

---

① 杜埃（法语：Douai）：法国北部城市，属北部—加莱海峡大区北部省，位于阿拉斯东北。
② 瓦朗谢讷（法语：Valenciennes）：法国北部城市，属北部—加莱海峡大区北部省，位于杜埃以东。
③ 康布雷（法语：Cambrai）：法国北部城市，属北部—加莱海峡大区北部省，位于杜埃以南。

一样。

经过那里的时候，我本想去拜访一下咱们可怜的安东尼·杜雷①，可我去市政厅问了一下，他不在。杜埃没有教堂，因为我不会管角落里那一堆丑陋的建筑叫教堂的。

这一路最无趣的城市要数康布雷（拉丁文的写法是 Camaracum）。那里有一个丑陋的广场，四周的商铺灯火通明，我想他们可能想建成巴黎的皇家广场，但最终搞得像夏特莱广场②，而且更大、更丑。古典风格但很难看的市政厅顶上有一座大钟，这钟彰显了这个城市骄傲的本性，因为当地人都会告诉你，那座钟是一个牧羊人设计制作的。（我会相信狄尔西斯③能做出这样的钟④吗？）最后是大教堂，这座教堂就像是把圣雅克杜奥巴教堂的钟楼安插在圣托马斯·阿奎那教堂⑤的门面上一样。城里到处是人，整座城市很难看。

今天本来是个节日，街上应该会有所谓的彩车游行，就是用金色硬纸板糊在车上，上面站着红头发的姑娘们。我躲得远远的，并祈求上帝赦免我，不要在我旅行的路上再安排康布雷这样的城市了，我宁愿在屋子里面重新读一遍《忒勒马科历险记》⑥。

---

① 安东尼·杜雷（法语：Antony Thouret，1807—1871）：法国19世纪著名的律师、作家和政治人物。
② 夏特莱广场（法语：Place du Châtelet）：位于巴黎塞纳河边，第一区和第四区的交汇处。
③ 狄尔西斯（法语：Tircis）：拉·封丹寓言中的人物，在《狄尔西斯和阿玛朗特》(Tircis et Amarante) 的故事中，狄尔西斯是一位牧羊人。
④ 康布雷市政厅大钟设计精巧，每次报时由两个人偶敲钟来完成。
⑤ 圣托马斯·阿奎那教堂（法语：Eglise Saint Thomas d'Aquin）：巴黎第七区的一座教堂。
⑥ 《忒勒马科历险记》（法语：Les Aventures de Télémaque）：弗朗索瓦·芬乃伦（绰号：康布雷的天鹅）的作品。

　　瓦朗谢讷比康布雷也好不到哪儿去。这里有一座 14 世纪的钟塔，十分庄严古板。但一百年前，人们在其脚下盖了一排笨重的陶立克柱式的房屋，又在其头顶用蓝色的石头加了冠，还是洛可可风格的。灰身蓝顶总显得头重脚轻，让人觉得这钟塔随时有倒掉的危险。所有这些荒谬的行为真是又可笑又可悲。这里也有一座西班牙风格的市政厅，建于 1612 年，不过被居民损毁得很严重。

　　看过了这个和一些十分少见的老房子，就只剩下一座军事城堡了。我对沃邦的风格厌烦至极，低矮的堡垒几乎能被一丛草遮住，差点儿就找不见它了。我曾在《巴黎圣母院》① 里写道：印刷术摧毁了教堂②，现在还可以补充一句：大炮摧毁了堡垒③。

　　当然这里也有一座大广场，不过索然无味，尤其是和阿拉斯的那两座比较起来。我在月光下第二次欣赏了阿拉斯广场，当时黑夜吞去了一切色彩，只剩下优美的线条，简直比白天还要迷人。

　　我开始对这个地方的颜色感觉厌倦了，红色的房子、金发的女人、黄色的平原。我盼望着再见到石头、绿野和黑色的骏马，特别盼望见到你，我的阿黛尔。

　　除此之外，从康布雷到这里的一路上，总能看到蓝色大理石的短石柱，或是灰色花岗岩的陶立克柱④。大腹便便的红头发的路人，都还以为那是什么纪念性建筑。其中有一个是为了纪念德南战役，上面还有两行伏

---

　　① 《巴黎圣母院》（法语：Notre – Dame de Paris）：雨果于 1831 年出版的长篇小说。

　　② 印刷术的普及提高了人们的识字率，从而削弱了以教堂建筑艺术为载体的思想宣传方式的宣传力度。

　　③ 在 17 世纪的战争中，火炮作用凸显，军事建筑设计师便逐渐废弃了高大坚固的护墙塔楼，而是努力将要塞隐蔽于土地中。沃邦设计的堡垒是后者的杰出代表。

　　④ 陶立克柱：古希腊柱式结构主要有三种，分别是陶立克式、爱奥尼式、科林斯式。

尔泰的诗，写得不怎么样。另一个是为了纪念当皮耶尔将军①，圆柱顶上有一个铜罐，好像它要去泉边接水一样。我不知道怎么避开这些杜什努瓦小姐②怀中的短石柱一样的东西，就由他去吧。

我在德南③战场逗留了片刻。这里值得纪念，因为这片平原与别处没有什么不同，而且我在这个蹩脚的小村庄里差点儿没找着它。伏尔泰说起"在德南"，就像说"在巴黎"和"在伦敦"的口气一样，不过我在这里只找到了一栋老房子，可以追溯到战争当年，见过"驱赶雷电的勇敢的维拉尔"④。

我的阿黛尔，这次又是一封长长的信，我一边享受着给你讲述见闻的甜蜜，一边信笔而书，希望你能像亲眼见到这些景致一样。但愿咱们的代代身体逐渐好起来，请你们都多保重。至于我，已经被晒得红透了，就像这里的墙面和人们的头发一样，倒也和谐。

我想这封信可能和你的父亲一起到家，请代我好好地拥抱他，知道他在你们身边我会更开心。另外，给我写一封温馨的信吧。

① 当皮耶尔（法语：Auguste Marie Henri Picot de Dampierre，1756—1793）：法国大革命时期的将军，1793 年 5 月在瓦朗谢讷战死，1836 年当地为其建造了一座纪念柱。
② 杜什努瓦小姐（法语：Catherine – Joséphine Duchesnois，1777—1835）：法国著名悲剧演员。1835 年人们在巴黎为其树立了一尊雕像。
③ 德南（法语：Denain）：法国北部城市，属北部—加莱海峡大区北部省，位于杜埃和瓦朗谢讷之间，1712 年西班牙王位继承战争期间，法军曾在德南战役中取胜。
④ 刻在德南战役纪念柱上的伏尔泰的话语。

第四节　布鲁塞尔①

布鲁塞尔，8 月 17 日，晚上 8 时

亲爱的朋友，我还在对布鲁塞尔赞赏不已，确切地说是对这里的两样东西——市政厅及其广场和圣古都勒大教堂——赞赏不已。

圣古都勒大教堂②的彩绘玻璃窗在法国不为人知，而这些画在玻璃上的真正的画，人物风格酷似提香③，画面构图像保罗·委罗内塞④，的确令人赞叹！

由亨利·凡尔布鲁根⑤雕刻的木制主教台 1699 年就被安放在教堂中。这件作品浑然一体，饱含哲理，富有诗韵。它取材于一株巨树，主干雕成讲台，细杈雕成枝叶，鸟兽隐匿其间。基部雕成亚当和夏娃，描绘了他们被伤心的天使驱逐、被狂笑的死神追赶、最终被蛇尾分开的故事。顶部是圣母手执十字架，圣婴耶稣脚踩被十字架轧住的蛇头。整个这首诗就被精雕细刻在一株橡树上，十分遒劲有力，同时又细腻柔和、充满灵性。主教台具有洛可可式的华丽和不可思议的壮美，这是艺术界少有的跨界巅峰之

---

① 布鲁塞尔（法语：Bruxelles）：比利时首都，位于比利时中部偏北。
② 圣古都勒大教堂（法语：Cathédrale Saints – Michel – et – Gudule）：布鲁塞尔的一座大教堂，始建于 11 世纪。
③ 提香（法语：Titien，意大利语：Tiziano Vecellio，1490—1576）：意大利文艺复兴后期威尼斯画派的代表画家。
④ 保罗·委罗内塞（法语：Paul Véronèse，1528—1588）：意大利文艺复兴时期娇饰主义画家。
⑤ 亨利·凡尔布鲁根（荷兰语：Hendrik Frans Verbruggen，1654—1724）：比利时著名巴洛克风格雕塑家。

作，华托①和夸佩尔②的某些作品也有这样的风格。就是这样，随便那些严肃派的狂热分子们怎么品评吧。

我曾在蒙斯③见过另一座比利时风格的教堂，这座建于 14 世纪的圣沃德鲁教堂④真是美极了。其内部设计简直可以让我们的大教堂脸面丢尽。这里到处显示着奢华、精细和虔诚，小教堂室内精致的修饰，圣母像堂皇的装扮，与我们肮脏、空洞、缺乏保养的教堂形成鲜明的对比。如果不是这些善良的比利时人总爱对教堂进行多此一举的粉刷，我们就只剩下崇拜的份儿了。不过圣沃德鲁教堂尚未被胡乱涂抹，圣古都勒教堂却没有逃过此劫。

下午 3 时我走进圣古都勒教堂，人们正在举行圣母祭礼。在教堂的大殿正中，穿过缭绕的烟气，可见一尊圣母像，她穿着镶有英式花边和各种宝石的长裙，在金色的华盖下熠熠生辉。暗处是众多的善男信女们一动不动地向她祈祷。往上看，一束阳光从屋顶的窗子射入，随着光影的移动，那些巨大的雕像仿佛活了起来，大胆地靠在了立柱上，而信徒们仿佛已石化。

接着是一阵高低音交错的美妙歌声，伴随着管风琴的旋律降临在这群信徒身上，又随着氤氲的蒸汽袅袅升起，笼罩了大殿最顶部的房梁。而我，此时此刻，目光正落在凡尔布鲁根的那座激烈战斗中的主教台上，台上娓娓传来布道者的话音。——这一切被环绕四周的彩绘玻璃窗、被头顶的尖拱、被两旁文艺复兴时期的黑白大理石灵柩镶上框，你就能理解我心底油然而生的充满敬畏的崇高感觉了。

----

① 华托（法语：Jean Antoine Watteau，1684—1721）：法国洛可可风格代表画家。
② 夸佩尔（法语：Antoine Coypel，1661—1722）：法国画家和室内装饰家。
③ 蒙斯（法语：Mons）：比利时中南部城市，位于布鲁塞尔以南，靠近与法国的边境。
④ 圣沃德鲁教堂（法语：Collégiale Sainte - Waudru）：蒙斯的一座教堂。

布鲁塞尔市政厅可以和沙特尔教堂的尖顶媲美，当时建筑师的脑子里一定落进了诗人的绝妙幻想。而且，市政厅旁边的广场也美轮美奂。除了有三四座房屋被现代那些自命不凡的人给改造得不伦不类，其余的建筑无一不代表一个时代、构成一套体系、体现一首诗、堪称一部杰作。我真想把它们一个挨一个地都画下来。

我登上了圣古都勒教堂的钟楼，整座城市的美景尽收眼底。在我脚下，是一片开裂的涡形的屋顶，半笼罩在布鲁塞尔的氤氲烟雾之下。头上乌云压顶（似乎暴风雨就要来了），云的上层卷曲变换，并被阳光镶了金边，下层却平滑如削，仿佛一面大理石。远远地，在这一大块乌云的尽头，雨落了下来，仿佛盛满沙子的布袋在那里开了道口子，沙子随之而落一样。钟塔上镂空的顶塔在白茫茫的蒸汽之上驱散了一些阴霾，闹市里混杂的声音悬浮到半空中。再往远处看，天边是一片漂亮的小丘陵，真是太美了。我这个巴黎来的乡巴佬无比感慨地欣赏着这一切，直到一个吹着口哨的砖瓦匠开始在我身边"梆梆梆"地敲打着什么，我才回过神来。

布鲁塞尔让我暂时忘记了蒙斯，不过我还真想跟你讲讲后者，因为那是一座迷人的城市。但不在今天，我的阿黛尔，因为今天你应该听够了我描述的教堂和石头。我好像已经听到你正在低声埋怨我一讲起自己的嗜好就滔滔不绝了。亲爱的朋友，别抱怨。这些教堂都能让我想起你，每当我走出教堂，都会爱你们更多些，如果能更多的话。

拥抱你和你的好父亲。让蒂蒂娜、代代、夏洛和多多以我的名义互相拥抱吧。我现在喝啤酒像德国人一样了。鲁汶①的啤酒闻上去像死老鼠，但入口后稍有甘甜的回味，很不错。——吻你。

① 鲁汶（法语：Louvain，荷兰语：Leuven）：比利时中部城市，位于布鲁塞尔以东。

第五节　蒙斯—鲁汶—梅赫伦①

布鲁塞尔，8 月 18 日

我的阿黛尔，我现在仍在布鲁塞尔，等马车的同时开始写这封信，最终写完可能要到鲁汶或是梅赫伦了。每当我给你写信，都在意念上靠近你，我的幸福跃然纸上，相信你一定能看出来。

我许诺过还会跟你讲蒙斯。这的确是一座非常有情趣的城市。圣沃德鲁教务会教堂只有一座不起眼的板岩小尖塔，因此并没有我期待的哥特式钟塔。然而，蒙斯城里却有三座，使得城市显出参差不齐的奇特剪影，这正是南北文化碰撞、弗兰德和西班牙文化交融的结果。

三座钟塔中最高的，建在旧城堡的位置，我估计这是座 17 世纪末的产物，塔顶十分离奇。你能想象在一只巨大的咖啡壶的圆肚下面摆上四只稍小的茶壶的模样吗？如果不是建得那么高大，这钟塔一定会很丑，是尺寸的巨大成全了它。

在这样的钟塔周围，是不规

---

① 梅赫伦（法语：Malines，荷兰语：Mechelen）：比利时北部城市，位于布鲁塞尔正北。

则的广场和曲折狭窄的街道，街道两旁挤满高大的砖石结构的房屋，这些房子保留着 15 世纪的山墙，矫饰上 16 世纪的门面。想象出来这些，你便会对弗兰德地区的城市有一个大致的印象了。

蒙斯的市政厅广场特别漂亮。市政厅的正面由 15 世纪的尖形拱肋造型构成，顶上是一座洛可可风格的钟塔。从这个广场上，我们还可以看到另外两座钟塔。

因为第二天凌晨 3 时就要出发，我一晚上都没睡，就是为了在月光下再看看这一切。明净的夜空中星辰闪烁，广场四周的房屋在天空深蓝色的背景下印出形状各异的缺口，简直美极了。这是 15 世纪变幻莫测的风格和 18 世纪建筑师怪诞的奇想交融的产物。在这样奇特的时间欣赏这样虚幻的建筑，效果真是妙不可言。

大钟楼（也就是那座像茶壶的塔楼）会时不时地响起一阵美妙的排钟声，听上去像是在为弗兰德的居民演奏一支不知名的中国乐曲。这曲子停歇后，沉重的报时钟敲响。报时钟最后一击的震颤结束后，在无边的寂静之中，总能依稀听见一阵奇怪而轻柔的叹息声，这悲伤的声音从塔顶缓缓飘落，实际上是守夜人逐渐衰微的鼻音，仅仅两声，之后整座城市将继续一小时沉静的安眠。

我，就在那里，是唯一醒着陪伴这位守夜人的人。面前的窗子是打开的，我通过它观赏了整场演出，也就是这个视觉和听觉上的梦境。那一晚没有睡真是正确的选择，不是吗？还从来没有一次睡眠能给我带来如此这般的幻梦呢。

好了，这个梦被军事工事保护着。蒙斯是一座军事要塞，比我们的任何军事要塞都要坚固。城市周围有八至十道围墙，每道围墙还设有一道壕沟。在出城的时候，有大约一刻钟的时间我们都穿梭于半月堡、棱堡和壕沟外护墙之间的栈桥和吊桥之上。这些都是英国人给城市披的外套，以便人们日后拿来随意穿一穿。

另外，弗兰德地区真的很美：到处是绿油油的草场，清新的啤酒花田和田边流淌着的小溪；一会儿是一片奶牛漫步的牧场，一会儿是一间挤满酒鬼的小酒馆。我们就像是穿行在保罗·伯特①和德尼尔斯②的画卷之中。

说到弗兰德式的整洁，事情是这样的：每天，所有的女性居民，无论女仆还是女主人，无论年长还是年幼，都忙着打扫她们的住所。然而，在各种用水冲洗，用肥皂洗、刷、梳理，用硅藻土抛光、擦亮、剔净、再剔，用抹布揩这一系列过程之后，擦洗者身上便沾满了各种污垢。因此，比利时成了这个世界上房屋最干净，而女人们最脏的国度。

当然，这场清洗运动涉及不到那些假惺惺的贵妇人，她们虽然干净，但在任何国家我都不愿意跟她们打交道。

另外，如果不去想妇女们，这种有些变态的整洁确实产生了不错的效果。多亏了人们把马拉车时带的项圈上加固了铜片，并且擦得锃亮，像金子似的闪闪发光，我平生第一次意识到它的形状很像里拉琴③的琴弓。再给马头套上缰绳，维耶奈④就可以弹奏这个乐器了。

说到马，弗兰德的马似乎性子很暴，要不就是这里的人过于谨慎。因为在我经过的所有的村子里，钉马掌的时候都要把马拴在最牢固的花岗岩

---

① 保罗·伯特（荷兰语：Paul Potter，1625—1654）：荷兰画家，擅长风景和动物题材的绘画。

② 德尼尔斯（荷兰语：David Teniers，1582—1649）：比利时画家，擅长市集和村民酒宴题材的绘画。

③ 里拉琴（法语：lyre）：西方最早的拨弦乐器，也是文艺复兴以来西方音乐的象征。

④ 维耶奈（法语：Jean‐Pons‐Guillaume Viennet，1777—1868）：法国诗人、戏剧家、政治人物。

架子上，而不是橡木架（这里出产一种
蓝色的花岗石，很难看，但他们到处都爱
用）。我很厌恶这种方式，我喜欢的是
在路边某处看到马蹄铁匠和一群健硕
的马。

前天，在距离蒙斯几法里的地方，我
第一次见到了铁路，它就从大路上通过。
两匹马，拉着本应是三十匹马才能拉动的
五节车厢，沿着铁轨吃力地前行，每节车
厢有四个轮子，里面装满了煤，那场景不堪入目。

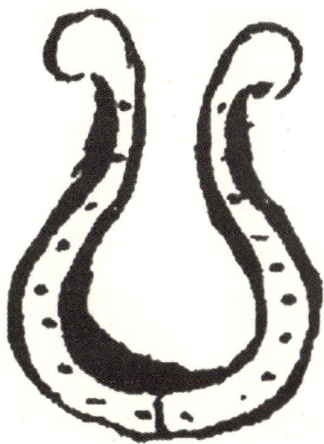

利尔[①]，8 月 19 日，晚上 9 时

我已经过了鲁汶和梅赫伦，现在在利尔继续给你写信。我的阿黛尔，
想到从昨天起你父亲就又陪在了你身边，而且我的蒂蒂娜在等弟弟的时候
先见到了姥爷，我就很高兴。

在经过了愚昧的弗兰德法语区之后，我现在算是得到了充分的补偿。
处于盆地中的鲁汶是一座完好又明媚的小城。市政厅的外形像一个巨大的
圣龛，十分壮美，这是 15 世纪的瑰宝，人们把它的外墙刷成了灰黄色。
不像蓝灰色的蒙斯市政厅——那里的人们到处都用这种难看的蓝色花岗
岩，还振振有词地说："我们离不开这花岗岩。"——这些可怜的外国佬就
知道涂涂抹抹。

鲁汶的大教堂几近倾圮，但藏满珍宝。里面到处是卓越的绘画和精美

---

① 利尔（法语：Lier）：比利时北部城市，位于梅赫伦东北。

的雕塑，到处是垂花饰和半圆环饰。所有这一切都随机摆放，无序的状态宛如混沌初开，但比利时教堂的这种无序之中又蕴含着乾坤。

梅赫伦大教堂内部被粉刷成白色，充斥着各种 18 世纪艺术家们精致的奇思妙想。然而，教堂的外观却异常宏伟。我登上了它那高得吓人的钟楼，共 554 级台阶，377 法尺高，几乎比巴黎圣母院的钟楼高一倍。这巨大的工程没有完工，因为本来上面还要盖一座 260 法尺高的尖顶的，那样的话就能比吉萨的大金字塔还高出 100 多法尺。据当地的传说，荷兰人很嫉妒这座塔，于是把原本准备建造尖顶的石头都给抢到荷兰去了。

在这座巨大的钟楼的每个面上，都有一面直径 42 法尺的镀金表盘，钟楼内部装有时钟。每当钟槌举起、齿轮运转、钟舌摆动、排钟奏响时，你就能感受到真实的生命，感受到灵魂的存在。

排钟的旋律来自 38 个小钟，由多个钟槌敲打。此外，还有 6 个低音钟发出和谐的音韵，只有最大的那个钟因为开裂影响了些音质。这个最大的低音钟重达 18800 斤①，最小的也有 3400 斤。排钟中心的铜柱重 5442 斤，周身有 16800 个小洞伸出参差的铁嘴，适时地与排钟琴弦啮合。

在特定的日子里，演奏者会坐在我看到的那几排琴键前，就像蒂蒂娜弹钢琴的时候一样演奏。想象一下，我面前的可是一架 400 法尺高的"钢琴"啊，身后的整座教堂就像这架巨琴的尾巴。

自从我来到弗兰德地区，就非常欣赏教堂大窗的石质中梃，它们是那么的纤细和精巧。梅赫伦的大教堂更不用说，彩绘玻璃窗像被固定在美丽的网扣间。

在梅赫伦也有一条铁路通过，我特意去看了一下。当时在人群中有一

---

① 斤（法语：livre）：法国古斤，合 490 克。

个可怜的马车夫，可能来自法国的皮卡第或是诺曼底地区，他可怜巴巴地看着机车冒着烟、喘着粗气拉着车厢奔驰而去。"这可比你的马车要快。"我对他说。"真神奇，"他回答道，"是雷在推着它走吧?"——这表达太传神了!

除了火车，这里还流行一种奇特的独轮车，通常前面拴只狗，后面跟一个女人。狗在前面拉，人在后面推。

我仍然完全隐姓埋名，这样旅行时让我轻松愉悦。刚刚我还在一份比利时报纸上看到消息说："维克多·雨果先生正在罗什福尔①访问。"

后天我就会到达安特卫普②，到时候就能收到你的信从而得知你们的近况了，我将非常高兴。两天来，我一直克制着自己激动的心情，因为马上就要到安特卫普了，有点儿迫不及待。但是我还是不想落下任何东西，所以我还要先在梅赫伦看两幅鲁本斯③杰出的画作，再去利尔和蒂伦豪特④看看其他的。拥抱你，我的阿黛尔，也拥抱你父亲和咱们亲爱的小家伙们。我爱你们。我继续去经受太阳的烘烤了。

要给我写信，别忘了以后的信寄到敦刻尔克⑤，留局待领。

---

① 罗什福尔（法语：Rochefort）：比利时东南部城市。

② 安特卫普（法语：Anvers，荷兰语：Antwerpen）：比利时北部城市，自古以来即为战略要地，斯海尔德河经此市注入北海。

③ 鲁本斯（荷兰语：Peter Paul Rubens, 1577—1640）：弗兰德画家，巴洛克画派早期的代表人物。

④ 蒂伦豪特（法语：Turnhout）：比利时北部城市，安特卫普以东。

⑤ 敦刻尔克（法语：Dunkerque）：法国北部海港城市，属北部—加莱海峡大区北部省。

第六节　安特卫普

安特卫普，8 月 22 日，下午 4 时

我的阿黛尔，刚才我又读了一遍你 14 日写来的信，信写得真好，我很幸福，但同时又有些惆怅，因为只有一封。得知幸福环绕着你，我发自内心地高兴。蒂蒂娜的信也很温馨，希望到了敦刻尔克我能再收到一封她的信，同时再收到更多你的信。法国的邮车会在每天下午 4 时 30 分到达这里，走之前我会再去看一次，说不定你另外的信会随这趟邮车到达，一定会的！

我昨天早上 10 时到达安特卫普。之后参观了一座又一座教堂，从圣母院到小礼拜堂，欣赏了一幅又一幅画，从鲁本斯看到凡·戴克①。我累极了，同时也欣赏崇拜到了极致。此外我还登上了 616 级台阶，到达 462 法尺高的教堂钟楼顶部，那尖顶的高度仅次于斯特拉斯堡教堂尖顶，为世界第二。这既是一座宏伟的建筑，能让巨人住在里面；又像一件巧夺天工的精美首饰，所有女人都愿意将其戴在脖子上。

我在这座钟楼上能俯瞰整个安特卫普，一个充满哥特气息的城市，我还看到了埃斯科河②、大海、军事城堡和著名的圣劳伦斯③海角——在那

---

①　凡·戴克（荷兰语：Antoine van Dyck，1599—1641）：比利时著名肖像画家。

②　埃斯科河（法语：Escaut，荷兰语：Schelde）：在比利时境内称为"斯海尔德河"。发源于法国，流经比利时，最终在荷兰注入北海，全长 355 千米。

③　圣劳伦斯（法语：Saint - Laurent，荷兰语：Sint - Laureins）：比利时西北部城市，位于安特卫普以西。

片芳草萋萋的原野尽头，有两栋小小的红房子。

这是一座值得称赞的城市。教堂里面满是绘画，屋宇上方尽是雕塑，礼拜堂里挂着鲁本斯的画，房屋正门是凡尔布鲁根的雕像，艺术无处不在。当你向后退几步，准备好好欣赏教堂大门的时候，会撞上什么东西，仔细一看，原来是口井。这是一口华丽的水井，石质的井沿精雕细琢，铁架亭也经过认真雕镂，上面还有小塑像，十分美观。这井是谁造的？冈旦·梅兹①。你再转过身，会发现一幢漂亮的房子，门面是文艺复兴时期的风格，这又是什么？是市政厅。向前走十来步，你便能看清色彩华美、内容丰富的洛可可式绘画，这是谁画的？鲁本斯。整座城市都是这样。

我跳过新街区不写了，那里就像其他城市的新区一样拙劣，感觉和巴黎的里沃利街②一样。

我与铁路和解了，因为它真的是很美。我第一次见到的那条是用来运输生产物资的，因此很脏，昨天我乘火车从安特卫普到布鲁塞尔打了个来回，印象完全转变了。

我 4 时 10 分从安特卫普出发，8 时 15 分就回来了。期间我们在布鲁塞尔开了 75 分钟，走过了 23 法里的路程。

这是一次神奇的体验，非亲历难以想象。火车速度快得难以置信。路边的花都不再是花，而只是小点，哦——不，应该说是红的或是白色的线，一缕缕彩线从你眼前掠过。麦田成了一片金色的头发，一条一条的苜蓿地就像是发带。城市、钟楼和大树跳跃着，在你的视野中交错在一起。时不时地有一个阴影、一个人形或是幽灵，站立着，像一道闪电一样在门边出现，旋即消失，这是路警，根据职责的不同，有的还会荷枪实弹地在

---

① 冈旦·梅兹（荷兰语：Quentin Metzis，1550—1619）：比利时著名画家，以前曾为铁匠。
② 里沃利街（法语：Rue de Rivoli）：巴黎著名的商业街。

列车上值班。人们在车厢里盘算着：还有 3 法里，10 分钟咱们就到了。

我返回时天色已晚，夜幕降临。我在第一节车厢，前面的火车头冒着火焰，并发出可怕的巨响，火车的亮光映红了四周的原野和树木，滚动的车轮载着我们飞速前行。开往布鲁塞尔方向的列车与我们在途中相遇。没有什么比两趟高速列车相遇更可怕的了，对乘客们来说，速度仿佛一下子加了倍。两辆车并行，我们分辨不出一节一节的车厢，分辨不出男人还是女人，只看到一阵旋风中闪过的白乎乎或灰暗的影子，夹杂着各种喊声、笑声、叫骂声。每趟列车都有 60 节车厢，载着 1000 多人，一个向北，一个向南，飓风似的呼啸而过。

人们很难不把火车与野兽联系起来。休息时我们能听到它的喘息，起步时能听到它的哀叹，在途中它还会冷不丁地尖叫两声；它流汗、颤抖、嘘叹、嘶鸣，时而放慢脚步，时而狂奔不止；一路上排着火红的炭块，尿着沸腾的水；巨大的火光随时从它的轮子（或说蹄子）底下迸射出来；它呼出的气息在你头顶上变成白色的云烟，又消失在铁路旁的树丛中。

我们知道，除了这头不可思议的神兽，谁都不可能载着 1000 甚至 1500 人（也就是几乎一座城市的人），在一小时之内跑出 12 法里的路的。

我到安特卫普的时候，天已经黑了下来，火车头在夜色中从我身边驶过，回窝去了，它带给我们的幻梦已经完整。在扬起火焰和浓烟中它再次发出最后的呻吟，就像一匹跑得精疲力竭的马。

然而，的确不应该去看这匹铁马，因为一旦你看到它，所有诗意都会烟消云散。靠听，这是一头神兽；靠看，这只是一台机器。这就是我们这个时代的弱点：枯燥的实用，美感全无。回到 400 年前，如果当时发明火药的人也发明了蒸汽机车（他们完全有能力），那这匹铁马将会是另外一种外形，披上的一定是另外的铠甲。它可能被造成真马的模样，或是面目可怕的雕像。而我们的父辈们造出的这个被称为"锅炉"的东西，简直是一个难以想象的怪物！你能想象出来吗？以前的人们很可能把这个锅炉的圆肚设计成有怪物厚厚的甲壳，外披鳞片；顶上伸出一个冒烟的角，那是烟囱；有的还伸出一个长脖子，大口中满是火炭；他们再用鱼鳍或是鸟翅一样的东西盖住车轮；后面的车厢也可能出现千奇百怪的样子。晚上，我们可能一会儿见到一只展翅的滴水嘴兽，一会儿见到一只喷火的巨龙，一会儿又见到一只高举长鼻子的大象喘息着、吼叫着穿过我们的城市；它们惊慌失措、喷着火、冒着烟、令人生畏，在身后还拉着一长串猎物，它们像雷霆般怒吼着，飞速穿过平原。这将是多么宏大的图景啊。

但我们呢，我们只是些愚蠢却自作聪明的商人，并对自己做的蠢事感到自豪。我们既不懂艺术也不懂自然，既不懂智慧也不懂梦想和美，而且，凡是不懂的东西，都被我们凭借短浅的目光打上了"无用"的标签。在我们的祖先看到生命的地方，我们看到的是物质。对雕刻家来说，在蒸汽机身上绝对能找到很棒的创作主题，火车头也能激发金属材质的艺术灵感，这方面做好了，对于我们的烧锅炉的师傅是多么的重要啊！这样的机器的意义已经远远高于人们对重型机械的崇敬。对我来说，比起一个"什么都不穿"的瓦特①来说，我更欣赏"穿着得体"的切利尼②。

对了，我想到就赶紧告诉你，在安特卫普的钟楼里，下层有 40 个钟，上层 42 个，总共 82 个！想象一下，当这座蜂房一样的钟楼里排钟响起，将会奏出多么美妙的音乐啊。

利尔也是一座挺漂亮的城市，也就是我上次给你写信的地方，我把市

---

① 詹姆斯·瓦特（英语：James Watt，1736—1819）：英国著名的发明家，现代意义上蒸汽机的发明者。
② 本韦努托·切利尼（Benvenuto Cellini，1500—1571）：意大利文艺复兴时期的金匠、画家、雕塑家，擅长运用自然元素给裸体雕塑遮羞。

政厅那座迷人的钟楼画下来了。

从利尔到蒂伦豪特，风景发生了很大的变化。不再是弗兰德那郁郁葱葱的绿色，而是白茫茫的沙土，车过的时候扬起一路灰尘，让人很难受；这里的草要细很多，森林里面主要是松树，还有一丛丛低矮的橡树，一片片欧石楠和一摊摊的水，这荒蛮苦涩的景象，让人想起了法国的索洛涅①。在这旷野里走了足足 4 法里，我什么都没看见，除了一位正在开荒的苦修会修士，这位凄苦的修士在一块贫瘠的土地上耕作着。不过，他内穿白色法袍，外披黑色法衣，赶着两头牛前行，这场景真的很美。

此地相当僻静，以至于斑鸠和云雀都毫无顾忌地在大路上方飞来飞去。我还看到一只漂亮的鹊鸰跟在车后面足有一刻钟，它从一棵树上飞到另一棵树上，那么喜悦而活泼，它时不时地在一棵小橡树脚下停歇，啄食着虫儿。

我久久地凝视着那位苦修会修士。他面前那么大一片干旱的土地，就像老卡斯蒂利亚平原②一样。被太阳烤焦的红土形成横向的锯齿，好像一级级的台阶。放眼望去，见不到一座钟楼，也几乎没有绿树，只是在路边偶尔见到几棵死掉的橡树。一个农夫正在帮助那位修士开垦，修士却以少见的沉重表情教导着农民。他时不时地转身，但没有注意到我们这些过路人，西下的夕阳用独特的光影组合勾勒出他的轮廓，安详而严肃。我不知道他是否在思考，但我知道他引人深思。

再走几法里，路过一个不知名小村子的时候，怡人的弗兰德景观重归视野。然而在村口，我注意到一棵干巴巴的杨树立在小广场中央。人们告

---

① 索洛涅（法语：Sologne）：法国卢瓦尔河谷的一片森林地带，属中央大区，曾经是古法兰西的一个小伯爵国。

② 卡斯蒂利亚平原（法语：Castille，西班牙语：Castilla）：西班牙中部平原。

诉我这是一棵"宪法树"。我真被这宪法惹恼了，看它把这一切搞得多么可怜。没有什么比在这样壮美的风景中植入这样一种政治观点更孱弱的了，没有什么比在大自然和神的面前显摆人类渺小的力量更让人觉得可悲和放肆的了。一边是森林、平原、丘陵、河流、云彩、土地和天空；另一边是一根自己都站不住的枯杆，还得用架子支撑着才能勉强抵住风。

这让我想到什么呢？曾经，有那么一棵树，有根，有枝，有叶，翠绿而充满生机。然后它被人们挖出来，长根被砍断，于是叶子落了，枝干枯了，再被移栽到并不适合它的土壤上。这棵树还真是现代宪法的真实写照，它既不属于过去，也没有未来，就算在此时此刻，还严重水土不服。

再说说这里的气候，我真是适应不了。夏天又闷又热，压得人喘不过气来，吸一口空气就像吸了一口啤酒的蒸汽。我被弗兰德的炎热打垮了。

我也不太适应这里的饮料。没有什么比"发罗"① 和"朗比克"② 啤酒更让我觉得恶心的了，我也尽量避开弗兰德和诺曼底地区的红酒。比较起来，我宁愿喝勃艮第的苹果酒或是波尔多的啤酒③。

这里的井很特别，他们用一种升降机汲水。看着他们从蓄水池里打上一桶桶的水很有意思，这让我想到阿基米德④在墨西拿之围吊起战舰的情形。

你看，亲爱的朋友，我跟你一聊就聊了这么多，我把什么都告诉了你，在给你讲述的同时，我也重温了看到这些美好事物时的快乐。我搜罗

---

① 发罗（法语：faro）：比利时黑糖啤酒。
② 朗比克（法语：lambic）：比利时浓啤酒。
③ 勃艮第（法语：Brogogne）：法国中东部大区名；波尔多（法语：Bordeaux）：法国西南部阿基坦大区吉伦特省首府；勃艮第和波尔多为法国最著名两大产酒地。
④ 阿基米德（法语：Archimède，前287年—前212年）：古希腊哲学家、数学家、物理学家、科学家。在墨西拿之围中，他设计制造了巨大的起重机，可以将敌人的战舰吊到半空中，然后重重摔下使其在水面上粉碎。

身上的钱，给你买了所有你托我买的东西。人们跟我说一种英式长筒袜很好看，我给你买了半打。我也给自己买了些袜子。据说，男人不能以任何借口带长裙出境，因为这没法解释成个人物品，会被海关没收的。因此我不能带你想要的裙子回去了。

我忘了告诉你，在布鲁塞尔，我花 30 苏买了一本盗版的《心声集》①，想试试这个是否能通过海关。在布鲁塞尔和安特卫普，到处都张贴着我这本书的广告，各种版本一应俱全。

在写到这一页的时候，我听到钟楼那边传来悠扬的排钟声，那旋律真是很美，不过它正催着我结束这封信。我觉得钟楼看似脆弱的尖顶实际上应该非常坚固，毕竟那里面的大钟每个小时敲 8 次，日夜不停，已有 300 年了。

晚上 6 时

我从邮局回来了，没有信。我仍然温柔地拥抱你，我的阿黛尔。你会把信寄到敦刻尔克来安慰我的，对吗？拥抱你的父亲和咱们的小宝贝们。向咱们的朋友致意。我出发去根特②了。

---

① 《心声集》（法语：Les Voix intérieures）：雨果在 1837 年出版的诗集。
② 根特（法语：Gand，荷兰语：Gent）：比利时西北部自治市，位于布鲁塞尔西北。

第七节 致路易·布朗热

安特卫普，8 月 22 日

亲爱的路易，没错，我就是在安特卫普给您写信。我就在弗兰德，在大教堂屋宇下，在鲁本斯、凡·戴克的画作之间。这里真是美极了！

昨天，我登上了安特卫普大教堂的钟楼，那时，我想起了您。如果某个地方的风景可以入画，或是某样东西饱含深蕴，我都会想起您。

同样是在钟楼上，我看到了 20 法里开外的大海，那儿是弗利辛恩①港；左边是弗兰德平原，根特的塔楼鳞次栉比；右边是荷兰，布雷达②的尖塔分外抢眼；在我身后是布拉班特③平原，梅赫伦的钟声还回响在我耳边。然后是宽阔的埃斯科河，它在太阳的照耀下荡漾着明亮的水波。在大海和埃斯科河之间，是围垦④的田地，人们把周长 5 法里的草原变成了湖；右方，另一片草原翠绿无垠，星星点点的白房子点缀其间；钟楼脚下，能看到几栋房子的弗兰德式屋顶，它们仿佛被水拦住，不得不驻足河边。站在钟楼顶端，整座城市尽收眼底，19 世纪的安特卫普，就像 16 世纪的巴黎一样，汇聚着壮丽的教堂和各种雍容建筑物。人们将屋顶精心修茸，把山墙做出造型，到处是风格迥异的门面、方正尖耸的钟楼、林林总总的小塔。有些看上去很有趣的老房子，可能是肉店、织品店或是交易所。市政

---

① 弗利辛恩（法语：Flessingue，荷兰语：Vlissingen）：荷兰西南部重要海港城市。
② 布雷达（法语：Bréda，荷兰语：Breda）：荷兰南部城市，位于安特卫普东北。
③ 布拉班特（法语：Brabant）：比利时中部省份。
④ 围垦：用堤坝把滩涂围起来进行农牧渔业活动。

厅的前脸好像在保罗·委罗内塞的画中见过；教堂的大门仿佛是鲁本斯画作中的背景——实际上，他们画的就是这里。埃斯科河上的百舸千帆，只是长长的铁路画卷上的一角。在铁路旁边，有一片星形的草坪，那是军事城堡的后花园。最后，在这一切之上，您能看到天空中被风撕扯过的云层，仿佛阿尔布雷·丢勒①的画卷，远方还有一处婀娜的雨脚轻盈落地。这就是我昨日所见，真可惜您没能共赏。

然后我从教堂顶上下来，每走一步，都能在身边发现鲁本斯、马丁·德沃斯②、奥托·维纽斯③、凡·戴克的画作，还有凡尔布鲁根和威廉姆森④的雕塑，大大的橡木忏悔室，宽敞的大理石礼拜堂和富有诗韵的木雕主教台。我也看到了鲁本斯的《耶稣降架图》⑤，真是幅杰作。

不过，所有这一切都被利用了。教堂执事竭尽所能地把画作藏起来，游客要付30苏的门票钱才能看到。同时，大师自己也被藏了起来。比如在圣雅克教堂，为了看到鲁本斯的陵墓，还要经过一个教堂侍卫的许可，真该把他拉到广场鞭笞一顿。这个无耻之徒按照他的方式支配着鲁本斯，给人看还是不给人看，展示或收回，都要看他的心情。没有人去管他的傲慢、蛮横、无理，简直无法无天。真是太可恶了。

大教堂的长老——叫什么"拉维先生"——以无端的借口把贝克⑥最

---

① 阿尔布雷·丢勒（德语：Albert Dürer，1471—1528）：德国文艺复兴时期著名的画家、雕塑家和数学家。

② 马丁·德沃斯（法语：Martin de Vos，1532—1603）：弗兰德地区画家，擅长宗教、语言、历史题材及肖像画。

③ 奥托·维纽斯（法语：Otto Vénius，1556—1634）：荷兰画家，鲁本斯的老师。

④ 威廉姆森（荷兰语：Louis Willemsens，1630—1702）：比利时雕塑家。

⑤ 《耶稣降架图》（法语：Descente de croix）：描绘耶稣的门徒们从十字架上降下他的遗体时的图画。

⑥ 贝克（法语：Jacob Adriaensz Backer，1608—1651）：荷兰画家，擅长《圣经》、神话及文学主题的绘画和肖像画。

著名的画作《最后的审判》① 给盖了起来，无论如何也不肯把那块哔叽布掀开。这位长老太愚蠢了，不是吗？

路易，在这片能让您欢欣鼓舞的土地上，我经常想起您。前天，我在蒂伦豪特，一座比安特卫普还要更往北些的小城。我在夕阳西下时外出散步，走在一条冷清的路上，转了一个弯过去，我就忽然发现自己已经置身乡间了。不远处有一座雄壮的老塔楼，我朝它走去。那景色真的很美。这座古老的塔楼方方正正，由砖砌成，高大敦实，接近顶部的地方拧着一圈拜占庭的齿饰，背靠一座修葺过但仍很破旧的老城堡。塔楼的影子遮住了城堡，不过这也保护了塔楼本身优雅庄重的外形。在塔楼的脚下，护城河中水波荡漾，和倒影连在一起，塔楼仿佛一下子高了一倍。其上所有的窗子都安着铁杠，原来这是一座监狱。

我在这座阴暗的巨物旁驻足了很久，看着天光一点点地暗下去。

高处的一个窗口中飘出一阵歌声，轻柔而伤感。这样忧郁的歌声，我去年在圣米歇尔山也曾听到过。此时正值八月主保瞻礼节②，城里面远远地传来人们跳舞和欢笑的声音，而这个犯人不愠不火地唱着，用自己的歌声打断了那片欢腾。

逐渐，西边最后一抹光亮也熄灭了，河中的芦苇颤抖着，时不时有巨大的老鼠飞快地从塔底部突出的砖块边沿窜过去。这时，远处的风景呈现出弗兰德的真实面貌：两三个茂盛的树丛；一座古老的红色教堂垒着涡形的山墙，宽大的房顶托着小巧的钟楼；旁边的小村庄炊烟缭绕；广袤的大平原一片漆黑；明净的天空中没有一片云朵。我还从未见过摒弃了全部装

---

① 《最后的审判》（法语：Jugement dernier）：描绘耶稣在天国的宝座上审判凡人灵魂的场景的图画。

② 主保瞻礼节（法语：Kermesse）：荷兰、比利时和法国北部地区的节日，每年八月末举行。

饰之后仍然这般柔美的景色。

我的好路易，我这样信笔而书，似乎都收不住了。如果再跟您聊聊我们久远的友谊，就更没完没了了。您知道我们的友谊会地久天长的，不是吗？

自灵魂深处拥抱您。

第八节　根特—奥德纳尔德①—图尔奈②

奥德纳尔德，8 月 24 日，晚上 8 时

亲爱的朋友，我对这个地区闷热天气的诅咒好像应验了。就在我封上前一封信的时候，乌云覆盖了天空，并将一场毛毛雨赏赐给了我。从我所在之处一直到目力所及的天边，凉冰冰的雨丝滋润着大地，持续了整整一天。

从安特卫普到根特，要穿过埃斯科河。九个月以来，沿河的滩涂一直被水浸没着，因此水上的路程会比较长。我乘坐的蒸汽船在弗兰德北部地区选择了一条半法里长的航线，把我们带到衔接通往根特的大路的地方。你知道，我并不反感这次航行，因为在这条河上的感觉跟在海上差不多。尽管下着雨，我还是站在甲板上，听着出海的船上水手们唱着歌，看着安特卫普高高的尖塔消失在薄雾中，水手的歌声也逐渐衰微。

我这次只是从根特路过（不过，我准备参观完图尔奈和克特雷特③之后再折回来）。

这是一座漂亮的城市。根特之于安特卫普，就像卡昂之于鲁昂一样，可以说是一件精美的物件依傍着另外一件。虽然时间紧迫，我还是去参观

---

① 奥德纳尔德（法语：Audenarde，荷兰语：Oudenaarde）：比利时西部城市，位于根特以南。

② 图尔奈（法语：Tournai）：比利时西部城市，位于奥德纳尔德以南。

③ 克特雷特（法语：Courtrai，荷兰语：Kortrijk）：比利时西部城市，位于图尔奈西北。

了圣巴翁教堂①，当然，也登上了塔顶。对我来说，参观一座城市有两种方法：第一种是看细节，走街串巷，一座房子挨一座房子地看；第二种是看整体，从钟楼的顶部鸟瞰全城。这样，既看了外观，又看了剖面，两种方法相辅相成，就能对城市有一个完整的印象。

从圣巴翁教堂上望出去——也就是说爬上 450 级台阶，从 272 法尺高的地方望出去——根特很好地保留着哥特式轮廓，就像安特卫普一样。钟塔上有一尊巨大的金色狮鹫，钟塔顶端还堆叠着许多有趣的小塔，每座小塔上都开有老虎窗并竖着风向标。旁边有一座黑黑的老教堂——圣尼古拉教堂②，教堂的外观保留着罗曼风格，很漂亮。质朴而庄重的教堂两侧辅有小塔，上面筑有最典型的雉堞。再远一点，是圣米歇尔教堂③。与圣尼古拉教堂一样，我们首先看到的也是它的后殿。更远处，在一片像台阶一样的屋顶之间，还耸立着另外两三座教堂。

转过身来，我看到了圣雅克教堂④，有三座尖顶，其中一座是石质的，另两座铺着板岩。在它旁边，是一个被高高的山墙环绕着的小广场，两座盖着大屋顶、托着小塔楼的 14 世纪的房屋坐落在这些山墙之间，其中位于广场较窄一面的房子以前是弗兰德伯爵的府邸。这个广场是布匹市场，另外还有很多别致的市场卖着其他物品。根特还有很多修道院，很多不齐整的路口，挤在房屋缝隙间，那些密集的房屋好像在争抢着展示自己的姿态，颇有一番情趣。接着我们看到一面毫无装饰的硕大的屋顶，14 世纪的样式，既没有塔也没有钟楼，这是多明我会教堂⑤。就在此刻，好几位修

---

① 圣巴翁教堂（法语：Cathédrale Saint – Bavon）：根特主教座堂。
② 圣尼古拉教堂（法语：Eglise Saint – Nicolas）：根特的一座教堂。
③ 圣米歇尔教堂（法语：Eglise Saint – Michel）：根特的一座教堂。
④ 圣雅克教堂（法语：Eglise Saint – Jacques）：根特的一座教堂。
⑤ 多明我会教堂（法语：Eglise des Dominicains）：根特的一座教堂。

士身穿白袍、外披黑色法衣走进教堂。在我眼前，是市政厅，一面是路易十三时期的建筑，一面是查理八世的建筑，一面简约质朴，一面锦绣繁华。

城外，是一望无际的绿野；城中，屋舍被弯弯曲曲的水流环绕，高高低低的小桥横跨其上。好了，这就是鸟儿看到的根特，相信你也略知一二了。

这真是一座美丽的城市，有四条河流在此相汇：埃斯科河、利耶弗河、摩尔河与莱厄河①。它们时而汇聚时而分离，交织成一张活水网，根特被这张网分隔成二十六座小岛。小岛之间架着数不清的桥，那些古老的房屋墙体就浸在水中，一出门就可以坐船，这里简直就是一座北部的威尼斯②。

就在大教堂的脚下，一排敦实的弗拉芒房屋之间，我在向导的指点下看到了一处漂亮的花园。花园的地面上铺有细沙，绿植满园，十分雅致；周边被 18 世纪风格的柱廊环绕，洛可可式装饰，雕刻着菊苣花型，列柱和雕塑的材料均为蓝色大理石。花园和房屋均透出最清新、最愉悦的气息。这是一位叫作马斯③的百万富翁的府邸，据说他的帽子里面都装满了金子，不过他在两年前不幸被谋杀了。现在，人们在他家原来的房屋上面又加盖了一层，仍然是满园的财富和欢乐，我不会为这个老人感到惋惜。

在根特的哥特式山墙上，不乏洛可可式的门面装饰，而且雕琢极尽繁华之能事，将我根本就忍受不了的洛可可风格做到了极致，也还算过得去。

---

　　① 利耶弗河（法语：La Lière）、摩尔河（法语：la Moer）与莱厄河（法语：Lys，荷兰语：Leie）：均为流经根特的河流。

　　② 威尼斯（法语：Venise）：意大利东北部城市，著名的"水城"。

　　③ 马斯（荷兰语：Maës）：根特的一位富豪。

我可怜的小可爱，我这样絮絮叨叨，会不会让你厌烦呢？我就像在皇家广场咱们家的壁炉前跟你聊天一样，给你讲我旅行中的所有见闻。我的阿黛尔，如果你不喜欢我的长篇大论，就直接跟我说。

不过这儿有一件事，你一定觉得好笑。刚才，从根特出来的时候，也就是在根特和奥德纳尔德之间的一个小村子里，我看到一个旅店的招牌上画了个人，留着提图斯①的发型，满脸大胡子，蓝色的制服衬着白里，肩章金光闪闪，脖子里挂着雷奥波德勋章②，下面写着"路易十四，法国国王"。我可没有编造，事情就是这样的。

在这个地区，我们既看不到领主庄园，又看不到城堡及其主塔。这里只有普通人的居所，而罕见爵爷的豪宅；有中产富户，但少有大领主。不过，到处都有像模像样的市政厅，一座座绚烂绽放着 15 世纪艺术花朵的石建筑安稳地坐落于城市中心。

比如这里，奥德纳尔德，也就是我给你写信的地方，只是一个小城市，却有着非同凡响的市政厅。透过我所住的金狮旅店的窗子，我能看见那栋美妙的哥特式建筑，雕花精美，塔顶冠以逼真的石质王冠，其上站立着一个武装的金色巨人，手举这个城市的徽章。

虽然这里没有保留下来多少古老的山墙，但我眼前的广场依旧很美妙。在市政厅的门前，是一座非常漂亮的喷泉③，建于 1676 年，而那时的圣西蒙公爵④才只有一岁。在这座喷泉旁边有一棵高大的白杨。在那片屋

---

① 提图斯（法语：Titus Flavius Vespasianus, 41—81）：古罗马皇帝（79—81 年在位）。
② 雷奥波德勋章（法语：la croix de Léopold）：比利时最重要的国家勋章之一。
③ 17 世纪末 18 世纪初的法国占领时期，为了向路易十四致敬而修建的喷泉。
④ 圣西蒙公爵（法语：Duc de Saint – Simon，原名：Louis de Rouvroy, 1675—1755）：宫廷作家、史学家。他的《回忆录》是路易十四统治期的最完整的见证文件之一。

顶之上，耸立着一座冷峻古板的哥特式钟楼。夕阳斜斜地照在这片广场上，光影交错之间，只剩下纯粹的美。

在弗兰德，有一种陋俗：所有的教堂中午就关门。大概在当地人的观念中，过了 12 时上帝就去忙别的了，人们也就不祈祷了。因此，我只参观了奥德纳尔德的两座教堂。其中较小的那一座更出色些，它有一个罗曼式的后殿，还有两座被严重损毁的陵墓。为了去看那两座陵墓，我不得不从一群老妇人中间挤过去。她们正在清洗教堂，一边咕哝着什么一边擦地板，一直擦到我脚下。我坚定从容地去看我想看的东西，任她们那五花八门的弗拉芒诅咒在教堂中回荡。

这些弗兰德妇女又一次证实了我跟你说过的话：她们每天先花 24 个小时打扫她们的房子，第 25 个小时才顾得上洗自己。不过，大部分女人都很漂亮，皮肤很白，头发黑黑的，就像你一样，我亲爱的阿黛尔。星期天的时候，她们会戴上一种好看的大帽子，帽子花边的形状很可爱。在利尔，帽子下面会系一根带卡子的饰带，很别致。当然我这里说的都还只是乡下妇女。在布鲁塞尔，女人们戴的是罗缎，像西班牙人戴头纱那样裹在头上，很迷人。

我见到了根特的大炮，这里画了张速写，你看看。

这是一个巨大的由铸铁制成的筒子，一架真正的 15 世纪的武器。但根特的人们并没有好好保管它，他们将其架在三个雕着花叶边饰的洛可可风格的基座上，炮筒里面塞满了垃圾。这尊大炮有 18 法尺长、36000 斤重。往炮筒里面看，还能辨出一些纹路。炮口的直

径为两法尺半。人们当时从这里射出花岗石的圆炮弹，或是碎铁霰弹，威力有多大啊。

然而，这跟同时代穆罕默德二世①的大炮可没法比。他的那些大炮当时由 4000 名士兵和 2000 辆牛车拖拽着，向外喷吐巨石，简直就像是爆发的火山口，不然怎么能帮助土耳其人一举灭掉了君士坦丁堡。

在圣巴翁教堂有很多漂亮的画，其中最著名的有两幅：一幅是鲁本斯的，另一幅是扬·凡·艾克②的，后者是油画的发明者。鲁本斯的画作描绘的是圣阿芒被圣巴翁修道院接纳时的情形，精美绝伦，尤其是下面的那一群人，真是惟妙惟肖。另一幅，风格迥异，但同样令人赞赏。鲁本斯的画面有多暴力，凡·艾克的画面就有多宁静。这里还有另外两幅同样优秀的画作，一幅出自凡·艾克的学生的手笔，一幅出自鲁本斯的老师。在巴黎我们几乎没有听说过的奥托·维纽斯，其实就是鲁本斯的老师。值得一提的是，他也是一位宁静画风的画家。从凡·艾克到鲁本斯的四幅画，从年代来看是越来越晚，而就水平来讲则是越来越高。

另外，弗兰德地区的每一座教堂都堪称一座博物馆。真希望我们优秀的布朗热也在这里。

除了这一点，我还是更喜欢法国的教堂。为什么？很明显，这里的教堂太干净了。干净过度是纪念性建筑的一个大缺点。为了干净，人们首先对其进行粉刷，这样可以遮盖污迹，然后就是擦来擦去、洗个没完。然而，历史的色彩也很美丽，尘封的感觉有时也不错。前者保留了时代的痕

---

① 穆罕默德二世（法语：Mahomet II，1432—1481）：奥斯曼土耳其帝国第七代君主，1453 年率军攻占了君士坦丁堡。

② 扬·凡·艾克（法语：Jean Van Eyck，1390—1441）：荷兰画家，早期尼德兰画派的代表之一，被誉为"油画之父"。

迹，后者讲述着人类的行踪。可是在比利时的教堂里，一切都像镜子一样
洁白、闪亮、光滑、一尘不染。到处铺张地使用着黑色和白色的大理石，
反射着刺眼的光，每走一步都硬邦邦的。法国老教堂里面的那种灰灰的或
是生了些霉斑的色调，在这儿几乎绝迹，而且也见不到彩绘玻璃窗。敲掉
彩绘玻璃，粉刷墙壁，有时连祭廊都推倒了，这才达到神甫们想要的"干
净"。他们不遗余力地想让自己变得显眼，因此他们让窗子变成白色，墙
壁变成白色，再去掉挡眼的祭廊。哦！漂亮雅致，还有哪里可以让你
安身？

　　自从我来到比利时，只见过两三个祭廊，还被乱抹了一通颜色；只见
过两三扇彩窗和两座未被粉刷的教堂：蒙斯的圣沃德鲁教堂和布鲁塞尔的
小礼拜堂。

　　在比利时，没有像沙特尔、兰斯①和亚眠那样的汇聚着漂亮塑像的门
面，即使是最宏伟的大教堂门口也没有一尊塑像。真是奇怪。不过，安特
卫普大教堂里的尖塔的确可以弥补一些遗憾。那是怎样的杰作啊！一座经
过了金银细工般雕琢的建筑，我真心地赞赏它。

　　　　　　　　　　　　　　　　　　　　　　　图尔奈，8 月 26 日

　　我的阿黛尔，我又坐公共马车走了一段，现在在图尔奈把这封信写
完。从奥德纳尔德到这里，一路上是一眼望不到边的草原，时而被绿树或
细流打断一下，然后继续绵延。在左边，埃斯科河被迷人的丘陵遮挡
住了。

　　图尔奈应该是因塔楼众多而得名②，单是大教堂就有五座钟楼。这是

----

① 兰斯（法语：Reims）：法国东北部城市，属香槟—阿登大区马恩省。
② 法语地名"图尔奈（法语：Tournai）"以"塔楼（法语：tour）"为词根。

我见过的最稀有的罗曼式教堂之一。在这座教堂里，有一幅鲁本斯的《最后的审判》；还有一个十分精美的银质圣物箱，很大很厚实，但雕刻得十分细致并且镀了金。教堂侧面的两座大门展现着最好看、最别致的拜占庭风格。整座城市堪称艺术奇葩。

昨天是圣路易节①，晚上的时候，那座近乎罗曼风格的钟塔上灯火通明，五颜六色的彩色灯笼放出迷人的光彩。排钟演奏着世界上最欢快、最动听的乐曲，似乎在开心地点评节日彩灯的布置。与此同时，比利时的四对舞②交响曲在军队广场③奏响了，仿佛在空中回应着排钟的话语。所有的钟都摆动了起来，女人们随着钟声翩翩起舞。整座老城沉浸在喧闹的节日气氛中，看到哪里、听到什么都让人陶醉。我在一条昏暗的小巷中徘徊了很久，仰望着大教堂那五座高耸的尖顶，连它们也微微地反射着旁边欢腾的灯光。

我想到了咱们的皇家广场，想到了咱们所有的朋友，但最主要的还是你——我的阿黛尔，还有咱们可爱的孩子们。真希望你们现在都在这里。哦！对我来说，咱们一起感受这样的欢欣的日子才是最美好的。我的天使，请相信我、爱我。拥抱我的蒂蒂娜、我的夏洛、我的多多和代代，希望你们一切都好并且开开心心，再跟你那优秀的父亲握手。

---

① 圣路易（法语：Saint–Louis）：基督教圣人，纪念日：8月25日。
② 四对舞：一种欧洲的宫廷舞，19世纪时很流行。
③ 军队广场（法语：place d'armes）：位于图尔奈的一座广场。

第九节　图尔奈—伊珀尔①

克特雷特，8 月 27 日，晚上 7 时

昨天，我先是在图尔奈，而后到了克特雷特，接着参观了梅嫩②和伊珀尔，现在又回到了克特雷特。我亲爱的朋友，你大概看出来了，我来来回回，不想错过任何一个古老的城市。只要那里有一座大教堂、一座漂亮的市政厅或是一幅鲁本斯的画，我就赶过去看，因此总需要往往复复。我的行程在比利时的版图上画着怪诞的阿拉伯式图案。在这里，每走 6 法里就能看到一座优美的小城，而在法国得走 60 法里！

离开图尔奈之前，我第二次参观了大教堂，它真是美得罕见！这是一座堪比努瓦永③教堂的罗曼式教堂，但更突出的一点在于教堂内部美轮美奂的文艺复兴式祭廊。祭廊全部由各种颜色的大理石建成，分上下两层，均雕刻着浅浮雕，内容是圣经故事，一层是《旧约》，另一层是《新约》。二者以一种奇怪的方式相互阐释着：上层阐释着下层，事实阐释着信条，应验的现实阐释着预言，耶稣背着十字架阐释着以撒④扛着柴火，耶稣在

①　伊珀尔（法语：Ypres，荷兰语：Ieper）：比利时西部城市，位于克特雷特以西。

②　梅嫩（法语：Menin，荷兰语：Menen）：比利时西部小城，位于克特雷特与伊珀尔之间。

③　努瓦永（法语：Noyon）：法国北部古城，属皮卡第大区瓦兹省。

④　以撒（法语：Isaac）：《圣经·旧约》《创世记》中的人物，亚伯拉罕唯一的儿子。以撒 25 岁时，上帝指示亚伯拉罕将他的儿子献祭，以撒背着要烧死自己的柴火上山，但随后被天使阻止。

坟墓中待三天之后复活阐释着约拿①被鲸鱼吞下三天后又被吐出，等等。整座祭廊被最为细腻的、最充满灵性的雕刻手法琢磨得精致而完美。

图尔奈是一座古色古香的城市。几乎所有的教堂都建于 11 世纪至 13 世纪。我在这里见到了一些罗曼式房屋。我的阿黛尔，你还记得吗？这些房子就像我们 1825 年在图尔尼一起旅行时见到的那些，那是我生命中最温馨的一次旅行。

下面继续我的日记。图尔奈大教堂北面的罗曼式正门上，有一个我从未见过的奇特之处。在半圆拱腹上有两扇关着的窗户，那是雕塑家在石头上雕出来的，百叶窗上的铰链和锁子一应俱全、惟妙惟肖。另外，很可惜的是，这个门面已经十分破败了，而且左面的大钟楼也从上到下裂了一条口子。

亲爱的朋友，我一个劲儿地跟你说建筑，是因为其他实在没什么说的，而且不管在哪儿，旅店餐桌上的话题也总是一样的。"雷蒙先生，您能理解吗？他总是去玩儿多米诺骨牌！而且每次都输，所以每天晚上都得付三个人的酒钱。""在列日②，一件大衣卖 25 法郎，呢子的。""呢子的？真的吗？""确确实实，你看，卢森堡毛呢的价钱是 3 法郎 65 生丁③一尺，一件大衣需要 5 尺④，那就是 18 法郎 15 苏；加上里料和小配件的价钱 2 法郎，那就是 20 法郎 15 苏；加上手工费 2 法郎，就是 22 法郎 15 苏；买卖代理 5 苏，共 23 法郎；再加 2 法郎的利润，成了！"如此这般，这就是我昨晚在梅嫩遇到的话题。

---

① 约拿（法语：Jonas）：圣经故事中的先知，被抛下海中时，上帝安排一条大鱼吞了他，他在鱼腹中待了三天三夜。

② 列日（法语：Liége，荷兰语：liège）：比利时中东部城市，位于布鲁塞尔以东。

③ 生丁（法语：centime）：法国辅币名，1 生丁合 1/100 法郎。

④ 法国古尺（法语：aune）：5 尺约合 1.2 米。

梅嫩是个有故事的城市：她曾经有幸被路易十四攻打，就是这样。好比一个又丑又庸俗的女人，在某种机缘巧合之下，遇到一个帅气的情人。除此之外就没有任何引人注目的地方了，不管是房屋的门面还是居民的面孔，都平淡无奇。在这儿，我又见到了布鲁塞尔的那种独轮车，前面由狗拉着，后面被一个女人推着。卡纳普勒①的那位老爷是无论如何都不肯把狗拴在他的平板车上的，因为他对狗身上的跳蚤是那么过敏。

我画画、做白日梦、仔细观察研究，让身边的比利时人说去吧。我很喜欢他们的弗拉芒法语。他们说"是不是"的时候，能拐出各种调调。这话从女士们口中说出，尤其优雅。一般来讲，这里的女士绝对堪称美丽，不过，据说在比利时还要数布鲁日的女人最漂亮。我以前买的一本叫作《比利时与荷兰旅行者指南》的书上讲到，布鲁日②的女人是比利时的切尔克斯人③。

撇去啤酒不说，这里的旅店吃住还算可以。不过这里的人们有个毛病，就是把糖和面粉加到所有的食物中。你要是点了一份炒鸡蛋，那么，等着吃布丁④就可以了。

在图尔尼，就像在布鲁塞尔、安特卫普和根特一样，巴黎的流行款式、巴黎的现成商品甚至巴黎来的商人们充斥着大小商铺，在那里，他们也管这些铺子叫"商店"。

晚上，我在街上散步，路边的商铺中灯火通明，给人一种走在巴黎的

---

① 卡纳普勒（法语：Canaples）：法国北部小城，属皮卡第大区索姆省。
② 布鲁日（法语：Bruges，荷兰语：Brugge）：比利时西北部海港城市，位于根特以西。
③ 切尔克斯人（法语：Circassien，ne）：黑海沿岸，北高加索地区一支古老的土著民族，以美貌著称。
④ 布丁：由面粉、鸡蛋、牛奶和糖等原料做成的甜点。

大路上的错觉。多么奇怪的房子！16世纪的屋顶下，是商铺云集的薇薇安大街①；建筑物的一个半边阴暗凄凉，另一个半边荒唐乏味；人们在下层看着《立宪报》，上层读着《圣经》；戴尔诺②先生住在楼下，腓力二世③住在楼上；街边，耀眼的煤气灯火焰照亮了商店的大玻璃窗，抬眼看，山墙上反射着红光，让人想起了阿尔瓦公爵④的火刑架上跳跃的火苗。

看到这些变化，我思绪万千，脑海中就像有一出悲喜剧⑤在上演。一栋16世纪的房屋落得如此结局，真是悲惨！挑着文艺复兴式的三角楣，下面却是一间巴黎皇宫街区的门脸商铺！虔诚地望向天空，你能看到阶梯式的山墙或涡形花纹雕刻，不经意地向下一瞥，只是些卖小玩意儿和棉织品的商店！这是怎样的堕落啊！这极美⑥的门面，怎么就能变得如此不堪了呢？

亲爱的朋友，"极美"这个词是贺拉斯⑦诗作中的拉丁文，让夏洛给你解释一下吧。

这些思考让我不由得皱起眉，而布拉班特的有钱人却会因这种变化而愉悦。因为对于这个国家的所有有钱人来说，粉刷得雪白的商铺、大玻璃窗和桃花心木的柜台都是进步。这些商铺爱怎么弄就怎么弄吧，只要别强迫教堂也跟着"进步"就好。然而，教堂里面已经换上了透明的白玻璃，

---

① 薇薇安大街（法语：rue Vivienne）：巴黎的一条商业街，一端是皇宫街区（Palais-Royal），一端是薇薇安街区。

② 戴尔诺（法语：Guillaume Louis Ternaux，1763—1833）：法国当时最有影响力的企业家之一，是一位富有的制造商和政治家。

③ 腓力二世（法语：Philippe Ⅱ，1527—1598）：西班牙国王（1556—1598年在位），掌控着富庶的西班牙和尼德兰地区。

④ 阿尔瓦公爵（法语：Ferdinand Alvare de Tolède，1507—1582）：西班牙贵族，军人和政治家。他是国王腓力二世最信任的将领。

⑤ 悲喜剧：又称"正剧"，是悲剧和喜剧的交融和延伸。

⑥ 原文此处为拉丁文：formosa superne。

⑦ 贺拉斯（法语：Horace，前65—前27）：古罗马著名的诗人、翻译家。

说不定哪天早上你就能发现桃花心木的祭台了。

比利时人用三种色调粉刷墙面：灰色、黄色和白色。三色搭配，很适合立宪制国家。白色用来刷教堂，灰色用来刷市政厅，黄色用来刷农宅或假日别墅——比利时人礼拜天爱去那里放松休闲。就在刚才，快到伊珀尔的时候，我在大路右边见到一座城堡似的庄园，看上去就像用一块黄油雕成的一样。庄园的主人是一个胖胖的弗拉芒人。他站在一片黄瓜秧地里欣赏着自己的家，在身旁孱弱的秧苗的衬托下，他的块头显得更大了。

从梅嫩到伊珀尔的路上风景宜人。到处都是被绿篱优雅地围拢起来的小块田地，弗拉芒画家就喜欢画这个。接着，大路穿过了一片树林，路两边尽是挺拔的白杨树，树皮上的"大眼睛"看着你从它们身边经过。我回去的时候很开心地重走了一遍这条路。从另一个方向走同一条路，别有一番情趣。

我愿意住在伊珀尔这样的城市。在砖石结构的房屋中，时而会有木屋出现，就好像弗兰德和诺曼底在这里不期而遇。

市政厅堪称奇观。它矗立在皇家广场的一边，庞大的建筑主体占去的地盘同广场一样大。一栋文艺复兴式的小楼乖巧地倚在这座质朴的宫殿旁。教堂很漂亮，更确切地说是很值得品鉴。到处都是文艺复兴式的雕塑，还有一幅鲁本斯的妙作，是关于圣马丁的。再放眼城市，上百座雅致的屋舍与这里呼应。在我吃午饭的那家"领主旅店"的门面上方，有七块圆雕饰，用细致的人物头像分别呈现了 16 世纪人们观测到的七颗星体：月亮、水星、金星、地球、火星、木星和土星。在伊珀尔，就像在比利时的任何地方一样，房屋都标明了建筑年代。我喜欢这个习惯。在一个古老的门墙上，我看到了这样写的 1616。

这让我想到了莎士比亚①。他就是在这一年的 4 月 23 日去世的，这也是塞万提斯②逝世的日子。多凑巧啊！在 17 世纪的曙光中，上帝同时吹熄了两支蜡烛，就这样，16 世纪的最后一抹光亮消失了。

在克特雷特，我看到了一幅凡·戴克的杰作——《竖起十字架》③。主教堂的钟楼顶部虽然像个钟塔，但依旧很漂亮。还有一座小桥，上面有两个圆墩墩的塔楼。这就是我在这个城市注意到的东西。

在我写到这儿的时候，人们在广场上击鼓通告阿尔弗莱德先生——弗兰高尼④先生的首席马术师——即将进行马术表演，你能想象这位"弗兰高尼先生的首席马术师"是什么样子的吗？刚才那顿晚饭不怎么样。亲爱的朋友，明天我就回到"酷似西班牙的根特"了，那儿曾让布瓦洛⑤写下优美的诗行。

根特，8 月 28 日，晚上 6 时

我的阿黛尔，我又回到根特了。你肯定没法理解：现在这里很冷。才 8 月 28 日，我就感觉冷极了，而在 25 日的时候，这里还热得喘不过气来

---

① 莎士比亚（英语：William Shakespeare, 1564—1616）：英国著名剧作家、诗人，《哈姆雷特》的作者。

② 塞万提斯（西班牙语：Miguel de Cervantes Saavedra, 1547—1616）：西班牙剧作家、小说家、诗人，《堂吉诃德》的作者。

③《竖起十字架》（法语：Erection de la Croix）：描绘耶稣被钉上十字架被竖起时的情景的图画。

④ 弗兰高尼（意大利语：Antonio Franconi, 1738—1836）：意大利著名马术师。

⑤ 布瓦洛（法语：Nicolas Boileau - Despréaux, 1636—1711）：法国著名诗人、作家、文艺批评家。曾在一首诗中写下"酷似西班牙的根特"。

呢。这种剧烈变化的天气真是奇怪。

我刚才把整座城市逛了一圈，一遍又一遍地欣赏着我跟你说过的那座圣巴翁教堂。教堂的地下墓穴堪比咱们在图尔尼一起看过的那个，你也许还记得吧。这是一间漂亮而庄严的地下室，凡·艾克就安葬于此。里面随处可见阿尔瓦公爵时期的陵墓，不过已经碎裂得不成样了。顺着陵墓上方的通风窗照进来的微光，能看见一阵薄雾在 11 世纪竖起的粗壮的廊柱间穿行，通风窗从不同的角度在廊柱旁边投下长长的光柱，阴影组合在一起形成一个个暗轮，气氛愈发恐怖。

我对高高的教堂大殿中那些巨大的文艺复兴式的铜质烛台赞赏不已。人们跟我讲了它们的来历。在 1666 年的大火之前，这些属于查理一世①的烛台原本效力于伦敦的圣保罗②教堂，后来克伦威尔③将其卖给了根特的一位主教。这个故事意味深远：教堂被烧了，主人死了，卖主死了，买主也死了，可它们留了下来，因为它们很美；而人们再次注意到它们，还是因为它们的美！历史易逝，艺术永存。

艺术就像自然，简单而深邃，连贯如一又百花齐放。对一座大教堂进行反复的研究和琢磨，会隐约发现它就像是一座森林。在森林中，树冠之下是灌木，灌木之下是草丛，草丛之下是苔藓；而这每一层中，你都能发现美，于是你赞美建筑、欣赏诗歌、仰慕上帝。

而且，对于艺术来说，没有丑，没有不洁，而当今的人们还不愿意相信这一点。自然界中最使人厌恶的东西，也能给艺术提供绝妙的主题。我们觉得蜘蛛很丑陋，但是，如果能在教堂的玫瑰花窗上看见它的一张网，

---

① 查理一世（英语：Charles I, 1600—1649）：英格兰、苏格兰及爱尔兰国王（1625—1649 年在位）。

② 圣保罗教堂（法语：Cathédrale Saint - Paul）：伦敦的一座大教堂。

③ 克伦威尔（英语：Oliver Cromwell, 1599—1658）：英国军政领袖，曾推翻英皇查理一世，并将英帝国转为共和制联邦。

或是在拱顶石上发现它的身影，我们就会很高兴。

根特城中汇集了很多最高品位的精致房屋，最引人注目的那座在一条河边上。这座哥特式房屋展示了 15 世纪向 16 世纪过渡时期的建筑风格，门上雕着一艘当时的军舰。这样，我们在图尔奈的教堂上能看到 11 世纪窗锁的样式，在根特的房子上能了解 16 世纪的海军。艺术保存了一切。

在通过安特卫普门出城的时候，能看见几座倾圮的砖砌棱堡，那是西班牙人昔日的城堡。在这些城堡之间，有一处圣巴翁修道院的废墟。这片建筑物的残骸很有趣，因为有些地方看上去是 15 世纪甚至 18 世纪的建筑风格，有些地方就是近乎罗曼甚至纯粹就是罗曼风格的了。有些地方的墙面使用的还是粗放的"网格砌法"①。不好意思，我的阿黛尔，请教一下你博学的父亲这个拉丁文的意思吧，夏洛这次解释不了。

将回廊废墟后面的房间仔细探索了一番之后，我让一块非常漂亮的地板重见了天日。这是陶土制成的马赛克拼出的地板，我分辨出鹰、公鸡、鹿、狮子、很多的拜占庭叶饰、骑马的人还有百合花，有些花的花形是查理七世②时期的，有些更早。另外，这里没有陵墓。在残垣断壁间生长着一些重瓣的虞美人，仿佛文雅的公主迷失在荒野中。我摘了一朵寄给你，

---

① 网格砌法（拉丁文：opus reticulatum）：古罗马时期一种砌墙方法。

② 查理七世（法语：Charles VII，1403—1461）：法兰西国王（1422—1461 年在位）。

我挚爱的阿黛尔。

你知道是谁在大革命时期买下了这个回廊吗？知道是谁又把这里的砖、木、铁、铅，一块一块、一片一片地卖掉了吗？你知道是谁在这光天化日之下连偷带抢，鲁莽放肆地破坏了这座宏伟的修道院吗？是马斯，就是我上封信里跟你谈到过的老马斯——那位在两年前因为钱财、因为拥有太多的不义之财而被人谋杀了的马斯。这个老守财奴在收敛财富的同时，也为自己收敛来了报应。我的向导，这会儿在那边儿自顾自地看着什么，刚才进来的时候，他跟我讲，是马斯毁掉了这里。我一句话都没说，静静地花了一个小时看完了整座废墟，然后，我突然从坐着的那块石头上站起来，抑制不住地大喊一声："老天有眼！"可怜的向导猛然间听到这四个字的时候，一定以为我疯了。

就这样，这个无耻之徒夺去了咱们那座宏伟的修道院，用来换取之前我跟你说过的漂亮的住宅，可这一切到头来都枉费心机、徒劳无用，主又将他的豪宅收回了。谢天谢地！上帝用金子砸死了这个恶人。

查理五世①对根特的影响依然随处可见。尽管《艾那尼》②的反对者不喜欢，但据说王子唐·卡洛③年轻的时候的确放荡不羁。而且似乎他很喜欢那些风韵十足的屠户夫人，因为直到现在，根特人还把屠户称作"王子的孩子"。听上去像编造的故事，不过在这个城市里，做这一行的只有四个家族有权利子承父业：凡麦勒、凡路、米讷、戴努德④。他们坚信自己是查理五世的子孙，并从他那儿得到了这项权利。王侯家里面居然搞出

---

① 查理五世（法语：Charles - Quint，1500—1556）：神圣罗马帝国皇帝（1519—1556），曾统治比利时、荷兰、卢森堡，被封为低地国家至高无上的君主。
② 《艾那尼》（法语：Hernani）：雨果 1830 年的戏剧作品。
③ 唐·卡洛（西班牙语：Don Carlos，1545—1568）：查理五世之孙，腓力二世之子。
④ 凡麦勒（荷兰语：Van Melle）、凡路（荷兰语：Vanloo）、米讷（荷兰语：Minne）、戴努德（荷兰语：Deynoodt）：均为比利时人姓氏。

这些杀猪卖肉的私生子，真是一件稀罕事，也不知杜劳尔①是怎么研究出这些乱七八糟的事情的。

今天早上我离开了克特雷特（在弗拉芒话里面叫作"Kortrijk"）。从那儿到根特，左右两边都像是铺着绿色的绒毯，直到天际，整个比利时西部地区的路上都是这样。

在梅嫩和伊珀尔之间绵延的草原上，走一段就能遇到一堆砖墙的废墟，好像是巴比伦的遗迹。可是在伊珀尔到根特之间，这种遗迹就消失了。不过，这里到处都是法官的半身像，戳在农户门前的柱子上代替狮子，而且都戴着假发。戴假发是很典型的弗拉芒做法，而且似乎也只有这里的人才对此热衷。

我在这儿还找到了些当地的报纸，铺天盖地的荷兰文字。视觉效果挺不错，我很喜欢。就好像是些石子画，或是一个洛可可风格的石窟装饰。这大石窟，就是《根特信使报》②。

这封信又写不完了，不是吗？请你也给我写一些这样的长信吧，那样会让我非常幸福的。不过，我得收笔了，邮车晚上 9 时就出发了。再见我亲爱的阿黛尔，再见我的蒂蒂娜、夏洛和我所有的宝贝们。吻你们，并为你们向上帝祈祷。向你的父亲致意。

你的维克多

跟咱们的朋友——路易、戈蒂耶、罗必兰、格朗涅③、马松、布兰杜④等人——聊聊我的见闻吧。

我明天就到布鲁日了。

---

① 杜劳尔（法语：Jacques – Antoine Dulaure，1755—1835）：法国考古学家和史学家。

② 《根特信使报》（法语：le Messager de Gand）：比利时 19 世纪的一份报纸。

③ 格朗涅（法语：Bernard – Adolphe de Granier de Cassagnac，1806—1880）：法国记者，雨果之友。

④ 布兰杜（法语：Édouard Brindeau，1814—1882）：法国演员，雨果之友。

第十节　奥斯滕德①—弗尔内②—布鲁日

弗尔内，8 月 31 日，晚上 7 时 30 分

亲爱的朋友，我提笔写这封信的时候，眼前是一座我所见过的最漂亮的广场。正对面就是市政厅，虽然顶上有一圈围栏影响了美观，但整体的文艺复兴时代风格加上一座哥特式钟楼，让其显得雍容华贵。市政厅右方，是四五座 16 世纪的山墙，它们背后，一座哥特式教堂的大殿在暮色中显出清晰的侧影。广场左面，有几栋不同风格的建筑相互映衬。广场右面，是一条齐整的小街街口，街一侧是一座风格绮丽又不失质朴的小城堡，另一侧是优雅地挑着洛可可式三角楣的房屋。一座砖砌的教堂尖塔高高地耸立着，它用婀娜的线条支起一片天空，笼着这一切。我看不到自己这一边的景致，但相信它和上述三个侧面相辅相成，一起环绕着这个广场。地面用石头砌出彩色的格子，巨大的马赛克拼图覆盖了整片广场。你知道吗？我的阿黛尔，如果你在这里，孩子们也在这里，弗尔内的广场将毫不逊色于咱们的皇家广场。

我到了奥斯滕德。这里什么也没有，甚至没有牡蛎。哦，我刚才的话太苛刻了，其实这里至少还是有海的。再想想奥斯滕德的大海和天空给我的优待，我更不该说出那样的话。当我来到奥斯滕德的时候，这里已经下了一上午的雨了，不过，雨说停就停，乌云也消失不见了，太阳开始晒干

---

① 奥斯滕德（法语：Ostende，荷兰语：Oostende）：比利时西部沿海城市，位于布鲁日以西。
② 弗尔内（法语：Furnes）：比利时西部沿海城市，位于奥斯滕德西南。

马车上黏附的沙粒，这样，我得以在退潮的大海边舒服地徜徉了两个小时。——天哪，我的多多，这里一只小贝壳都没有，有的只是一片世界上最细软的沙滩！

在海边看到沙丘，我很高兴。这些沙丘比不上布列塔尼的花岗岩，也比不上诺曼底的悬崖，但还是非常的漂亮。这里的海不再愤怒，甚至有些忧伤；不再波涛汹涌，却彰显了另一种博大。晚上，绵延的沙丘在天际划出动感十足却质朴威严的剪影，这是一组被定格了的海浪，伏在永远动荡着的海浪边。

在沙丘上漫步，你能真切地体会到陆地与大海之间深层的和谐，以至于它们在形状上都如此相似。海洋实际上就是平原，而平原是一片大海。丘陵和微微波动的小山就是海浪，而高大巍峨的山脉是被石化了的暴风骤雨。

我不是故意转到暴风雨，只是昨天确实遇到了一次。昨天晚上，亲爱的朋友，我见到了一场暴风雨，或者说得好听点儿，叫"大风暴"，我们这些内陆来的人，一说到"暴风雨"，总是自然联想到船只闪着求救信号，或直接想到海难。管它叫作什么，"风暴"或是"暴风雨"，总之，它是如此的壮美。那时我正在金狮旅店吃饭（那儿的饭菜很差劲），当我听到远处传来闷雷声，扔下餐巾就向海边奔去。

我到达海边的时候，虽然刚过 7 时，这里已是天昏地暗。一大块乌云覆盖了整个天际，时不时地一道闪电劈过，在这瞬间的强光中，我看到云里面似乎还加了一层紫铜的衬里。我在堤坝上走出很远，独自一人，只有灯塔在身后陪我静静地望着这一切。几颗大雨点开始砸下来，风很大，让人举步维艰。这时我想起两个小时前见过的两叶帆船，当时它们是那么的欢欣，我凝视了它们好久，目送它们远航，而现在，它们又在哪里呢？我简直不敢想象。

　　过了一会儿，我不知为何停下了脚步，前面也没有任何危险，但还是有一股莫名的恐惧向我袭来。雨打着旋儿甩向大地，风呜咽着，一会儿好像要止息，一会儿又提高音调重新袭来。我已经看不到前方、脚下、头顶的任何东西，只有一个漆黑的深渊，发出令人毛骨悚然的声响。这深渊时不时地亮一下，此时，你眼前就变成了一片火海，海浪像炭块一样被谁拨弄着，明亮的海水映出海岸线参差的暗影。这景象像闪电一样时而出现、时而消失，实际上，这就是闪电。

　　这会儿，我听到头顶上的雷从一块云滚到另一块云，仿佛一根横梁从天庭的屋顶断裂，咯噔咯噔地顺着巨大的屋架滑落下来。

　　鉴于我的眼睛不舒服，我一直背对着闪电。不过有一次我转过身去，真切地看到那苍白的一瞬。

　　那嘈杂的阵势中，人只能想到天空和大地，以及零星的现实场景。这里所说的现实，也就是在大雨之下、在惨白而恐怖的闪电之中，堤坝那忽现忽隐的冰冷几何形状，以及我身边那一块写着"女士浴场"的大牌子。

　　我凭借每一道闪电在这混沌之中找寻我那两片白帆，幸好，没有找到。

　　这团乌云在城市上空盘踞了一个小时之后离去，隐没在天边。天空重新露出夕阳西下后的微白。我又看了一会儿那些最后离去的黑色云朵，它们的负荷轻了很多，飞快地靠向远方铅色的背景，它们终究会在最大块的乌云上搁浅，就像触上了暗礁。

　　今天早上，天空晴朗，你能看出来我高兴无比。太阳出来了，我在沙丘上散步。乍一看，还以为这里到处覆盖着麦子，仔细一看才发现，原来是长势旺盛的黑麦草。黑麦草模仿小麦，就好像猴子模仿人类，好像胡蜂模仿蜜蜂，赝品模仿原作，评论家模仿诗人，伪善的家伙模仿正人君子。这是永恒的规律：想方设法诋毁你的人，正想着取代你。

我跟你说过这个金狮旅店的饭菜不怎么样。如果你想吃小牛肉，就到海港城市来吧。在奥斯滕德，餐桌上没有鱼、没有虾，当然，更不会有牡蛎。就算有，也毕竟不是奥斯滕德出产，而是从英国进口的，仅仅在这里养肥了些而已，就像是在法国马雷讷①吃到的牡蛎都是康卡勒②运去的一样。在奥斯滕德，没有生长牡蛎的礁石，有的只是养殖场。

时近中午，我来到堤坝上。由于天气很好，很多人到海里游泳，男男女女，形形色色。男士穿着衬裤，女士穿着浴衣。这种浴衣由一种轻柔的羊毛布料制成，长至脚踝，湿了就容易贴在身上，不过在水中又会舒展开来。有一位漂亮的，甚至可以说是过于漂亮的年轻的女子就穿着这样的衣服。我时而有种错觉，觉得她就像一尊古代的铜雕塑，身披长长的打着小褶的内裙。在浪花的簇拥下，她简直就是一位仙女。

在到奥斯滕德之前，我在布鲁日待了一天。这是一个很棒的城市：一半是德国样式，一半是西班牙风格。名叫"布鲁日"，是因为这里桥多③（在弗拉芒话中，"布鲁"表示"桥"）。就像你父亲的城市叫作"南特"，因为那里河流众多④（有"卢瓦尔河的一百支手臂"之称）。亲爱的朋友，凯尔特话中的"南"是什么意思你还记得吗？咱们已经在瑞士找到了这个布列塔尼土话的来源，他们不说"急流"，而是用"南"来表示。

布鲁日的人们正在虐待他们的钟楼。这原本是一座建于14世纪的非

---

① 马雷讷（法语：Marennes）：法国西部小城，属普瓦图—夏朗德大区滨海夏朗德省。
② 康卡勒（法语：Cancale）：法国西北部小城，属布列塔尼大区伊勒—维莱讷省。
③ 地名"布鲁日（法语：Bruges）"以"桥（荷兰语：brug）"为词根。
④ 地名"南特（法语：Nantes）"以"急流（凯尔特语：nant）"为词根。

常典型的砖砌方尖碑，可他们把尖顶去掉，换上了一个又圆又平的蹩脚小塔顶。想象一下，人们拿去了教皇的三重冕，给他戴了一顶鸭舌帽。这就是布鲁日现在的钟楼。

不过，布鲁日的钟塔倒是很完整。它是与钟楼同时期的建筑，半砖半石的结构，很值得欣赏。砖上面偶有斑斑锈迹，看上去很美。弗兰德的人们很会用砖，一直到那些贝壳形装饰，一直到精致的窗棂都是完美的砖结构。我得承认弗兰德人鼓捣砖块比布列塔尼人摆弄花岗岩要在行得多。这说的都是以前的建筑师，因为现在的人们用什么都不行，别管给他们砖块还是花岗岩，盖出来的都是垃圾。

在布鲁日也有很多房屋砌着漂亮的山墙，不过同样被粉刷得很丑。在教堂里面也是一样，到处都是生硬的白色和无情的黑色，就是为了让本堂神甫、副神甫和圣器管理人看了高兴。我早就说过：神甫是教堂的头号敌人。

比如说，这里有一件米开朗琪罗①的卓越的雕塑作品，堪称艺术奇葩。但他们用一个硕大的带有耶稣像的十字架将雕塑挡住了，我付了 30 苏才让他们把十字架挪开。大概比利时的教堂执事把这些钱拿回家后能做不少事情，放这个十字架的目的也不过如此吧。

这神奇的塑像真是件杰作。圣母的面容简直难以用语言来形容，她望着儿子，神情中带着苦楚，这样大胆的表现手法我只在这张脸、在这凝望中见过。再看那孩子，大脑门、深眼窝、嘟着小嘴，绝对是神赐的孩子。拿破仑小时候很可能长得就是这孩子的模样，他还曾经让人把这尊雕像运到了巴黎。不过在 1815 年，比利时又将这对母子接了回来。在路上，人

---

① 米开朗琪罗（法语：Michel‐Ange，1475—1564）：意大利文艺复兴时期的画家、雕塑家、诗人、建筑师。

们碰掉了——不，应该说是扯掉了——圣母的一小块头纱。

　　这个教堂里面不只有米开朗琪罗，还有鲁本斯、凡·戴克和波尔贝斯①。他们分别在这里留下了《三贤来朝》《圣罗塞丽②的神秘婚礼》以及《最后的晚餐》。我在这些画作前膜拜了很久，大概这就是被新教徒们叫作"偶像崇拜"的行为吧。就算是偶像崇拜，那又怎样？

　　这还不是全部，这个教堂藏品丰富，我一处都没有放过。大胆的查理③和他女儿——勃艮第的玛丽④的灵柩就放在这里的一个礼拜堂中。想象一下两尊用镀金的青铜和试金石造成的灵柩吧。试金石就像最漂亮的大理石，只不过看上去更柔韧更和谐。每座陵墓上面有一尊躺着的人像，仿佛纯金制成。在四个侧面上，是数不清的家族徽章、人像和阿拉伯纹饰。玛丽女公爵的灵柩是 15 世纪的风格，而大胆的查理的灵柩是 16 世纪的风格。公爵的遗体是查理五世让人从南锡运到布鲁日的，这位细心谨慎的皇帝，是疯女胡安娜⑤的儿子、大胆的查理的曾孙。

　　这两座灵柩精美得无与伦比，尤其是玛丽的那座。镶嵌着硕大的宝石，徽章也都上了釉彩。在公爵的脚下是一只狮子，而在玛丽的脚下有两只狗，其中一只低吠着，好像在向任何靠近它主人的人发出警告。玛丽灵柩的四个面上，金色的阿拉伯花饰在深色的背景上纵横交错，还有捧着小鸟的天使，以及刻着花果图案的徽章。

---

　　① 波尔贝斯（荷兰语：Pieter Pourbus，1523—1584）：弗拉芒画家、雕塑家、地图绘制家。

　　② 圣罗塞丽（法语：sainte Rosalie，1130—1160）：天主教圣人，纪念日：9 月 4 日。

　　③ 大胆的查理（法语：Charles le Téméraire，1433—1477）：最后一个独立的勃艮第公爵（1467—1477 年在位）。1476 年底与瑞士军队作战（南锡战役）时阵亡，1477 年 1 月 5 日其遗体被发现。

　　④ 勃艮第的玛丽（法语：Marie de Bourgogne，1457—1482）：勃艮第女公爵（1477—1482 年在位）。大胆的查理的独生女、查理五世的奶奶。

　　⑤ 疯女胡安娜（法语：Jeanne la Folle，1479—1555）：卡斯蒂利亚女王（1504—1555 年在位），勃艮第的玛丽的儿媳。

拿破仑曾经参观过这两座灵枢。他给了 10000 法郎专款来修复其上的损伤，还奖励了 1000 法郎给一位善良的有钱人，因为是他在大革命时期将灵枢藏起来并保护下来的。上了岁数的圣器管理人跟我说，拿破仑好像在这个礼拜堂里沉思了很久。那是在 1811 年。他能看到勃艮第公爵的陵墓前刻着的人生格言"占领此地，是为了让它更美好"。陵墓后方，墓志铭里有这样的话——"他长期处于伟大的事业、战役和胜利塑造的荣耀之中……直到 1476 年的夜晚，幸运对他背转身去，他在南锡城外再也没有苏醒"。自此，拿破仑皇帝开始向往莫斯科①。他没有把这灵枢带回巴黎。

这两个灵枢遭遇了米开朗琪罗一样的"礼遇"。教堂财产管理委员会为其盖上了雕花的木壳，模仿着拉雪兹神父公墓②的灵枢台，巴黎的高斯先生会记恨的。如果你想看看里面什么样，好，付钱吧。他们说这些钱为了教堂的维修——也就是粉刷教堂。可怜的教堂！这两个灵枢，堪称珍宝，本来可以为你增色不少，却给你蒙了灰。——哦，这些俗人执事！

也是在这个教堂，好人菲利普三世③创立并颁发了金羊毛骑士勋章④。他们指给我看一座华美的不过同样被乱涂了一番的 15 世纪的廊台，那就是最早的骑士勋章颁发地。我对此有些怀疑，因为在弗兰德流行的东西总是比我们晚一些才对，可是这个廊台的花饰酷似我们查理八世⑤时期的风格，教堂的尖形拱肋都到了亨利四世的风格了。

---

① 莫斯科（法语：Moscou）：俄国首都。拿破仑在 1811 年底开始准备对俄战争，1812 年兵败俄国，元气大伤。

② 拉雪兹神父公墓（法语：Père - Lachaise）：是法国巴黎市区内最大的墓地，1804 年建成，安葬着很多法国的名人。

③ 菲利普三世（好人）（法语：Philippe III le Bon, 1396—1467）：勃艮第公爵（1419—1467 年在位），无畏的约翰之子，百年战争末期欧洲重要的政治人物之一。

④ 金羊毛勋章（法语：Toison d' or）：勃艮第公爵菲利普三世于 1430 年在布鲁日创立的骑士勋位。

⑤ 查理八世（法语：Charles VIII, 1470—1498）：法国国王（1483—1498 年在位）。

亲爱的朋友，我再跟你讲，灵柩上面的每尊人像镀金都花去了24000杜卡托①（在当时来讲是天文数字了），还有，布鲁日的钟塔排钟声是全比利时最动听的，这就差不多是我的所有见闻了。这里还有一处古老的修道院的遗址，我没时间去看，那就留着以后和你一起看吧，我的阿黛尔。

另外，从19世纪开始，弗兰德的建筑风格就倾向于比别处更庞大更敦实。这里的涡形花纹都比别处厚重，人物雕像都腆着肚子，天使们不能说丰满了，简直是虚胖。大概他们都喝了太多啤酒吧。

9月1日，早上9时

我赶紧写完这封信，今天我就要回到法国了。先到敦刻尔克，那儿有你的信。这将是我的一大喜悦，因为我希望获知你们都身体健康、心情愉悦。

也是今天，我要带着之前买的那本盗版书通过边境，我偷偷把它藏在皮夹子里了，晚些给你讲我的历险记。

我很少跟你谈盗版，是因为觉得这很无聊，但这种行为显然不会因为我的无视而变少，反而非常嚣张。只是在书店的橱窗里，我就看到《心声集》的五个版本的盗版书。一种大的8开本，占了书架的两栏；两种18开的，一个是梅里讷出版社的，一个是"好图书推广公司"出版的；还有两种32开的，我带的就是其中洛朗出版社发行的版本。总之，布鲁塞尔是一座"盗版"城市。在那里也有流浪儿，像在巴黎一样；国会使用的希腊式三角楣，仿照的是法国国民议会的三角楣；苋菜红的雷奥波德勋章带，复制的是咱们的荣誉勋位勋章；圣古都勒大教堂的两座漂亮的方塔

---

① 杜卡托（法语：ducat）：旧时在许多欧洲国家通用的铸有公爵头像的金币。

楼，学的是巴黎圣母院。最后，不凑巧的是，穿过布鲁塞尔的那条小河居然叫"赛纳河"，跟我们的"塞纳河"只差几笔①。

好了，亲爱的朋友，这信又是厚厚的一沓。请原谅我并爱我。告诉蒂蒂娜，我准备下次给她写信。代我跟咱们的父亲握手，并拥抱咱们的小宝贝们，希望他们这会儿正在开心地玩耍。上次好像忘了一点：请向我们优秀的夏蒂翁致以我最友好的问候。

吻你一千次。

另外，在布鲁日我一个堪称"切尔克斯人"的美貌女子都没有见到。

---

① 流经布鲁塞尔的"赛纳河（法语：la Senne）"与流经巴黎的"塞纳河（法语：la Seine）"音同形近。

第十一节 沙 丘

敦刻尔克，9月1日，下午5时

亲爱的朋友，我已到达敦刻尔克，不过还没有拿到你的信，因为留局待领的信箱在两个小时以后才开放，你能想象我有多焦急吗？为了排解心中的这份苦恼，我决定给你写信——这是专注于你的另一种方式，虽然没有读信那么开心，但也很温馨美好。

我的奇遇开始于今天早上。从根特出来（这是我最后一次到根特了），我乘坐了一种双轮轻便马车，车夫是一个被英国佬留在了根特的可怜的皮卡第①人，他很高兴能带着乘客回法国转转。对我来说，这也很合适，因为公共马车和邮车都太快了，而这种轻便马车可以慢慢走、不用起早贪黑、可以抄近路或是随性地选择路线。在教堂或是塔顶，我可以环视四周，而现在，我相当于环绕着钟楼而行，只不过圈子略大了些。

于是，我随着这位皮卡第车夫从容地前行，这个人很逗、很滑稽，等哪天纸上的地方足够的话，我会多写写他，那将像荷尼阿尔②在萨米旅行时一样，笑料不断。我本以为搭这趟"开心慢车"就能到达法国，可是不知车子出了什么毛病，得修整整一天。我想赶往敦刻尔克，等不及了。因此，我决定换乘那种可怕的简陋马车，当地人把这种车叫作"公共马车"。

---

① 皮卡第（法语：Picardie）：法国北部大区名，又称"庇卡底"。
② 荷尼阿尔（法语：Jean – François Regnard，1655—1709）：法国剧作家。擅长创作喜剧，曾经旅行到北欧的萨米地区。

因为弗尔内和敦刻尔克之间还没有大路，他们还没见过真正的公共马车，姑且这么叫吧。我就这样做了，可另一个变故出现了："公共马车"满员。车厢内挤得满满当当，六个座位被六个弗拉芒大屁股占去了，根本没有一点多余的空间。怎么办？人们倒是想给我提供一辆旧自行车①，让我赶路。可是，为了能"赶路"，起码得具备两个条件：首先是一辆车，其次是一条路。好吧，现在车有了，但路呢？看着路上纠结的车辙、深深浅浅的沟壑、泥坑、水井和狼夹子，靠这种人力车两个月也到不了，我很好奇怎么这个地方的人们头脑中也能冒出"赶路"这个词。

很快，我拿定了主意：最好的选择就是步行。从弗尔内到敦刻尔克才区区 7 法里的路嘛，我下定决心走过去了。首先，只能这么做；其次，我得经常看到海才开心；再次，在奥斯滕德被狂风暴雨打湿的裤子背带得好好晾晾了，它需要阳光和微风；最后，才 7 法里而已。——我把行李托付给"公共马车"的车夫，这样便帮我减轻了很大的负担。

可就算托运行李也不那么顺利。

载满乘客的马车同样也装满了行李，车顶的皮质篷布已经被大包小包撑得高高鼓起，就像勉强包住比利时市长的大肚皮的衬衫。所以，只能想办法往车厢"里面"塞我的行李了。车夫壮着胆子把我的箱子往里推，推得小心翼翼。这时，一个高大威猛的女人开始抗议了，这个女人穿着件棕褐色的衣服，又干又瘦，长得很丑却还使劲儿打扮着，眼神难以形容，举手投足都让人膈应。她坚持说这个箱子碍着她的腿了，让她很不舒服。我听到她在车厢里尖叫。接着，一个男人开始声援这个女人，这是一位文质彬彬的红脸先生，穿着火绒色裤子，上面缀着很多扣子，冬季的礼服里面

---

① 此处只有一种轮椅似的自行车雏形，车轮两边放置，盛行于 19 世纪初的欧洲。

是夏季的领带，有科林①和彼得大帝②的综合风范。田园绅士风度和鞑靼人③的综合特征让他在热心地帮助和讨好这位女士的同时，还竭尽全力在这破车上保持仪态。也许，在这个火绒裤和那位女士的腿之间早就有了一种不为人知的吸引，只差一根火柴就能点燃一团火焰。谁知道呢？或许我的箱子已经充当了这一角色吧？第一颗火星已经迸射了出来，这是肯定的。

这群生猛的人发起了飙，但车夫依旧不愠不火。能动摇教堂执事的 30 苏，也足以让这个车夫坚定信念。我的行李箱最终得意扬扬地躺在全车人的脚下了，而这位让人膈应的女士现在只能被箱子膈应着，她红着脸，两腿之间的大包里面都是男人的衬衫。

我镇定地看完了这出激烈的闹剧，因为我相信那 30 苏的效力。那位善良的女士也一定没有想到我用了如此狡猾的手法来帮自己摆脱困境。

他们终于重新启程，而我，也上了路。

这 7 法里路我走了 5 个小时。上午 10 时 30 分从弗尔内出发，下午 4 时 30 分到敦刻尔克，中间休息了一小时。当时恰逢两次潮汐之间，空中大块的云朵变幻着，我在灿烂的阳光下漫步于美丽的沙滩，好不自在。

在我身前身后，笼罩地平线的薄雾中，是一朵朵云和一座座酷似云朵的沙丘。大海宁静而欢欣，一道道长浪泛着洁白的泡沫，在阳光下闪闪发亮，这些海浪在整条海岸线上雕出了细丝或皱叶纹理，比所有 18 世纪的天花板饰都更加精细。当大海想做洛可可的时候，它可是行家里手。蓬巴杜夫人的那些漂亮的小甜点应该就是模仿的贝壳的形状。

---

① 科林（法语：Alexandre – Marie Colin，1798—1875）：法国画家。
② 彼得大帝（法语：Pierre le Grand，1672—1725）：后世对沙皇彼得一世的尊称。俄罗斯沙皇（1682—1725 年在位）、俄罗斯帝国皇帝（1721—1725 年在位）。
③ 鞑靼人（法语：Tarta）：居住在俄罗斯中西部讲突厥语的民族的统称。

时而有一只白色的海鸥飞过，或是一只大鸬鹚拍着带黑尖的灰色翅膀在水面滑行。远处有一些船帆，形状各异，大小不一，有繁有简。有些帆在天边晦暗云朵的背景下，闪着洁白的光；另一些则在明亮的天空背景下，映出深色的剪影；还有一些船殷勤地靠过来，从我身边经过，鼓着帆靠向前面的沙丘，那清凉的风还传来了水手的话语声。我行走的路线如此荒凉，这些漂亮的风帆能让人满心欢喜，它们形状婀娜、错落有致，被风吹满、被阳光上色，我赞叹着人们用粗糙的帆布怎么能做出如此迷人、细腻、优雅、精致的东西。

有时我转向陆地，这边也很美。一片广袤的草原上，有几座钟楼、几棵大树，小块小块的耕地就像马赛克；在笔直的闪着银光的运河之上，帆船正缓缓地滑入海中；远处，几头牛在草地上漫步，就像叶子上的蚜虫；我能听到路上赶大车的声音，但看不到人影……所有这一切一齐涌来，让我看到、听到、感受到。然后，我再转回身，是我的大西洋。我又一次惊喜地慨叹：两边的景色多么相似啊！

每走一段，我就能看到一座坐落在沙丘之间的破旧的茅草屋，尽管烟囱都被风吹出了豁口，依然冒着炊烟，然后看到一群小孩子在玩耍。在这不冷不热的季节旅行的一大优点，就是在每个茅草屋门口都能看到孩子。这个孩子可能站着、躺着或蹲着，穿着节日盛装或光着屁股，洗得干干净净或浑身脏兮兮，自己和着泥巴或是在水塘里蹚来蹚去，有的哈哈大笑，有的哭哭啼啼，不过都很可爱。有时候我闷闷不乐地想到：这些美妙的小生灵将来有一天都会变成丑陋的农夫。因为上帝只是创造了孩子，而人类把他们养大。

有一次，我看到了很有趣的情景。亲爱的朋友，请你想象一下：在一间茅草屋的门槛上坐着一个小家伙，两手抓着自己的两只木鞋，瞪着漂亮的大眼睛，吃惊地看着我从他家门前走过。就在他旁边，有一个小姑娘，就像代代那么高，抱着一个一岁半的大胖小子，就像紧紧抱着一个大布娃娃。这大大小小的三个孩子，摞起来也还不到半人高。这些小家伙们在太阳下欢笑玩耍，让旅行者的精神也愉悦起来。

你知道吗，我的阿黛尔，我并不觉得在沙丘上跋涉很无聊。我就这么走着、看着、做着白日梦；不断地爬坡再下坡，鞋子的后掌时不时陷进沙子里；有时既没有房子也没有帆船，我就拔下一穗黑麦草在手里玩。我又猜想马车上那位盛气凌人的女士是来到比利时旅行的特洛勒普夫人，就这样一路想象着各种事，又好像什么事都没想。

有两艘船从我身边经过，离我很近，近得我都能看清上面刻着的字：一艘是敦刻尔克的"坚韧号"，一艘是三桅帆船"C. 76"。

走了大约两个小时，我的左手边忽然出现了几栋破旧的茅草屋，同一座沙丘上不远的地方还有一个简陋的小门市，上面写着"副食饮料"。我立即认出了法国。

我回到法国了！这里有一家副食店！我心悸动①！

正在我心花怒放之时，一个海关职员走过来，礼貌地邀请我去办公室。手续很快就办妥了。因为我没有行李，只需出示护照，验证完毕就放我通关了。然而，我钱夹里面还有一本盗版书呢！

我在这个村落的小酒馆歇了会儿。有点儿渴，于是我喝了几杯啤酒。看上去这儿是一个浅水港。从安特卫普开始我就想找机会做一次海上航行，以使我此次旅行更加完整，希望在这里能如愿。不过，我又一次失败

————————————

① 此处为意大利语：Di tanti pa‐alpiti，取自意大利罗西尼的歌剧《谭克雷迪》中的选段《我心悸动》。

了，这儿连一艘渔船都没有，所有的船都是货船。

下面一段是我在喝啤酒的时候听到的关于货船的谈话，就像上次速记给你的游客和旅店伙计的谈话一样。想象一下四个穿着蓝工作服的人，他们一边喝酒一边说：——这鬼天气，就不能变一变吗！我就整天在这儿歇着、吃饭、喂马、再吃饭。——你还想怎么着？偏偏就是没有风！一个半月了，那边倒是能看得见船，但没风，船走到那边了也不会过来。怎么办？风向得变！——如果能让风向变，我愿意出 6 埃居。——行啊。不过那些船们进不了港。——我想去圣康坦。——圣康坦！这一路上你至少得花掉 70 法郎，信不信由你。——唉，晦气，真是晦气，这事儿闹的！

读读这一段吧，注意，带上北部方言的"介""捏阿""唔诶"会更有味道。我想到一件事。这里的旅店爆满，货品交易所却空空荡荡，货船停运、商品滞留、贸易梗阻，商人们担心亏本、甚至是破产。为什么呢？因为那些远方的船只踌躇不前。而它们的去向又由何决定呢？由一阵风或一朵云。

人们总是嘲笑诗人的思想在云里飘浮，我觉得商人们的思想有时候也是悬挂在那里的。

我们社会上那些专扫人兴的实用主义者们，嘲笑月亮、云朵和上帝，就像嘲笑诗歌一样，认为它们一文不值。但他们想不到是月亮在决定着潮汐，云朵在左右着商贸，是上帝掌控着风和水汽的难以预料的变化。

下午 4 时 30 分我到达了敦刻尔克，但还拿不到你的信，我刚才跟你说了我有多沮丧。我继续等。我大致看了看这个平淡无奇的城市，有一座还算漂亮的塔楼，只是顶上加了一道 × 结构的栏杆，栏杆的空隙又都被泥巴糊了起来，显得笨拙难看。

另外，我拿回了依旧完好的行李箱，不过上面有"特洛勒普夫人"愤怒的鞋印。

我总算又回到了法国，并将在 10 日至 15 日到达巴黎。我还在找机会出一次海，那之后我就往回走。能再见到你们大家——尤其是你，我的阿黛尔——将让我无比高兴。

我在比利时待了十七天。在这十七天当中，我看了——应该说是"深入挖掘"了——埃诺省①、布拉班特省和两个弗兰德②省，并在肯彭兰③地区绕了一小下。我把走过的城市根据艺术价值分了等级，属于二等的城市有五个：蒙斯、利尔、奥德纳尔德、克特雷特、弗尔内；属于一等的有八个：布鲁塞尔、梅赫伦、根特、布鲁日、鲁汶、伊珀尔、图尔奈以及最出色的安特卫普。安特卫普是优秀建筑的集合体，根据我的目光实测，整个城市像把绷紧的弓，而埃斯科河是弓上的弦；安特卫普也是一把拿破仑想一直紧握在手的上了膛的手枪；安特卫普是弗拉芒艺术之都，处处彰显着该城元老——皮埃尔·保罗·鲁本斯——的筋骨。

我此行从德南战场离开法国，又从迪讷④战场回来，路易十四的统治范围就被囊括在这个括弧之中。

现在已到 7 时，我赶快去拿你的信。

晚上 8 时

我亲爱的阿黛尔，谢谢你，尤其感谢你擦去了那些对我的"小责备"，

---

① 埃诺省（法语：Hainaut）：比利时西南部的一个省，首府为蒙斯。
② 弗兰德省（法语：Flandre）：包括比利时西北部的东弗兰德省和西弗兰德省。
③ 肯彭兰（Campine，荷兰语：Kempeland）：比利时东北部与荷兰交界的地区名，位于安特卫普以东。
④ 迪讷（法语：Bray‐Dunes）：法国北部海港小城，属北部—加莱海峡大区北部省，靠近比利时边境，全称"布赖迪讷"。

我很感动。还有两个星期，不到两个星期我们就能相见了。

代我感谢你的好父亲，我想他知道我有多爱他。没有什么比他写给我的这几行字能让我更高兴的了，他写得如此亲切，如此发自肺腑。他这么关心我，请你告诉他：旅行对我的身体很有益处，我又成了男子汉。我的眼睛好多了，看书已不用戴眼镜。

蒂蒂娜的两封信让我很开心，我会单独给她回一封信。请你告诉那两位获得桂冠的小宝贝：夏洛和多多，我对他们获得的奖项多么满意。我也会很快给他们写信。——我非常高兴看到夏洛能把所有的细节都写给我，看到多多不再"头疼"了，看到小学生们从莫兰先生漂亮的装饰中拿下些东西，并且藏得万无一失。把这些告诉夏洛吧，替我吻他们两个。当然，也要吻给她的"小爸爸"写了信的代代小姐。

给蒂蒂娜的信将紧跟着这一封寄出。再见，我亲爱的阿黛尔。10 日至 15 日我就到巴黎了。拥抱你们。刚才在邮局的时候，拿到这一沓厚厚的信，我一边问那里的职员"还有没有"，一边如饥似渴地读起信来。然后我在海边又读了一遍，当时在堤坝的尽头，轻柔的海风绕着我，也摆弄着我手中的信纸。身边的路灯亮起的时候，我借着那份光亮还想再读一遍。

吻你，我的阿黛尔，接下来给我往日索尔写信吧。

我出发了，可能要等到了加莱①或是布洛涅②才能寄出这封信。

这可怜的福松布罗尼③！多么的不幸！

---

① 加莱（法语：Calais）：法国北部海港城市，属北部—加莱海峡大区加莱海峡省，位于敦刻尔克西南。

② 布洛涅（法语：Boulogne - sur - Mer）：法国北部海港城市，属北部—加莱海峡大区加莱海峡省，位于加莱以南。

③ 福松布罗尼（意大利语：Fossombroni）：雨果之友，阿黛尔来信说他于几天前不幸逝世。

第十二节　加莱—布洛涅

贝尔奈①，9月4日，下午5时

亲爱的朋友，我这一封信依旧从感谢你写起，因为你寄来的那些信和它们带给我的快乐三天以来一直陪伴着我。我一遍又一遍地重读它们，好像读着信就能看到你们可爱的面容，好像咱们温馨的家在伴随着我一起赶路。谢谢你，我的阿黛尔。昨天我给蒂蒂娜写了信，大概明天这个时候她就能收到了。

既然你们喜欢看我的游记，我就继续下去，然后一个章节一个章节地把我的《奥德赛》② 寄给你们。我真的很开心这次旅行即将结束，就要回到家，回到我的"伊萨卡"了。

上封信一写完，我就离开了敦刻尔克。途经格拉沃利讷③，我只在夜幕中看了一眼，似乎没什么好看的。别了，漂亮的弗拉芒老街。不再有山墙，不再有小塔，不再有钟楼。天边，格拉沃利讷的屋顶和教堂塔楼的轮廓很没意思，这儿只是一个驿站。我在公共马车的上层座位睡着了，车突然停下，把我震醒了。我看到外面下着雨，车夫的灯笼发出温柔的光，照在马的蹄子上。

---

① 贝尔奈（法语：Bernay – en – Ponthieu）：法国北部小城，属皮卡第大区索姆省，全称"贝尔奈昂蓬蒂厄"。

② 《奥德赛》（法语：Odyssée）：古希腊诗人荷马写的史诗。主要讲述奥德修斯在特洛伊战争后，一路历经磨难返回家乡伊萨卡的故事。

③ 格拉沃利讷（法语：Gravelines）：法国北部沿海小城，属北部—加莱海峡大区北部省，位于敦刻尔克和加莱之间。

拂晓，我到了加莱，就在这儿吃午饭。我重新过起了坐着小马车、从从容容地旅行的日子。

加莱也是一座损耗得很快的城市。这里也处处盖起新房、刷着白墙，总之是再也找不到以前的老城风貌了。不过，被很多拱扶垛簇拥着的钟塔倒是挺好笑的，从里面传出简单的二重奏，在大海的浪涛声中几乎听不见了。加莱那座古老的哥特式教堂外观还算是漂亮，只是其钟楼就像收进去了一半的观剧镜①。里面也没什么，除了一幅《被鞭打的基督》引人注目，就是一个大理石的主祭坛还不错，祭坛是 16 世纪的风格，不过上面写着"建于 19 世纪"。

我没有参观加莱的堡垒，敦刻尔克的那座也没有看。在我的旅程中，没有安排任何堡垒，尽管它们总在大路两侧出现。除非哪天我去打仗，不然，堡垒对我来说只是一座畸形的山包：被墨线削齐、被墙面框平、经几何计算之后垒上城墙、铺上齐整的草坪，一切都是规范的状态。然而，我喜欢的是上帝创造的曲线：草随便从哪儿冒出、灌木在微风撒种的地方生长、山坡弧度变幻莫测、大树自然伸展，总之就是莎士比亚式的多变而自由。我喜欢岩石，讨厌墙壁；喜欢沟壑，讨厌壕沟；喜欢陡坡，讨厌斜堤。

在安特卫普，所有人都问我："您去看堡垒了吗？"我回答："是的，看教堂了。"

如果有人问我："你的比利时之行喝到好啤酒了吗？"我会说："是的，在法国喝到了。"我的确喝到了很棒的啤酒，不过是在加莱的德桑旅店。比利时所有的啤酒，不管是鲁汶的白啤酒还是布鲁塞尔的棕色啤酒，回味

---

① 观剧镜：曾流行于欧洲剧院的单筒望远镜。

都让人很不舒服。英国人觉得是啤酒花加得太多了。就算是啤酒花吧，不过确实很难喝。至于比利时的葡萄酒，有种紫罗兰的味道。他们在其中加的鸢尾花①可能比葡萄还多。各种酒都是非常拙劣的饮料，我只能从一种回避到另一种。不过，总体来说，我宁肯喝白色的啤酒，也不愿意喝蓝色的葡萄酒。

从加莱到布洛涅，我一路所见都是由狂奔的四匹马拉的英式马车，车夫倾斜地站在车上，就像检察官耳朵上方的羽毛。

我见到的第一辆马车叫作"对立"。不一会儿，见到了第二辆，叫作"电报"。后者的上层坐着一个又高又瘦的男乘客，指手画脚，动作夸张。我猜他可能正给英国送去很重要的消息。

从加莱到布洛涅的一路上风景宜人。大路在世界上最美的景色中向前伸展，丘陵和山谷像波浪一样高低起伏、错落有致。

在一望无际的高坡上，能看到梯田与牧场相互衔接，直到视野的尽头；还能看到大片的红色或绿色的原野；还有钟楼、村落和一块一块的树林；在西边最远处，山丘的空隙间，海波荡漾，仿佛一钵银色的汤。

下了坡，景色就全变了。在小小的、有限的空间内，只能专心地享受美景。有时，三棵树就构成了你的全部视野；有时，你看到农庄的一堆厩肥以及轮胎上沾满泥巴的锈迹斑斑的大车；有时，你看到一块长满了毒芹的墓地，毒芹开着花，变了形的墓地老围墙眼看就凸到了大路上。我们的车沿着一条小径穿过苹果林，树枝从粗大的苹果树上伸出，给我们的车挠着痒痒；我们又经过一段树篱，灌木的根像手指一样伸出，紧紧钩着地

① 鸢尾花：植物名，花朵为蓝紫色。

面，阿尔布雷·丢勒最喜欢画这个了。上坡之后，广阔的天地重现，又一次无穷无尽。真的，我每天都陶醉在上帝用蓝色和绿色创造出来的瑰丽景色之中。

大约走了一半路程的时候，车爬上了一座高高的断崖，在崖顶上，我远远地望见海的尽头伏着一条长长的雾蛇，它似乎正要从一圈浅色的雾环中游走，鳞片星星点点地反射着阳光。那是英国。如果换做一个神秘论者，一定会推断说这是某件事情的征兆。而我，老老实实地看到：那是一座壮美的悬崖，远看是黑色的，近看将是白色的，那是阿尔比恩①。

在进入布洛涅，更确切地说是"下到"布洛涅的时候，景色很美。左边经过了一个古老的要塞，里面的塔楼顶部曾经建有雉堞，而现在却生长着茂盛的大树，不过依然很漂亮。讨厌的是当地的建筑师们在这片老树和古塔之上又建了一座满是柱子的什么建筑，着实难看。

过了那座要塞，我们几乎垂直地扎进了一条小路，我的阿黛尔，你要是在的话，可能要吓得尖叫了，不过那时两边的景色实在是美不胜收。在下坡的时候，越过屋顶，能看到整座城市优雅地背靠着山峦，它的姿势一定是为了每天都能自在地欣赏到海上的日落。

下这个坡的时候，满车的女人都尖叫着，车夫也咒骂不停，远远地能看到海浪和桅杆，城中的烟囱冒着炊烟，窗户映着夕阳的余晖——所有这一切古怪地交织在一起，十分有趣又让人陶醉。

亲爱的朋友，咱们一起再来布洛涅的时候，我绝对不会带你到北方旅店。因为这里住宿条件一点儿也不好，并且很嘈杂，费用很高，服务生也

———————————

　　①　阿尔比恩（法语：Albion）：大不列颠岛的古称。

厚颜无耻得少见。这些服务生对待一个误入黑店的穷苦家庭的态度让我很生气。这家人看到这里的饭菜价格很高，就打算每天只吃一顿饭，但遭到了服务生们的白眼儿和一顿冷嘲热讽。我忍不住把这群服务生大骂了一通，当然也是在没透露我身份的前提下。显然，我越来越憎恨这些高档旅店，憎恨大城市，憎恨各种老爷爵爷和他们的走狗仆役。这里的人都那么蛮横无理、头脑空空、毫无思想。然而，这些带着英式神情的旅店的服务生连仆役都算不上，我这么说都是优待他们。他们只是一群打上了一层不知什么英国蜡油的粗野的皮卡第人。

我在布洛涅的海边徜徉了很久。依旧是一片沙滩，因此没有卵石，甚至没有贝壳。我的多多，这让我很生气，从奥斯滕德开始，海滩就一直这样空空荡荡的了，难道它非要让你的贝壳银行破产不成？

我看到了"安菲特里忒号"① 遭遇海难的地方。就在两年前，这个从英国出发的三桅船原本准备把一些女人运往澳大利亚的植物学湾②，最终却将她们的尸体送到了布洛涅的墓地。可怜的女人们！她们在这次交易中可亏本了，是吗？我不知道。因为据说在英国只干些小偷小摸勾当的男人，一到澳洲就成了食人族。你在报纸上看过布劳顿岛③的可怕故事吗？悲哀啊！越进化我们失去得越多，文明让人类变得野蛮。

在安菲特里忒号的失事地点，我也找到了一具尸体——那是一只溺水的可怜的飞虫，我把它寄给你。大洋把它丢到了沙丘上，它承受的痛苦并不比那艘大船多。

不是吗，我的蒂蒂娜？你看，这可怜的小飞虫还挺漂亮的吧。

---

① 安菲特里忒（法语：Amphitrite）：希腊神话中海王波塞冬的妻子。19 世纪 30 年代英国向澳大利亚殖民，"安菲特里忒号"就是这样的船只之一，但它从英国出发后在布洛涅海岸失事。

② 植物学湾（英语：Botany‐Bay）：澳大利亚悉尼南部的一个海湾。

③ 布劳顿岛（英语：Broughton）：澳大利亚纽卡斯尔北部的一座小岛。

布洛涅的海岸线非常棒，我在栅状突堤的尽头好好地研究了一番。这不像奥斯滕德的那种罗锅似的低矮的沙包，而是高耸且庄重的红棕色山丘，披着绿色的草皮。常年的海浪冲刷将海岸塑造成了台阶，就像泰坦①家的巨型楼梯，直通入海。城市好不容易才爬到山顶立足，而几个贫苦的小村落只能蜷缩在远处的小丘之中。这里还藏着几座磨坊，与别的房子相反，它们面向陆地、背靠海岸这边的高地。但它们这样的隐蔽方法效果不错，海风从高地上掠过，正好吹到风车的翼尖，这样，风车便飞快地转动起来。

在我站在突堤尽头的时候，有一艘蒸汽轮船从港口驶出，越走越远。最后，我只能根据它的烟囱里冒出的那一小朵黑云找到它在海天交际的身影。与此同时，最偏僻的山坳中，我看到一座寒酸的小茅屋升起袅袅的炊烟——一边是改变世界面貌的神奇机器，一边是农家的汤锅，远看都不过是一团烟云。

此时此刻，我想起了我刚刚失去的那些朋友们，他们就像烟消云散般永远地离去了。一些人走得像大船那样堂皇，一些人走得像茅屋那般安静。我悲伤不已。你看，亲爱的朋友，还不算厄日埃纳这样的远甚于朋友的知己，他走了四个多月，马上就五个月了。冯达奈，那么聪明；梅纳尔，那么灿烂而高贵；达尔奈，是多么温柔优雅的孩子②；还有刚走没几天的福松布罗尼，如此年轻、谦逊、有灵性。所有的人都那么善良、慷慨、忠实，却都在生命刚开始的时候早早地离去了。当然，除了经受痛苦而最终活下来了的冯达奈。

---

① 泰坦（法语：Titans）：希腊神话中曾统治世界的古老的巨神家族，为地母盖亚的子女。
② 厄日埃纳（法语：Eugène）、冯达奈（法语：Fontaney）、梅纳尔（法语：Maynard）和达尔奈（法语：d'Arnay）均为雨果之友。

他们现在在哪里呢？他们会不会想起咱们？会不会感到遗憾？会不会想见咱们？他们现在知道我曾经多么真切地爱着他们了；尤其是梅纳尔，他竟然有过几次怀疑，这是我唯一能责备他的地方。天哪！亲爱的朋友，我们周围的这些生命之树是怎样地震颤着、臂断枝残、花叶落尽啊！

当时我站在大洋和上帝的面前，头脑里满是这些念想。直到现在也还是，不过我就此收笔，换个时候再说吧，以免让你也难过起来。

温柔地拥抱你，我的阿黛尔。

第十三节　埃塔普勒①

贝尔奈，9 月 5 日，早上 9 时

我还在贝尔奈，之所以迫不及待地给你写信，是因为我怕上封信让你忧伤。我不愿意让不好的情绪感染你，只希望能给你带去欢乐。因为欢笑和幸福才最适合你——我的阿黛尔。

我前天离开了布洛涅。当时天空中铺着一层漂亮的云，阳光从云的缝隙中透过，地面一块亮一块暗，斑斑驳驳，就像虎皮一样。在这光影之间，小城美妙绝伦。其实之前已经下了一夜的雨，但天一亮，太阳、蓝天和美景就都回来了。"雨下了整夜，节目在清早开场②。"这是维吉尔③的诗句，请我们摘得桂冠的夏洛给翻译一下吧。

唯一玷污这美好的海洋、大地、屋宇、桅杆和白帆的东西，就是在城市最高处像列柱似的排了一圈难看的房子。至于布洛涅城中的那根柱子④，不好不坏，就是一根巨型的石头柱子而已。它有点像图拉真记功柱⑤，但其大小、雕琢工夫和罗曼风格方面都要逊色一些。

---

① 埃塔普勒（法语：Etaples）：法国北部海港城市，属北部—加莱海峡大区加莱海峡省，位于滨海布洛涅以南。

② 原文此处为拉丁文：Nocte pluit tota, redeunt spectacula mane。

③ 维吉尔（法语：Virgile，前 70—前 19）：古罗马诗人，但丁的老师。

④ 拿破仑圆柱（法语：colonne Napoléone）：拿破仑下令建造的圆柱，1823 年建成。

⑤ 图拉真记功柱（法语：colonne Trajane）：位于意大利罗马，113 年落成，为纪念图拉真（53—117，古罗马帝国皇帝）胜利征服达西亚而建。

我在布洛涅享受到阳光的优待，比在加莱还要好。加莱风太大了，很冷。

但是，不论是冷还是热、下雨还是晴天、云雾缭绕还是星光璀璨，我都深深地爱着海港，尽管这里整天吃牛排，而且剃胡须的时候还能闻到剃须匠手上的鱼腥味儿。

而且你知道，比起大的海港，我更喜欢小海港。因此，从布洛涅出发后，我直奔埃塔普勒。

这一路的风景比从加莱到布洛涅的还要美妙，旅行真是件永恒的乐事。

从布洛涅出来的时候，我沿着大海的一只手臂行进，海水向内陆延伸了很长一段，仿佛要抓走那些小村庄。涨潮的时候，水面上满是小帆船，横七竖八地挤在一起。过了那一段，每时每刻的风景都会发生显著的变化。山丘既温存又严肃，时而被强劲的海风吹得顺从服帖，时而又显露出意大利山脉的遒劲线条。随着车辆的晃动，你会时不时地感觉山峦也像海浪一样优雅地波动了起来，并一直涌到路边。正从法国慢慢撤走的大海，很久以前就是在这里，现在，它只在遥远的天际荡漾，并按捺着汹涌的波涛。美景深处，稳固的大地展示出迷人的阿拉伯曲线，那是自然的各种元素轮流雕琢的结果。大洋先画出草样，暴风雨继续修饰琢磨。

埃塔普勒只是一个小村庄，不过正是我寻找的那种——一群渔民聚居在拉芒什海峡上一个最美的小海湾中。我到达的时候已经退潮，所有的小船都远远地搁浅在沙滩上，黑黑的船体闪着亮光，仿佛巨大的贝壳。我在沙滩上散步的时候随手画了几艘船。我时而能看到水手站在自己家的门槛前，面容严肃，看到有人经过都会很庄重地打招呼。大海在海湾中闪着光，被海岸线勾出参差的轮廓，仿佛从银色被单上扯下一角。向南看，高高的山冈静静地矗立，顶上徘徊着几朵大大的云。整幅图景博大而沉静。

晚上，云朵也要睡觉，它们变得平平的，长长的，仿佛舒服地伸展开来才好入梦。

白天，云朵在太阳下充气、膨胀、鼓起，就像把鸭绒放在火前烤了之后的效果一样。通常来讲，我比较喜欢晚上看到云。它们在空中划出海湾和岬角的形状，让天空看上去像一面镜子，映衬的正是亮莹莹的大海和晦暗参差的海滩。

第二天一早我就出发了，想在蒙特勒伊①吃午饭。"滨海蒙特勒伊"最好叫作"平原蒙特勒伊"。这曾经是一座明媚的小城，现在仅剩一座堡垒而已。不过，因为城市地势较高，从下面的山坡和草场上看过去，城墙还是蛮壮观的。另外，就是两座还有些古老风貌的教堂，但最好别进去看。不过，我在较大的那一座教堂里看到一座不错的罗曼式大门。可别从我这蹩脚的涂鸦来评判。我在城墙上散了一会儿步。那里除了横卧在地上的大炮，就只有我和一位坐在旁边的老神甫了。

这位神甫的面容和神态十分可敬！他目不转睛地看着他的书，而我看

---

① 蒙特勒伊（法语：Montreuil – sur – Mer）：法国北部小城，属北部—加莱海峡大区加莱海峡省，位于埃塔普勒以南，全称"滨海蒙特勒伊"。

着乡野。他读着他的日课经，我读着我的。

我的阿黛尔，你知道了吗？自然就是一本灿烂辉煌的书，是最崇高的感恩歌和赞美诗，能听到的人是幸福的。我希望有一天我的孩子们也都能理解这一点，虔诚地享受这美妙绝伦的外部世界，并用上帝赐予我们的内心——灵魂——与之呼应。我，将会孜孜不倦地拼读这张难以描摹的大字母表，每天我都能发现一个新的字母。

昨天早上，我在蒙特勒伊的老街上做了一个奇怪的白日梦：或许有一种稳定、自然的方式让所有的生物不断地相互变幻相互转化，让它们从一个地方平静而和谐地换到另一个地方，在基本维持自身形状的前提下变成另外的东西；或许有这么一个链条，石头作为起始，植物变成动物，人类也在其间，而最后的那些链环，是不可见、不可触知的，一直延伸到上帝手中。你看，小草的嫩枝动起来，逃掉了，变成了壁虎；芦苇在水中活了，溜走了，这就是鳗鱼；一根棕色的树枝，披着斑驳的地衣、显出大理石花纹，一旦落地便开始在荆棘中爬行，一条游蛇诞生了；五彩斑斓的种子，扇动起自己的翅膀，成了形形色色的昆虫；豆子和榛子长出几只小脚，就成了蜘蛛；一块绿兮兮的难看的石头，肚皮青灰色，从水塘中爬出来，跳到田里去，这就是癞蛤蟆；花朵飞舞起来，便成了蝴蝶。整个自然都可以是这个样子。所有的东西都映射着一种和它的类似物，可能变得更精致，也可能变得更粗犷。

全部个体都有一缕光与中心连接，多么辉煌！所有生命都能互相重叠彼此派生，多么神奇！这是怎样的创世推论啊！枝叶和根系来自哪儿？来自树。脑袋来自哪儿？来自动物。面容来自哪儿？来自人类。掌控世界的四大本体：矿物、植物、动物、思想，就这样在一个迷人的统一体中相互滋生。

你知道为什么我会在蒙特勒伊的大树下想这些东西吗？我自己都不知道。但是，我的阿黛尔，跟你聊着这些，就像我们手牵着手在阿森纳的岸边散步一样自在幸福。

我从城墙上下来的时候，遇到一个小孩子，他在啃着一个硕大的苹果。"谁给你的苹果呀？"我问道。他回答说："我不知道，它是从树上掉下来的，是风给的，不是任何人。"我给了他 10 苏，并且对他说："我的孩子，如果不是任何人，那就是上帝。"

我还该再加一句："如果是某个人给你的，那也是上帝的旨意。"

从蒙特勒伊出来，我向克雷西①行进。关于乡间铺设石子路的法令还没有执行到这里，路非常难走，我步行了足足 3 法里。

我参观了克雷西，看了看那阴森的战场。我先绕着那座标志着战斗开始的石磨坊走了一圈，然后下到谷底，脑海中涌现出战士们挥舞着斧头和长枪拼杀的场景。这个村子风景不错，我画下了那座曾经目睹了那场战役的教堂。在村子中心的广场上，有一座古老的罗曼式喷泉，克雷西战役当天，一定有很多战士在这里清洗伤口。这是我至今见过的最特别的喷泉，拱腹上勒着粗粗的砖肋，矮墩墩的石柱上面雕着柱头，三层中有两层都已经严重变形了。

在布鲁塞尔，我不愿意去参观滑铁卢②，因为不想去看望那位威灵顿大人。对我来说，滑铁卢比克雷西更可恨。那一次，不仅是欧洲对法国的

---

① 克雷西（法语：Crécy - en - Ponthieu）：法国北部小城，属皮卡第大区索姆省，位于蒙特勒伊以南，全称"克雷西昂蓬蒂约"。1346 年，英军在克雷西战役中以英格兰长弓大破法军重甲骑士。

② 滑铁卢（法语：Waterloo）：比利时布鲁塞尔南郊的小镇，1815 年拿破仑指挥的法国军队和英国将军威灵顿指挥的反法联军在滑铁卢大战，法军惨败后拿破仑被流放。

胜利，还是一次彻底的、绝对的、辉煌的、无可辩驳的、决定性的、至高无上的庸才战胜天才的战役。我没有去看滑铁卢战场。我非常明白那场巨大的失败对于新世纪、新思想的诞生是必要的。拿破仑应该在其中扮演一个角色。也许是吧。不过，如果哪天从法国吹去一阵风，将那头已经被圣路易拔掉趾甲、牙齿、舌头并摘去皇冠的弗拉芒狮子掀翻在地，再把随便一只法国鸟，不管是雄鹰还是公鸡①，安放到那底座上，我就去参观滑铁卢。我知道我写的这些字说不定会被演绎成一段特效戏剧，但无所谓。艾尔伯图斯②最知道我这盲目爱国的一面。

我再回到克雷西的话题上。我看了所有该看的东西，但有几次我真是服了那位鼻子不通气的向导。他是一个高大的农夫，显然什么都不懂。对我的任何问题，都回答："是的，香生（先生）。"而我只能回应他："很好，我的旁友（朋友）。"

我在乱石丛中来回奔波，海狸皮的鞋子都磨破了。我马上意识到自己有多么不幸——从明天起得穿靴子了，可是我的靴子并不舒服。

贝尔奈——也就是我现在待的地方——只是一个小村庄。有6栋房子。教堂的四面都是白墙，10法尺高，3扇窗户，板岩的屋顶和一座钟楼；看上去像是由一横一竖的两个皮老虎③构成。

① 雄鹰是拿破仑军队的标志，公鸡是法国的国鸟。
② 艾尔伯图斯（法语：Albertus Magnus，1193—1280）：中世纪欧洲哲学家和神学家，雨果对朋友戈蒂耶的昵称。
③ 皮老虎：一种清理灰尘的工具，又叫气吹。

这种罕见的建筑样式在皮卡第乡间相当常见，他们就不能把屋子建得更高大、更修长一些吗？真是难看至极。

虽然这只是个小村庄，但地理位置十分特殊。公共马车如果从巴黎出发，走到这里恰逢午饭时间，从加莱出发，到此处恰逢晚饭，南来北往的旅人都会在这里歇歇脚，因此催生了一个客栈，而且是一个非常好的客栈——邮政旅店。这是我这一路上遇到的最棒的住处了。

我窗下的家畜饲养棚很不错。这甚至不该被称作"饲养棚"，简直就是"动物园"，里面什么都有：鸡、鸭、猪、牛、火鸡、鸽子、珍珠鸡。一群一群的动物，吵吵嚷嚷、高高兴兴地生活在一起，根本注意不到厨房里可怕的刀光火影。这座大型的饲养棚供给着一张大餐桌，中午、晚上都会宾客满席。昨天是周一，晚上吃饭的时候，一个服务生告诉我，从周六到当时，他自己一个人就已经收拾了120套餐具了。能在这样一个只有十来户人家的小村子里找到这么一个大厨房，真是神奇。

先不去想餐桌——那个长着鲨鱼一样利齿能吃掉所有东西的怪物，就看这个院子里的动物们，也就是未来的鸡蛋饼、排骨、火腿、烩野味，挤攘攘地攒动着、咩咩哞哞、哼哼咕咕、叽叽喳喳，在厩肥堆起的阿尔卑斯山和水坑演化而成的湖泊中或飞，或走，或游，没有一会儿停歇，总能给我这样等待开饭的旅人添加些许乐趣。要知道，对沙鸡的想象，能点燃猎人和猎犬的疲惫精神；对于走得口干舌燥的旅行者来讲，想象一条小河，自己在河边休息或是钓到鳟鱼，总是一件快乐的事情。15世纪的绘画和雕塑作品中，只要有河的地方，就一定出现鱼。这是多么美妙的手法啊！

在所有这些不紧不慢、懒洋洋待着的动物中间，有一头圆滚滚的母猪正准备躺下。它身形巨大，在这院子里就像植物园中来了一头大象，看它在污泥里面打滚真是一件乐事。我看着这只肥墩墩、毛茸茸、粉嘟嘟、蓝眼睛、欢乐无比的生物，想象着一定要有一头勇猛的公猪才能讨它欢心。

现在可能正有一群宪警和他们的车夫也在这里休整，因为门廊下有个小孩子正在擦一只硕大的皮靴。你看到了一定会笑的，他在那儿又是涂又是擦，又是刷又是吹，大汗淋漓，全神贯注。靴子时而被放倒在地，像一尊大炮；时而被立起来，像一根圆柱。他绕着靴子转，又探到靴子里，差点儿整个人都钻进去看不见了。我从来没见过像他这样勇敢顽强地去完成此项任务的孩子。

这个旅店处处都干净整洁、布置妥当，令人愉快。不过当然有一些小小的瑕疵。比如我想写字，他们给了我一张又高又窄、一点也不精巧的圆桌；比如用三张信纸还要付6苏；又比如他们订了《法国公报》①。我是在厨房里看到这报纸的，纸页散落在大大小小的葱头之间，它宣告着剧院注定要没落、美丽的法语如何如何、现代的戏剧怎样怎样，这份报纸用带着厨房味道的法语说出的重大事实，倒是挺适合当时的情景的。——总之，这是个很棒的旅店。

我问旅店的女主人："女士，您是正统派②的吗?"她回答说："哦呦，是的，先生，必须是。您大概看到了，从加莱过来的路不好走，很多以前的波旁派都不从这里过了。通往里尔的那条路对我们不利，奥尔良的王子们还是总往布鲁塞尔那边跑。""这么说，您认为波旁长系的复辟对法国的未来和通往加莱的路都有好处了?"这位勇敢而聪明的女士想了一下，叹息着回答道："而且，您看到了，自从1830年以来，巴黎闹了霍乱，到现在，意大利的疫情也还没有解除，所以从这儿经过的英国人也少了。""见

---

① 《法国公报》（法语：Gazette de France）：法国最早的政论性报纸，旨在维护王朝利益，于1631年创刊，于1915年停刊。

② 正统派（法语：légitimiste）：特指法国历史上波旁王朝长系的拥护者。

鬼，我知道您为什么订《法国公报》了。"

　　亲爱的朋友，请原谅我又写了一通不上档次的旅店式对话，但这里既没有海洋也没有教堂，只能谈旅店了。之前，头脑和精神都已经说了不少话，这次总得轮到肚子来发表一回意见了。

　　　　　　　　　　　　　勒特雷波尔，9 月 6 日，晚上 11 时
　　离得太近了，我没能抵挡住勒特雷波尔的诱惑。它过于强烈地吸引着我，所以我就来了。这次赶上落潮，但景色仍然让人陶醉。

　　昨天我在勒克罗图瓦①散了一圈步，这是座小海港，位于圣瓦莱里②对面，索姆河的入口处。我到达的时候，小船们正准备出海，这对我来说又是新的景象，非常奇妙。一片片帆升起来，在亮得晃眼的海天之间，遮起一角角阴影。亲爱的朋友，我多希望你也在这里啊。

　　我又参观了一次阿布维尔的圣伍尔弗朗③教堂，参观了它那被凛冽的北风和冷酷的月光夺去了生机的门面。我带着初见时的喜悦游览，就像两年前一样。它又添了些皱纹，而我也一样。在教堂的一角，有一尊卓尔不凡的老者的雕像，都快触及屋顶了。然而不知是谁在一旁盖了一栋难看的房子，一直遮到了他的腰部，这尊石头圣人对他们毫不理会，依旧沉浸在自己宁静的梦幻之中。在老者身旁，是一名战士，好像正在勇敢地抵挡马上就要触到他的那些不要脸的瓦片。所有这些雕像都美而庄重，但看完亚眠大教堂之后，这些就都不算什么了。

---

　　① 勒克罗图瓦（法语：Le Crotoy）：法国北部海港小城，属皮卡第大区索姆省，索姆河入海口以北。
　　② 索姆河畔圣瓦莱里（法语：Saint - Valery - sur - Somme）：法国北部海港小城，属皮卡第大区索姆省，索姆河入海口以南。
　　③ 圣伍尔弗朗（法语：Eglise Saint - Wulfran）：阿布维尔的一座教堂。

我的阿黛尔，我这一天过得很充实。我去看了朗比尔①的城堡，由一组漂亮的 13 世纪的小塔组成，我画了下来。大路从林下穿过，我坐着马车，虽然颠簸，但美景如画。之后我就来到勒特雷波尔。没有去看左手边那个叫作布朗日②的宜人小城，它掩映在曲折山谷深处的一片白杨林中，也没有走那条山谷背面通往欧马勒的路，而是从加马什穿过，那里的教堂正门很漂亮，是 15 世纪的风格。

在加马什，我见到两个处境悲惨的女人。她们是被当场抓获的两个可怜的烟草走私犯，正在被押送到布朗日监狱，带着她们的烟草、她们的沮丧还有她们的大车，只不过多出了两名宪警。我把钱包里的钱都给了她们。

从加马什到厄镇的路上绿树成荫。这条路沿着一道高高的山丘向前，一直通到海岸边的悬崖。路的两边偶尔种植着一片大麻，长得像微缩的椰子树，让人觉得自己一下子长高了，正漫步在美洲的山野间。

我可怜的朋友，是不是读我的长信让你觉得有点儿累？我就写到这了。拥抱你、你的父亲和咱们的宝贝。——你是否已经写信给诺代③先生说我不在家了？——我还不知道是否要去日索尔，但你还继续往那儿写信吧。我的路线取决于能坐上哪趟车，不过我会尽量赶去那里。——再见，我亲爱的阿黛尔。——再见，我的蒂蒂娜。——一千个吻。

---

① 朗比尔（法语：Rambures）：法国北部小城，属皮卡第大区索姆省，位于阿布维尔以南。
② 布朗日（法语：Blangy - sur - Bresle）：和欧马勒（法语：Aumale）、加马什（法语：Gamaches）均为阿布维尔到厄镇要经过的小城，属皮卡第大区索姆省。
③ 诺代（法语：Joseph Naudet，1786—1878）：法国学者、历史学家。

第十四节　迪耶普—勒特雷波尔—欧村①

迪耶普，9 月 8 日，晚上 9 时

亲爱的朋友，这可能是我这次旅途中给你写的倒数第二封信了。12 日或 13 日我就能回到巴黎、回到你身边，跟你们在一起了。能拥抱到你将多么美好啊！好啦，可怜的朋友，相信我，回家让我感到高兴。旅行充其量只算一阵让人忘乎所以的晕眩，而家才是我永恒的幸福。

每天我都在很快地向你们靠近，今天已经到达迪耶普。我本来想再次研究一下这教堂里面的讲述发现美洲大陆的浅浮雕，可是路上出现了太多情况，车走得很慢，我到得太晚了。晚上 7 时我才走进教堂，里面的光线已经很暗了，虽然整体看很有韵味，但浅浮雕只是一层凹凸不平的石头了，根本分辨不出什么是什么。我大老远地赶来看这座古老的教堂，它却蒙起面纱接待，我不抱怨。

迪耶普有个地方很适合散步，但我在那儿没见到一个人。这条绝佳的路线如下：在夜幕刚开始降临的时候，沿着堤坝向南，顺着一排在路尽头的房子走，然后在城堡后面沿一条沟谷边的小径登上悬崖。这条沟谷就像在悬崖的背面深深地豁出的一个口子，城堡坚实的高墙就矗立在这道口子的一边。这座高墙有些地方仍然设有突堞，一半的位置还竖起一座方形的高塔，在顶端有另外一座。这里已经很美了，不过还不到满足的时候，要

---

① 欧村（法语：Ault）：法国西北部海港小城，属皮卡第大区索姆省，位于厄镇以北。

继续攀登到顶。如果看到山顶上的草坪像浪涛一样起伏，你仍然不害怕的话，甚至可以一直走到悬崖边。要勇敢地前行，不能惧怕阴暗，因为，站得越高看得越远。

刚才我就去了那里，一直走到了悬崖边，距离崖边几步远的地方有一道老旧的木栅栏，大概是为了拦住牛，因为我在这儿一个人影都没看见。近处的大塔楼并没能挡住我的视线，在右边更高一点儿的地方，我看到了黑黢黢的城堡屋顶和一群小塔。但是，我看不清那扇曾经放走漂亮的隆格维尔伯爵夫人的文艺复兴式的窗户。马上就过去两百年了，这位像德雷茨①先生说的那样"拥有与生俱来的迷人的忧郁气质，早上醒来时尤为灿烂惊艳"的伯爵夫人，曾经是能够呼风唤雨的重要人物呢。

越过城堡向下望，是一片深渊，只能看见一些或明或暗的模糊线条。更远处，这些线条被一些错落的直角打断，其间还散落着红色的星星点点，仿佛在难辨明形状的黑色迷宫中走丢了，那就是迪耶普城的灯光。在左边，是大海，无边无际，无声无息，灰色中掺杂着墨绿和酒红。天边各个方向都散布着小船，有二十来艘，起初都是黑点，后来逐渐显出像小苍蝇一样的形状，从铅色的镜子般的海面上悄悄地滑过来。在这一切之上的天空中覆盖着阴云，云层略薄的地方透出一洼惨白的暮光。海水正在涨潮，也带来了不祥的嘈杂声。城市的方向忽然有一阵响动，原来那是一头牛在我身后某个地方哞哞叫着。一股风时而从海上吹来，那声音仿佛是有人在拉动巨大的窗帘。真是非同寻常的体验，只给灵魂留下一种情感，比脱离现实的梦想还要让人心碎，还要漂泊不定。

你走在这样的情感之上，梦想就在你四周荡漾。

---

① 德雷茨（法语：Cardinal de Retz，1613—1679）：法国作家和政治人物。

　　下去之后，我在港口溜达，并和一位正在监督卸船的海关职员聊了会儿天。那艘船来自波罗的海①的什切青②。它运到迪耶普什么货物？薪炭。那么它带走什么呢？答案更离奇：什么也不带，真的什么也不带，除了作为压舱物的石头，而这早晚也会被扔掉。可悲的迪耶普港口真是堕落了。拉芒什海峡所有的港口都在逐日萧条，而其中萎缩得最快的大概就是这儿了。

　　亲爱的朋友，我昨天过得可谓非常充实。当时我在勒特雷波尔，想去看看海边的沙丘究竟在哪儿变成了悬崖。据说那个地方适合散步，不过只有一条供山羊行走的小径，因此只能步行。中午时分，我找了个向导就出发了。1 时左右，我爬到了正对着勒特雷波尔的悬崖顶上。我越过的是一座驴背一样布满鹅卵石的小丘，它将大海拦在外面，保护着里面的山谷。山谷的尽头，矗立着厄镇城堡的高高的山墙。我脚下是一座面向勒特雷波尔的小村庄。

　　勒特雷波尔的教堂就在我对面的小丘上，农户的房屋散落在它的脚下，就像是一堆坍塌的石头。过了教堂就是悬崖边锈蚀的高墙，顶部已经完全垮掉了，基部覆盖着地衣的墙面也遍布裂隙。湛蓝的天空下，靛青色的大海将泡沫扦边的弧形长浪推进海湾，浪在沙滩上舒展开来，就像商人用手铺开平滑布料。两三艘三桅帆船欢喜地驶出海港。空中万里无云，只有太阳照耀着一切。

　　在我脚下，悬崖的底部，一群鸬鹚正在捕鱼。干这个，它们可是一把好手。它们先在空中飞一会儿，然后猛扑到海面，有时只是触到浪尖，有

---

①　波罗的海（法语：La Baltique）：欧洲北部的内海，是大西洋的属海。
②　什切青（法语：Stettin，波兰语：Szczecin）：波兰西北部城市。

时要扎到水里，然后上来。每次上来，嘴里都衔着一条在阳光下闪闪发亮的银鱼。我离得很近，看得很清晰。它们出水的时候嘴上闪着光，样子很可爱。

它们一边往上飞，一边把鱼吞进去，然后继续下一轮。看上去它们午餐吃得不错。

顺便说一下，我吃得可不怎么好。因为这是一座海港，我吃的当然又是牛排，而且非常非常硬。在旅店的饭桌上，人们的说笑总是差不多，他们把牛排比作靴底。我吃了两片，就像吃了一双皮鞋。我对自己的胃口和牙齿感到惋惜，真是无比地羡慕那些鸬鹚！

一个小时以后，还是沿着悬崖边这条曲折的小径，我接近了欧村，这是我此行的主要目的地之一。小径转了一个弯，我突然看见崖壁上地势较高的地方有一片小麦，刚刚收割完毕。今年的春天来得晚，四月的花到六月才开，因此，七月就该成熟的麦穗到九月才收获也很正常。这块芬芳的麦田很小、很窄、很陡，两边是树篱，顶上是海洋。你能想象出来吗？下面有二十拜尔什①的土壤，海洋却在上面。就像一栋房子，第一层，是收割者、拾穗者，这些辛勤的农民不言不语地捆扎着自己的小麦；第二层，是大海；最上面的"房顶"上，是十几艘下了锚的渔船，渔民正在撒网捕鱼。我从来都没有见过比这更奇特的景象。捆好的麦捆戳在地上，眼看它们金色的头发都伸到海里去了；在田野的尽头有一只无忧无虑漫步的牛，它就在这样美妙的背景中画下了自己从容的身影。所有这一切都透着安详和温馨，仿佛田园诗和叙事诗的合诵。对我来说，没有什么比这海浪之下的田畦、这小船之下的麦捆、这渔猎之下的收割更打动人、更富有哲理的

① 拜尔什（法语：perche）：法国古长度单位，约合6.5米。

了。独特的机缘把这些事物摞在一起，引得路人与这些土地和海洋的耕耘者们一起幻想。

走出那块田地，风景继续变化。沟谷逐渐在我的身后合拢，却在前方开了个巨大的喇叭口。我面前只有一片土地，一片诺曼底的沃土。广阔的平原尽头镶了条紫色的边，远处能看到苹果树圆圆的树冠。我每走一步都能发现一种和谐，这里也一样：苹果树就像一颗苹果，而梨树的树冠要略长一些，像一颗梨。

我的向导是一个埃特勒塔人，他对这条路的熟悉程度并不比我高。有一段我们走得很茫然，幸好，在一个小岔道口，我们遇见了一捆高两法尺的干柴——其实这是一位贫苦的拾柴老人，他上半身已经完全弯了下去，这是重担的结果，但更是岁月的成效。这位善良的老人领我们回到正路，我把他也作为向导付了钱。而起初的那位，只是陪着我走并给了些友善的建议而已。

我问了问这位拾柴老者的年纪，82 岁。在这个穷山村里，不管男女，人们很容易就能活到这个岁数。然而，他们的腰被辛苦的劳作压弯，皮肤被风吹得干褐，被太阳晒出了皱纹。在我们看来，他们 40 岁的时候就很显老了。实际上，人家 60 岁时的体质比我们在 30 岁时还要健壮。在屋里闷着比在户外劳动更摧残人的身体。

下午 2 时 30 分，我们进到了欧村。穿过了几栋房屋，我们就忽然发现自己已经站在这个村子的主干道上了，坐落在悬崖背后的圆丘之上的整个村子就是在这条母亲路上诞生的。这条路很奇特：它很宽，但很短，路边是两排房子，而路的尽头，大海像一面蓝色的高墙挡住了去路。没有海岸，没有港口，没有帆樯——没有任何过渡，仿佛翻过一扇窗子就能触到海。

在那条路的尽头实际上是悬崖，不过真的很矮。顺着斜坡走下去三五步就是海了。这里既没有海湾，也没有小河湾，甚至没有沙滩供船搁浅，海岸几乎就是一条直线。

接下来，我给你讲讲这里的打锁的噪音，进到村子里的时候，耳朵都要被震聋了。到处都是"坚硬的铁①"——就像夏洛朗诵的维吉尔的诗句中描述的那样。因为没有港口，欧村的人不能做水手或是渔夫，所以他们选择制锁。而且他们成功了，这是说真的，他们跟法国内地做着大生意。另外，为了报复海神尼普顿②，他们用难以忍受的嘈杂声吵着他的耳朵。

经常有一团黑云，载着无数的锁头，从欧村飞往巴黎。女士们请当心，它就要砸到你们家的大门上了。

研究这条街的时候，我略过了那些简陋的小屋。不过有两栋房子很好看。一栋在街的右边，建于14世纪；一栋在街的左边，建于16世纪。前者的房梁上雕刻着埃及式的巨大头像，要是有时间的话我真想画下来；后者的正门的屋架上雕刻着千百处阿拉伯花饰，纯净完美又雄健有力。两栋房屋正对着，就像埃及和意大利彼此凝视。建于16世纪的那栋房子上，还刻着一些滑稽的怪面饰，他们正咬着螺旋花饰的一端逗水手们开心，另外还有两尊塑像，头发上和领部都刻有极其精美的叶饰。这两栋房子的出现真是太美妙了。我站在距离鲁本斯60法里、距离拉斐尔400法里、距离菲迪亚斯③600法里的一堆残破的房子中间，一条勉强铺砌了石板的路上，一位叫作博维萨热④先生的向导身旁，满脑袋灌进的都是锉、锯、砧

---

① 原文此处为拉丁文：ferri rigor，维吉尔在《农事诗》中的表达。
② 尼普顿（法语：Neptune）：罗马神话中海神的名字。
③ 菲迪亚斯（法语：Phidias，490—430）：古希腊雕塑家、画家、建筑师。
④ 博维萨热（法语：Beauvisage）：雨果当时的向导。

的声响，忽然从一栋旧房子的房梁上看到艺术的绽放，那是上帝在对我微笑。——的确，大海就在那边。哪里有自然，哪里就有自然的花朵，而自然的花朵，就叫作艺术。

在欧村，不只有这两栋房子，还有一座古老的教堂，很老旧并且很美。起建于 12 世纪，15 世纪完工。我进去的时候，教堂正在修缮，两位瓦匠正匍匐在屋顶的梯子上费力地鼓捣着什么，大概上帝也不愿意让他们这么糟践教堂吧！

也因为那两位瓦匠，人们不让我上钟楼。这座钟楼地势很高，在上面一定能看到很美的风景，可他们死活不同意我上去。

我来欧村，是想看看海岸悬崖起始的地方。而我的向导——那个埃特勒塔人——当然会以他所在的小村为中心观察世界，他认为欧村是悬崖结束的地方。"您看到了吧，先生，"他一边指着海岸逐渐低下去变成平原的部分，一边动情地对我说，"悬崖就这么斜斜地消失了。"

我在鹅卵石上走了几步，然后又上到村子里，接着又沿着悬崖消失的那个斜坡下到平原的沙地上，在那里，沙丘开始萌芽。

大海在不断地侵蚀着欧村。在 150 年以前，这里曾经是一个比现在大得多的村庄，还有一部分人住在地势较低的地方，由一座悬崖庇护着。可是有一天，拉芒什海峡冲来一股大浪，重重地打在那座悬崖上，悬崖被冲垮，村庄被淹没了。只剩下一间老房子和一座老教堂矗立在水中。据说在大革命的前几年，人们还能看到潮水中的钟楼，现在 80 岁的老妇人在那时还是豆蔻年华的小姑娘呢。

现在，什么遗迹都看不到，大洋卷走了一切。潮涨潮落之间，曾经连云朵都能拦住的钟楼今日连一艘小船也绑不住了。

　　没法看到那座传说中的教堂，我决定好好地研究一下另一座。刚才跟你说了钟楼上不去，我就只在教堂里面看看。几个有趣的柱头、几个精美的中楣和几幅挂在钢钉上的难看的油画就是这座教堂所包含的一切了。教堂周围是墓地。这些凄凉的小建筑心甘情愿地站在教堂的阴影里，就像是宗教周边的迷信。只不过前者只涉及骨灰和死亡，而后者涉及生命。

　　在那次大灾难过后，整个欧村的人都搬到了这座悬崖上面。从远处看，这些可怜的房顶挤在一起，就像一群没有窝的鸟，蜷缩成一团避着风。欧村只能尽力保护着自己，因为这里的海很狂躁，冬天常有暴风雨，悬崖时不时地掉下去一块。甚至已经有一部分村庄在岩石的裂隙上摇摇欲坠了。

　　亲爱的朋友，你不觉得那座被淹没的村落和这座濒临倒塌的村庄很恐怖吗？这里流传着各种可怕的传说，讲述着不可思议的离奇事件，就连船都避免从这片海域经过。这里的海浪很诡异，而且据说在春分和秋分时节，在浪涛最汹涌的夜里，乘三桅帆船去打鱼的可怜的勒特雷波尔渔民，在经过欧村阴森恐怖的悬崖海岸时，还能听见云层中隐约传来吞婴蛇①的叫声，它们的脖子正从老钟楼的四个角探出来，永远地窥视着这片大海。

　　这里太美了，让我流连忘返、无法自拔。在这里我看见了围绕着诺曼底的悬崖的诞生和拔地而起。这悬崖从欧村开始沿着海岸蔓延，在勒特雷波尔向陆地微微凹陷，接着便经迪耶普和圣瓦莱里昂科，到费康凸出到了极点，然后在埃特勒塔雕出一个巨大的弧线之后，在勒阿弗尔消失。勒阿弗尔，就是陆地敞开喇叭口让塞纳河入海的地方。

　　悬崖诞生的地方，就是沙丘死去的地方。这沙丘在一片周长8法里的

---

　　① 吞婴蛇（法语：guivre）：一种出现在神话中的龙头、蛇身、有翅的怪兽，极富攻击性。

"沙漠"中有尊严地死去了。也就是这片沙漠,将诞生悬崖的欧村与快被沙子埋起来的小村——滨海卡约①隔离开来。

我得徒步穿越这片沙漠。其实,称之为"沙漠"并不算很夸张。亲爱的朋友,你想象一下,这是一片巨大的荒漠,远远地能看到模糊的丘陵。没有一个人,没有一栋房子,没有一棵树。我就这样走了足足三个多小时。大海经常涌上这片平原,退去的时候在低洼的坑里留下些沙子,因此这片原野看上去斑斑块块的,像得了麻风病。

6 时许,我到了卡约,显然已经筋疲力尽了,因为中午时分我就开始顶着大太阳在沙滩和石子上跋涉。在卡约,我离开了向导,付给了他钱并指给了他回去的路。

然后,我交上了好运。当我得知还要走两法里才能到达索姆河畔圣瓦莱里的时候,都被吓坏了。我一边忧郁地想着前方的漫漫长路,一边无奈地跟着一只鸽子在沙地上留下的那些十字小脚印前行。这时,一个胖胖的农场主赶着他的小马车从旁边经过,看见我独自一人在这片几乎埋没了卡约的尘土覆盖的小山冈上行走着,便殷勤地邀请我上他的车。他像我一样要去圣瓦莱里,而且看起来他挺喜欢我。我激动地接受了邀请,之后我才知道他真的很友好,简直热情得罕见。因为到达目的地之后,我想随便给这个善良的人一些钱,可他几乎像被触怒了一般,拼命拒绝。我只能接受这趟免费的便车旅行了,这种情况我还是第一次遇到。

马儿一路小跑,路况也渐渐好了起来,不到 7 时我们就下到了圣瓦莱里,在那儿,我告别了这位优秀的农场主,并且及时赶上了发往阿布维尔的简陋的公共马车。

---

① 滨海卡约(法语:Cayeux – sur – Mer):法国西部海港小城,属皮卡第大区索姆省,位于欧村以北。

　　暮色中的圣瓦莱里港绮丽迷人，远远地还能辨出勒克罗图瓦的沙丘，以及像一团白乎乎的云雾似的被毁坏了的塔楼，两天前我还在塔楼脚下画过画。

　　在我右边，是一片密密麻麻、错综复杂的桅杆和缆绳。昨天傍晚，月亮就仅比太阳晚一个小时回家，今天这个时候，它也正缓缓地落入海中。天空是白色的，大地是棕色的，月牙的倒影随着起伏的海浪跳跃翻腾，仿佛小丑手中的金环。

　　一刻钟之后，我就朝阿布维尔进发了。我总是很喜欢在暮色中旅行，此时自然正在转变成一种奇幻的风貌。房屋都瞪着明亮的眼睛；榆树或摆出种种阴森的造型，或直接仰卧在地仿佛捧腹大笑；平原化作一条暗线；月牙的尖端先插入土地，然后慢慢地消失；被农民戳在田间地头的一捆一束的小麦，仿佛一群幽灵，在低声谋划着什么；时而能遇到一群绵羊，羊倌直直地站在路边的沟沿上，神情古怪地看着马车经过；马车低声抱怨着旅途的辛劳，螺丝和螺母、车辕和车轮按各自的方式发出或尖锐或沉重的叹息；时不时地，还能听到远方传来一阵有节奏的震颤，先是越来越强，又越来越弱，直至消失，这是从另一条路上经过的马车。它从哪儿来？要到哪儿去？夜色掩盖了一切。在天空中那上百个星座的微光下，你会觉得坐在你身边的人都睡着了，车厢里飘满了他们的梦。

　　请原谅，我亲爱的朋友，我把所有的印象都写给了你。既然它们来到我这里，我就把它们寄给你。我的一切感觉就像我的一切感情一样，都是给你的。

　　晚上 11 时，我到了阿布维尔。

我原本计划今晚回到埃塔普勒的，但后来只能放弃了，因为潮汐并不支持我这个怪念头。对了，我还没有好好说说埃塔普勒这个漂亮的小村庄呢。那里有一个小旅店，是我喜欢的类型：干净整洁，布置舒适，诚实可靠。两位女主人是一对年轻的姐妹，举止真的非常优雅，并且做的晚餐非常可口，有野味和鱼。门口有一只金色的狮子，神态自在安详，好像很顺从两位女主人。这两位小姐现在正在扩建她们的房屋，一派欣欣向荣的景象，我很喜欢。

我在去比利时的这一路上都没有遇到过比这儿更好的旅店了，当然要除去在鲁汶和弗尔内那两次。在鲁汶是"乡野旅店"，有一位胖胖的善良的弗拉芒女主人，同样的热情友好。在弗尔内的旅店叫作"典雅玫瑰"，我是被这有着德国韵味的老名字吸引去的。女主人是位年轻的姑娘，是旅店老板的女儿，漂亮而谦逊，不过非常殷勤好客，没有一点儿做作和假正经。她的父母一直没有露脸，都是她一个人忙前忙后，像个小仙女似的指挥着一大群服务员。年轻将她那特别的端庄气质衬托得更为明显。我对她说了很多没用的赞美之词，并强调不只是在招牌上有一枝典雅的玫瑰，她也是。

不过，这个可爱的旅店曾经发生了匪夷所思的事件，但终究真相大白。你还记得那个关于马克和阿尔芒的诉讼吗？他们在沙丘中杀死了一个女人，并把她的尸体埋在沙子里，其实就是在我曾经愉快地散步的那片沙丘。事发当天，他们三个人就是从这个旅店——典雅玫瑰——出发，说去散散步，当然包括那个可怜的青年女子，就是马克或阿尔芒的妻子。晚上，只有两个男人回来了，然后他们匆匆忙忙赶往法国内陆。但他们把什么东西丢在了旅店，我猜大概是钱包，所以不得不返回，并且当时一定想着那起凶杀案没有被发现。但是，大海在这出戏里扮演了忠实的角色，当晚的潮水一直涨到两个男人埋葬女人尸体的沙丘。天意一边把两个凶手拉了回来，一边把抬过尸体的担架冲到了典雅玫瑰旅店。当市长向旅店主人询问那两个被推定为凶手的奇怪的陌生人的去向时，主人一回头，就看到他们正从马车上下来："就是他们。"

这是两位演员。其中叫马克的那位，虽然面露凶色，但还算英俊，曾在奥德翁剧院①扮演仲马②的戏剧《拿破仑》中的拉古萨公爵，这是一个强势、爱吹牛的人，谋杀案的主犯。另一个人叫阿尔芒，是从犯。在刑事法庭上，马克——据说是某位部长的私生子——傲慢而放肆，而阿尔芒面色苍白，十分消沉。他们最终被判罪。在死的时候，之前勇敢的那位吓破了胆，而之前胆怯的那位却视死如归。——所有这些故事都是围绕着"典雅玫瑰"上演的。

既然不能去埃塔普勒，我就改变了路线，来到了迪耶普。今天我在厄镇吃的午餐，那里的教堂很美，值得看两遍。从远处看，教堂大殿的宏伟屋顶使得整座城市都分外美丽。教务会教堂跟它有点儿类似，当我们沿着欧马勒路过来的时候，先后看到它们，小教堂似乎在模仿大教堂，就像一句回声。

等待午饭的时候，我看到一位厨娘焦急不安地用小火炖着一种不知叫什么的杂烩，里面是野芝麻叶和碎蛋黄的混合物。我问她这绿绿的一锅是给谁的。她说："给我的火鸡。"然后她给我解释，这些火鸡都还很小，没有什么比小火鸡更难养的了，等等。我跟着她去给火鸡送饭，愉快地听着那些火鸡先生的谈话。我向你保证，这场面堪比旅店餐桌上的对话。——

---

① 奥德翁剧院（法语：Odéon）：巴黎第六区的一个剧院，现名"欧洲剧院"。

② 仲马（法语：Alexandre Dumas père，1802—1870）：法国作家，被后人称作"大仲马"，擅长小说和戏剧，《三个火枪手》和《基度山伯爵》的作者。

通常都是愚蠢的人在讲话，而别人在咯咯地笑。

埃尔伯夫①，9 月 10 日，晚上 9 时

　　亲爱的朋友，我加快速度来完成这封信。离开迪耶普之后，我去了勒阿弗尔，在那里我坐上蒸汽船，来到埃尔伯夫。塞纳河畔的旖旎风光无疑给我此次旅行画上了圆满的句号。

　　今天早上 4 时从勒阿弗尔出发的时候，天还黑着，海面躁动不安。天亮时分，船已到达翁弗勒尔；太阳升起时，到达屈伊勒伯②；中午 12 时，到达鲁昂。

　　之前，我只在路上看到过塞纳河的水流，这次是在水上。但这一张纸写不尽它的美好，等我回到巴黎再声情并茂地讲给你听。岸边时而出现模仿巨大悬崖的低矮悬崖和模仿滔天巨浪的微小波涛。在唐卡维尔附近，甚至还会有小型的暴风雨和严重的沉船事故。有些地方，陡峭而高耸的山峦剧烈起伏着，让人以为是沿着泰坦家族的鸿沟前行。

　　在以前的旅行中，我曾经给你仔细讲过鲁昂有多么令人赞赏，现在就不重复了。我又沿河欣赏了一遍维勒基耶、科德贝克和拉马耶莱③。船上还有一只猴子，经过瑞米耶日的时候，它也人模人样地看着河岸。

　　出了鲁昂，风景很美。我们的船沿着一座高大的山脉行进，这条山脉有 15—20 个山峰，仿佛巨人的脊骨。一直到埃尔伯夫，这条水路的景色

----

　　①　埃尔伯夫（法语：Elbeuf）：法国西北部城市，属上诺曼底大区滨海塞纳省，位于鲁昂以南，塞纳河畔。

　　②　屈伊勒伯（法语：Quillebeuf – sur – Seine）：法国西北部小城，属上诺曼底大区厄尔省，位于勒阿弗尔以东。

　　③　维勒基耶（法语：Villequier）、科德贝克（法语：Caudebec – en – Caux）和拉马耶莱（法语：Meilleraye – sur – Seine）：均为从唐卡维尔到鲁昂要经过的小城，属上诺曼底大区滨海塞纳省。

都不错。我在埃尔伯夫参观了两座教堂——圣让教堂和圣艾蒂安教堂，都严重损毁了，圣让教堂尤甚。在圣艾蒂安教堂我看到了这样一行铭文："1523 年，皮埃尔·格里塞尔和妻子玛丽庸捐赠此窗，祈求上帝保佑他们的灵魂。"上面还画了捐赠者的肖像，皮埃尔·格里塞尔身着威严的市政长官的服装，由他的儿子，一个小小的男孩陪伴着；另一块板子上，是迷人的玛丽庸和她的三个女儿。——彩绘玻璃窗表现的是圣母的身世，玻璃窗上常有的主题"耶稣降架"其实更适合绘画，人们经常这么做而且效果都不错。——也不知道是哪个愚昧的建筑师在圣艾蒂安教堂的圆柱柱头上都刻上了侯爵的王冠。

在埃尔伯夫还有几座老房子，尤其是我窗边的这家肉店。生意太兴隆了，以至于老房子一直没有时间粉刷成白色的，这倒也好，在这个时兴用灰泥涂墙的年代里，这家肉店显得古色古香。

明天我就向卢维埃①进发。这封信就到此为止，我轻轻地拥抱你，我的阿黛尔。告诉我亲爱的小蒂蒂娜，再过四天我就到你们身边了。告诉大家这个好消息吧。

① 卢维埃（法语：Louviers）：法国西北部城市，属上诺曼底大区厄尔省，位于埃尔伯夫东南。

第十五节　勒阿弗尔—卢维埃—莱桑德利

勒阿弗尔，9 月 9 日，晚上 7 时 30 分

我给这封信编号十五，因为我之前已经开始写了另一封①，那封信太长了，今晚时间不够，我明天才能写完。现在写信是为了告诉你：我将在 13 日到达巴黎。13 日，听到了吗，我的蒂蒂娜？我终于能见到你们、能拥抱你们大家了。只是船和公共马车的时间现在还没有定。代我跟你的好父亲握手，能见到他我是多么的高兴。拥抱你一千次，我可怜的小可爱，还有我的蒂蒂娜、我的夏洛，还有我的两个小天使——多多和代代。再见，我的蒂蒂娜！——一千个吻给你，我的阿黛尔。——我爱你，很快能见到你是我的幸福。

卢维埃，9 月 11 日，中午 12 时

亲爱的阿黛尔，你不用读我在勒阿弗尔给你写的那张便条中提到过的那封长信了。因为你收到它时候，我也就要到家了。我现在要去圣都兰教堂②看一座圣龛，然后在 14 日——星期四——回到你的身边。我在这该死的卢维埃就像被钉住了一样走不了，倒是有公共马车经过，不过都坐满了人，你看，甚至还有个人在幸灾乐祸地取笑我。

那就周四见吧，我亲爱的阿黛尔。周四见，我挚爱的大家，我亲爱的小宝贝们——我的蒂蒂娜，我的代代，还有我那两位取得桂冠的多多和夏

---

① 指的是第十四节中写于"迪耶普，9 月 8 日"的那一封信。
② 圣都兰教堂（法语：Eglise Saint－Taurin）：上诺曼底大区厄尔省首府埃夫勒的一座教堂。

洛，为了你们的成绩我也要好好地吻你们。——告诉你父亲，见到他我会
多么高兴。我拥抱你。一千个吻。周四见。

莱桑德利，9 月 12 日

昨天正午时分，在卢维埃和蓬德拉尔什①之间的路上，我见到了可怜
的一家人在大太阳底下跋涉着，他们以走街串巷演奏乐曲为生。家庭成员
有父亲、母亲和六个孩子。他们穿着破衣烂衫，尽量顺着树荫走。每个人
都拿着一些东西。父亲，五十来岁，斜挎着一支号，胳膊下夹着一把大大
的低音琴；母亲背着一大包行李；最大的儿子，十五六岁的样子，被双簧
管、小号和奥斐克来号②全副武装起来；两个小一些的男孩，十二三岁，
一起抬着一兜锅碗瓢盆和小乐器等杂物，里面的平底锅和钹镲一齐作响；
然后过来一个小姑娘，大约八岁，背着一个和她一般高的衣架；再后面是
个小男孩，背着一个军用背包，显得怪里怪气的；最后，是一个小小的小
姑娘，四五岁，和其他人一样衣衫褴褛，但也走在这条长路上，用自己小
小的脚印，追赶着父亲大大的步伐。她什么都没带。不，我错了，她漂亮
的粉红脸庞被一顶大帽子遮着，而在那顶已经不像样的破帽子上面，她带
着一束花——牵牛花、虞美人和雏菊在她的头顶欢快地跳跃着——让我分
外感动。

我久久地注视着那顶难看的大帽子上面闪耀的花饰，这是迷人的欢乐
之花在贫苦之家找到的绽放方法。对这家人来说，一切的重心就是这个上
帝托付给他们的、刚会说几句话的小姑娘。其他人承受痛苦，让孩子享受
欢乐。上帝是伟大的。

---

① 蓬德拉尔什（法语：Pont－de－l'Arche）：法国西北部小城，上诺曼底大区厄尔省，位
于埃尔伯夫以东，塞纳河畔。
② 奥斐克来号（法语：Ophicléide）：一种管乐乐器名。

第三部分

法国南部与勃艮第

第五章

1839 年

第一节　亚维农①

– 记事本② –

9 月 25 日

在秋天的傍晚到达亚维农，是一件惬意的事。秋天、落日、亚维农，构成了一曲绝妙的三和弦。

教皇走了，这座城市也随之落幕。城市的命运以皮埃尔年③为节点，这是一个逐步衰落的轮回；曾几何时，亚维农像罗马一样，是太阳升起的地方，而今，整个天主教都日薄西山了。

远远望去，这座同罗马有类似命运的壮丽城市，有着同雅典④类似的轮廓。它那金色石块垒起的高墙，好像伯罗奔尼撒⑤的废墟，映射出希腊

---

① 亚维农（法语：Avignon）：法国东南部城市，普罗旺斯—阿尔卑斯—蓝色海岸大区沃克吕兹省首府，14 世纪罗马教皇居住在该城（1309—1378 年），建有著名的教皇宫。

② 1839 年的游记在雨果的信件之外还收录了记事本上的篇章。

③ 从 1433—1691 年，亚维农的第一任和最后一任教皇特使均叫作皮埃尔（法语：Pierre）。

④ 雅典（法语：Athènes）：希腊首都，位于巴尔干半岛南端。

⑤ 伯罗奔尼撒（法语：Péloponèse）：希腊南部的一个半岛。

式的美。像雅典一样，亚维农也有它的卫城①，教皇宫是它的万神殿。

这里的丘陵是石灰岩的，屋顶是意大利风格的，暖色调与直线条构成了这座城市。你从远处就能分辨出许多胖墩墩的塔楼，随着蒸汽船缓缓靠近，这些塔楼和房屋的位置会有所变化，它们在光与影的变幻中相互分离或重组，但不会影响整体的秀美和端庄，就像是普桑②在画板上自如地调换着这些房子。

在逐渐靠近城市的过程中，你会发现，原本的希腊和古典风格悄然发生着变化，它们并没有消失，只是天主教的思想开始缓缓地浮现。钟楼增多了，哥特式的尖顶也从这一片雄伟的建筑中脱颖而出。教皇宫看上去好像巨大的罗曼风格的教堂，正面有七八座巨塔，其后的山包宛若后殿；在筑有防御工事的围墙上，随处可见尖拱造型；厚实的门塔两边都筑有阿拉伯风格的倒卷涡行扶垛；再往上看，教皇的射击口的形状很特别，居然也是十字形的。

这一切，是在伟大之上塑造的伟大，就像我在上文描述的，这是在雅典之上诞生的罗马。十字形射击口的出现并不意外，教皇头顶的三重冕本身也是个头盔。尤里乌斯二世③在成为教皇之前也曾任亚维农的主教，他经常指着头盔的这一面给欧洲的国王们看。天主教的十字不只是十字架，它有时是一把锤头，有时是一把剑。

现在，天主教的大潮退去后的亚维农不再是一座普通的小城，它成了一座宏伟的小城。

我在天色渐晚时到达这座城市，当时太阳刚刚隐没在一片火红的暮霭

---

① 卫城（法语：acropolis）：早期人类在城市附近山区高地修建的军事要塞，著名的马提农神庙就位于雅典卫城之上。

② 普桑（法语：Nicolas Poussin, 1594—1665）：法国古典主义画派画家。

③ 尤里乌斯二世（法语：Jules II, 1443—1513）：罗马教皇（1503—1513 年在任）。

之中，苍茫明净的天空上，金星熠熠生辉；在高高的城墙上，时而露出几个棕色头发皮肤黝黑的人头，让人感觉像是来到了土耳其；报时钟不紧不慢地敲着，船夫在罗讷河①上喊着号子，几个女人光着脚跑向码头；穿过一座尖形拱门，我看到一位神甫端着临终圣餐走上一条狭窄的路，他前面是一位拿着十字架的教堂执事，身后是背着棺材的掘墓人；码头下，孩子们在浅滩中的石头上玩耍；此时，一种伤感恰处于如此宏大的背景中，我说不出心里究竟是一种什么感受。

亚维农像罗马一样威严地死去了，它们甚至得的是一样的病。

然而，如果你想保存这份完整的感觉，想让亚维农的圣洁和崇高永驻于心间或长存于脑海，不愿让刚才凝视这座城市时产生的超尘的感觉受到任何破坏，那就不要上岸、不要进城，赶紧继续沿罗讷河而下，到博凯尔或是马赛去，到一个商业城市去，然后再在那里转过身来继续崇拜亚维农。

如果你坚持；如果你忘记了这个重要的事实——游客永远不可能了解一个城市的品性：因为你看到的都是丑陋的一面，比如虚情假意的好客、急功近利的服务，这些都是客栈里的把戏，你永远不会遇到真诚的、友善的、好心的、淳朴的店家；如果你无论如何还是想在这座叫作亚维农的幽灵之城住宿、吃喝；如果你一定要领略它的这一面，那么，来吧，下面就是你将要见到的，也就是我此行的遭遇：

你到了，船靠上码头，人们放下踏板，你拿起旅行袋（我假设你经常旅行且行李简单，只有一个旅行袋），验过票，上了岸。那时，你轻松、

---

① 罗讷河（法语：le Rhâne）：法国第二长河，发源于瑞士，流经法国东南部汇入地中海。

愉悦、心花怒放，你只顾抬头欣赏着塔楼的尖形穹窿，没有注意到码头两边的那些人影，可他们却在盼着你下船呢。你一下子走入了他们的包围圈，他们围着你，拉扯纠缠，让你不胜其烦，这时你才认清了形势：你处在一群亚维农的脚夫中间。接下来你就会领教他们的厉害了。

这是一群五大三粗的壮汉，丑陋、敦实，虎背熊腰，浑身是毛，面目可憎。他们抓住你，乱哄哄地用胳膊肘杵你，腆着脸献上殷勤的微笑，同时用难听的土话问："先生，您有行李吗？"你指指自己的旅行袋，茫然地回答："有。""就这啊！"这些莫名其妙的巨人回应道："老幼病残都能帮您拿。"他们轻蔑地打量着你和你的袋子。

毕竟，在不认得路的情况下，扛着个大包穿过一座城市不怎么舒坦，于是，你等着这群怪人中能站出一个帮你提行李。但没有人动。"怎么也得有个上岁数的或是孩子愿意干吧？"你望着人群寻思着，但没有人上前。于是，你勇敢地抱上行李，迈开大步，准备自己去找旅馆。但你还没走出三步，就有一个大汉追上你，抢过你的包袱，走在了你的前面。你跟着他，不到两分钟就到了一家旅店门口。

这可能是皇宫旅店，旅店老板会先从头到脚把你审视一番，一旦看到你头戴鸭舌帽、脚上的靴子尽是灰、只有一个行李袋，他便断定你穷困潦倒、无利可图，于是，他会告诉你说没有房间了（实际上整个旅店还是空的）。于是你换到欧洲旅店，那里的主人会让你进去，然后不声不响地把你带到一个普通的房间住下。

帮你拿东西的脚夫还在，你得给他钱。已经付了一天的小费，可能这时你兜里只剩下些金币，没有什么零钱了。于是你很自然地转向亚维农的这位老板，指指那位脚夫，说："帮我给他15苏吧。"这时，情景骤然发生了变化，老板惊愕地看着你，脑袋里闪过5个字：这个人没钱。他脸上的阴云很滑稽，眼珠滴溜溜地转着，从你身上看到行李袋，再从行李袋看回你身上。脚夫傻呆呆地站着，让场景显得更尴尬。你当时饿了，想赶紧安顿好睡一觉，于是决定不跟他们计较，从兜里掏出一块"拿破仑"金币①，对老板说："请帮我换一下。"不一会儿，老板带着零钱回来了，还是一副可怜相，不过可算是放下了心。你从里面拿出 15 苏，递给这个只帮你提着行李袋走了几步路的脚夫，而那所谓的行李袋里面只装了三件衬衫。

没想到又出了岔子，这大汉居然不要。"这不够。"他说。你有些惊讶，不过，算了，就原谅他不知好歹，于是你递给他 20 苏。他却说："我要 30 苏。"

通常情况下，30 苏对我来说，就像 30 苏对一个百万富翁或一个诗人一样，完全无关紧要，虽然我既不是百万富翁也不是诗人。但是，我要声明：有时候，30 苏也能让我记恨一辈子，我会因为在亚维农给出去的这 30 苏耿耿于怀，一直到我死的那天。

你试图指责他："什么？就这么几步路！就 3 斤行李！要知道，15 苏能让一个搬运工背着一堆东西横穿巴黎！我的老伙计，你是不是一天想赚 50 法郎啊？"那汉子很淡定地回答说："在亚维农，我们都是参加了行会的，这就得要 30 苏。"你又问："那如果我这是一件大箱子呢？"他回答："那就是 3 法郎。"

怎么办呢？让旅店老板来主持公道？或是把警察找来？还是省省吧，旅店老板和这家伙是一伙的；警察局也只会让你在这件鸡毛蒜皮的小事上面浪费大量的时间；而且到时候亚维农所有的脚夫都会凑到警察局的窗户

---

① 拿破仑一世时期发行的金币，背面是拿破仑头像，面值从几法郎到几十法郎不等。

外面看热闹。不管怎么样，这都不值当。

汉子继续重复说："30 苏，我们是参加了行会的。"

于是你一边付钱一边说："所以，你们是一个团伙。"

但你终究很愤慨，时不时地想起脚夫那张阴沉凶恶的面孔；然而，你又想到亚维农人民曾经用鲜血书写的丰功伟绩。于是，因为一件行李和 30 苏，你似乎又看到了在皇宫旅店残破的屋宇下布律纳①元帅苍白的面影，听到了特雷斯达庸②的冷笑。

现在你知道"最好不要进亚维农城"是什么意思了吧？

一个无赖管你要价两到三倍，是常有的事。不过，我只在亚维农见过这么野蛮、暴力、利欲熏心的脚夫，就好像这个普罗旺斯的流氓不肯为了 3 法郎去搬行李，却可能为了 2 苏去杀人一样。

我不想妄加指责这座庄严的城市。毫无疑问，对于住在亚维农的人来说，这里到处是高尚的、正直的、彬彬有礼的、热情好客的家庭；但是，对于只能看到表面现象的匆匆过客来讲，亚维农只有两处最为明显：高耸的教皇宫和卑劣的脚夫。

当然，我现在承认所有情况都有例外，都可能有限制因素。刚才，我在月光下又欣赏了一遍这座城市，甚至比夕阳西下时候更美，更让人赞叹不已。而且，这里天气温暖，和风习习，晴空万里。

昨天我在里昂③，大雨倾盆。早上 5 时，我瑟瑟发抖地上路时，那里仍然浓云密布；下午 5 时，我就到了这里。在 12 个小时之内，我不是从

---

① 布律纳（法语：Guillaume Marie Anne Brune, 1763—1815）：法国元帅，拿破仑的大将。1815 年"百日王朝"期间，在亚维农被保皇党人杀害，尸体被投入罗讷河。

② 特雷斯达庸（法语：Trestaillons）：一位脚夫，保皇党人，曾带一支武装团伙在 1815 年的"白色恐怖"中杀害了布律纳元帅等人。

③ 里昂（法语：Lyon）：法国中东部罗讷—阿尔卑斯罗讷省首府，法国第三大城市。

里昂到达亚维农，而是从冬季进入了夏季，真是一场美妙的旅行。

9 月 26 日

圆月高悬，寥寥几颗星闪烁在深蓝色的夜空中，和风送暖。亚维农的夜晚，已经能感受到希腊和意大利的天空吹来的气息了。在这迷人的微风中，我似乎感觉到东方之门很近很近，并正在悄然开启。

我在英诺森六世①的城墙下走过，面前是亚维农桥②，多少小姑娘曾经在这里跳着欢快的圆圈舞歌唱③啊！虽然这座圣贝内泽桥由圣徒修建，到现在也还保留有小教堂，但终究断裂、倾圮、倒塌了。

现在，只剩四座巨大的桥拱矗立着，在月光中留下黑色的剪影，桥面上的栏杆隐隐约约，像长着荒草或荆棘。靠岸的那座桥拱横跨一条大路，装饰华丽的拱门为大路添色不少。

我看着拱门上深深的裂缝，1815 年，准备离开亚维农的布律纳元帅等人就是在这里被拦下的。几个无耻之徒抓住他们的马笼头，强迫他们折返。元帅跟着这群流氓走出桥拱没多远，就能在码头旁的一栋房屋的正门上看到一尊圣母像，其下篆刻着"守护圣母，请为我们祈祷。1812 年 9 月 7 日"——这题词现在还有。

暴徒们强迫元帅从木桥对面的老城门入城。

那条路的右边，有一个小广场和一家旅店，那就是皇家旅店，现在还在。元帅就在这里暂避，但他也是在这里被围攻，在这里放弃逃跑的机

① 英诺森六世（法语：Innocent VI，1282—1362）：法兰西籍教皇，1352—1362 年驻节亚维农。

② 亚维农桥（法语：Pont d'Avignon）：兴建于 12 世纪末横跨罗讷河的拥有 22 个桥拱的桥，又称"圣贝内泽桥"，1668 年特大洪水之后只剩 4 个桥拱。

③ 取材自 15 世纪的法国民歌《在亚维农的桥上》。

会，在这里被叫作卜万杜、法热和马莱纳①的几个人杀害。人们用马把他的尸体从这里拖了出去，并扔进了罗讷河。

直到午夜，我都在这阴森的广场上漫步，皇家旅店占据了广场的一边，石板路上，五棵朴树的树影婆娑着，两棵在左边，三棵在右边。过了那三棵树走到头，离旅店不远，能看到一个黑黢黢的门脸，装饰得矫揉造作，那是一栋18世纪的房屋。但门洞已被围墙挡住，在门洞上方的花叶边框中，我注意到一行模糊的字迹——"剧院"——我费了好大力气才辨认出来。更远一些，在小路尽头的墙角，有一块牌子，上面写着"剧院广场"。

另外，1815年只是1793年历史的重演。在1815年，卜万杜把布律纳元帅的遗体扔进了罗讷河，而在1793年，茹尔当扔的是一位更大的人物的遗体——那是出生于卡奥尔②的雅克·德兹③，也就是教皇若望二十二世。这位老者在东姆圣母院教堂拜占庭风格的穹拱下沉睡了459年之后，被一群醉醺醺的卸船工惊醒，这群野蛮的人趁着酒兴，大笑着把曾经令人生畏的教皇扔进了河中。要知道，这位教皇曾经为圣托马斯·阿奎那④封圣，曾经赦免僭称教皇的尼古拉五世⑤，也曾经将神圣罗马帝国的皇帝路易·德·巴维尔⑥逐出教门。

---

① 卜万杜（法语：Pointu）、法热（法语：Farge）和马莱纳（法语：Mallaine）：均为男子名，他们一起杀害了布律纳元帅。

② 卡奥尔（法语：Cahors）：法国南部—比利牛斯大区洛特省首府。

③ 雅克·德兹（法语：Jacques D'euze，1249—1334）：法兰西籍教皇若望二十二世（法语：Jean XXII），1316—1334年驻节亚维农。

④ 圣托马斯·阿奎那（法语：Saint Thomas d'Aquin，1225—1274）：意大利中世纪经院哲学的哲学家和神学家，他是自然神学最早的提倡者之一，著有《神学大全》。

⑤ 尼古拉五世（法语：Pierre de Corbière，1275—1333）：曾为方济各会修士，1328年在路易四世的煽动下成为伪教皇至1330年。

⑥ 路易·德·巴维尔（法语：Louis IV de Bavière，1282—1347）：又称"路易四世"，出身于巴伐利亚贵族家庭，1328年成为神圣罗马帝国皇帝。

这其实很好理解，在尼姆和亚维农这样的城市里，既没有雅各宾派也没有保皇党，既没有天主教徒也没有胡格诺教徒；这里有的只是阶段性的大屠杀，就像阶段性地流行热病一样。很多事情在巴黎只是一场争论，传到亚维农之后就一定要拼个你死我活。卜万杜和茹尔当并不是两个人，他们是生活在不同时代的同一个人，是生活在革命时期的亚维农的底层平民。

对这些不幸的底层平民进行教育，提高他们的道德水平，任务极其艰巨。也许我们应该对他们表示同情而不是指责。另外，这里的自然条件和气候也是人们胡作非为的帮凶，当热辣辣的太阳照在包裹着暴力思想的脆弱脑壳上的时候，罪行就会产生。

第二节 马 赛①

马赛，9月30日，下午5时

我到了马赛。一下船，我就跑到圣阿那夏西街的邮局。我的阿黛尔，我很多天都没有收到你的信了。可邮局两个小时以后才开门！怎么办？本来想用这段时间读你的信，现在我利用它来给你写信。在我的意识里，这两个小时已经是你的了，我不会再将其收回。

看过山之后，我需要看看海，什么海都行，没有大洋的话，地中海也可以。而且，我并不抱怨，因为地中海有着不同于大洋的美。大洋有它的云层、薄雾和蓝得透明的波浪，在弗兰德有沙丘，在诺曼底有悬崖，在布列塔尼有花岗岩、宽广的苍穹和壮美的潮汐；而地中海却安静地铺展在日光下，人们需要用心感受它那蕴含于美丽深处的无法言说的和谐。它浅黄褐色的海岸庄严质朴，丘陵和岩石的形状都很圆润，仿佛经过了菲狄亚斯②的琢磨；海岸的庄重与波浪的优雅和谐地结合在一起；有些地方，树都长到了海边，这些树就在浪涛中濯足；天是一片深邃的亮蓝，海是一片深邃的暗蓝。

---

① 马赛（法语：Marseille）：法国普罗旺斯—阿尔卑斯—蓝色海岸大区罗讷河口省首府，濒临地中海，法国第二大城市。
② 菲狄亚斯（法语：Phidias，前480—前430）：古希腊的雕塑家、画家和建筑师，被公认为最伟大的古典雕塑家。

从卢塞恩湖①到莱芒湖②，从莱芒湖到地中海，这是一组渐强音。接下来，我需要大洋，或是巴黎。

我是沿罗讷河而下到达地中海的。我看到了罗讷河的入海口，宽约两法里的海面上，污黄、浑浊、满是泥沙的肮脏水流不断涌入。可就在六天前，我在莱芒湖出口看到的罗讷河，却是那么清澈、透明、纯净，散发出宝石般蓝莹莹的光彩。

在莱芒湖，罗讷河就像是少年；而到了地中海，它已变成老人。在那之前，它只见过高山，而这一路上，它走过了太多的城市。上帝赠予它冰雪，人类却扔给它污泥。

我的孩子们，这如同人的生活和奔波。罗讷河在诞生之后，咆哮着，起着泡，吞并其他急流缓川，击碎岩石，荡涤桥墩，承载货船，供养城市，映照长空云霞……终于，从莱芒湖涌出的这条奔腾的细流，变得宽广而沉静，永远地融入了大海。在炫目的日光下，在无尽的视野中，它又重新找回了日内瓦湖的深邃的蓝，找回了那份安详和壮美。坟墓酷似摇篮，只是大了很多。

今天早上我乘大型蒸汽船从阿尔勒③出发，一路上都有出海回来的小船溯流而上，随着船的行进，我看到河岸逐步后退而且地势越来越平坦，然后，左岸出现了荒凉的卡马尔格④平原，视野变得开阔起来。往南看，天空似乎逐渐升起，苍穹正在展开。突然，一条蓝线出现了，那就是地中海。

---

① 卢塞恩湖（法语：lac de Lucerne）：瑞士东北部城市卢塞恩郊外的湖泊。
② 莱芒湖（法语：lac Léman）：也叫"日内瓦湖"，瑞士和法国分别占有湖面的 60% 和 40%，罗讷河发源于瑞士，经此湖流至法国境内，再注入地中海。
③ 阿尔勒（法语：Arles）：法国东南部海港城市，属普罗旺斯—阿尔卑斯—蓝色海岸大区罗讷河口省，罗讷河在该城注入地中海。
④ 卡马尔格（法语：Camargue）：阿尔勒市下辖的一个区，位于罗讷河三角洲的两支流间，多沼泽和草地。

风从内陆吹来，船前进的速度很快，水手们早已解开船帆。罗讷河低矮的河岸在我们的船后面逐渐合拢，而在前方的左右两边，都变得越来越宽阔，就像海螺的开口一样。两岸不再只是掩映着马赛村落的丘陵，赛尔东山就像一个宝瓶出现在人们的视野中，就像在亚维农平原上看到旺都山①一样。这里的大气是如此干净，到处是绿油油的山坡牧场和清澈的山涧，12法里甚至15法里开外的山脉都能被我清楚地辨认出来。

河中的浪逐渐变大，水流仍然浑浊，但我们看到远处的蓝线不断变长、增厚并靠近，变得像一摊闪闪发亮的水洼。时不时地，我们还能看见在浪涛之中漂浮着的十字架，那其实是失事船只的桅杆，因为中帆已从高处断裂，使得桅杆看上去像十字架的横木。

我们仍处于罗讷河河口。大船驶进地中海的那一刻的感觉很奇妙，海水和河水的界限如此清晰，完全是截然分开的，以至于当船头驶入湛蓝海水的时候，你回头看，船尾仍漂浮于黄色的河水之上。我真不明白罗讷河该怎样融入如此纯洁的大海之中。

一旦我们进入这片蓝色的海洋，罗讷河反倒成了一条黄色的线，倏忽间隐没在海浪之中，我们眼前的景象令人陶醉。大海就像一块蓝宝石，而天空像一块绿松石。

今天早上风很大，地中海欢腾着；用水手的话说：这才称得上是海。

这里的浪并不像大洋上的长浪那样滚滚而来、颇具皇家风范，而是一些短促的急浪，生硬、愤怒。大洋很自在，似乎整个世界都在其掌控之中，收放自如。地中海则不同，它就像罐子里的水，风在外面一摇，里面就震荡不止，因此就有了如此这般的起伏急促、简短厚实的波涛。这波涛

---

① 旺都山（法语：Mont Ventoux）：法国南部山名，位于亚维农东北部。

拥有同大洋一样的怒气，但释放的空间太小，因此容易凝聚形成巨浪，也容易形成地中海式可怕的风暴。

现在没有出现风暴，但地中海情绪激动。在遥远的天边匍匐着一层低云。太阳像炎夏时一样晒着，而劲风吹来又像中秋时节。海面有些地方是深紫色，有些地方又是翡翠绿。水珠被劲风从海浪中挟持而来，形成阵阵细雨打在我们的船上。

我站在船头。下午 2 时许，太阳和风都在我身后，一个从右后方照耀，另一个从左后方吹来。一阵被风裹挟着的蒙蒙雨丝从船头下方掠过，在那里，它遇到了阳光，就这样，在我的注视下，船头挂起一道彩虹，在深蓝色的海面上映出浪漫美妙的光影。

一只漂亮的三桅小帆船在我们身后跟了一段距离，它比大船摇晃得更厉害。风把它那两张拉丁斜帆吹得鼓鼓的，太阳再给它们染成金色，很迷人。船身时而跌入浪谷不见，时而又优雅地信步浪尖。小船旁边涌着耀眼的浪花泡泡，从前面看过去，那船身好像一顶倒置的头盔，白色的羽毛饰在其下颤抖不已。

由于我们的涡轮有时候划不到水，这艘凭借风帆的小船比我们的机动船还快，它超过了我们。它离我最近时，我能清清楚楚地看到船尾刻着的字：相信上帝。它在浪上轻盈跳跃，不一会儿就逃远了。

4 时半 30 分，在海上航行了 10 法里之后，我们在马赛下了船。——我先写到这儿，有人告诉我邮局开门了，我跑去拿信。

晚上 7 时

我亲爱的阿黛尔，我很伤心，没有信！没有你的信也没有蒂蒂娜的信。我的蒂蒂娜，给我写信吧；还有你们——我的小家伙：夏洛、多多和代代。明天我会去土伦①，然后再特意返回马赛，希望那时能收到你的信，亲爱的朋友，我真的很需要你们的信！现在就给我写信吧，马上就写，然后寄到索恩河畔沙隆②，仍然不要写名字，留局待领。我已写信到科洛涅，让他们把你的信转寄给我，我等着。我想见梅里③，但他现在不在马赛。再见，我的阿黛尔，给我写信；让我们的好女婿瓦克雷④也给我写信吧。再见，拥抱你们千万次。

你的维克多

---

① 土伦（法语：Toulon）：法国东南部普罗旺斯—阿尔卑斯—蓝色海岸大区瓦尔省首府，濒临地中海。

② 索恩河畔沙隆（法语：Chalon – sur – Saône）：法国中东部城市，属勃艮第大区索恩—卢瓦尔省。

③ 梅里（法语：Joseph Méry, 1797—1866）：法国记者、小说家、诗人、剧作家和歌剧作家，雨果的朋友。

④ 瓦克雷（法语：Charles Vacquerie, 1817—1843）：雨果长女蒂蒂娜的丈夫。

第三节　奥利乌勒①峡谷—土伦

- 记事本 -

　　除了艾克斯门②上漂亮的浅浮雕和马赛大教堂③里的另外两块（一块罗马风格，一块拜占庭风格）浅浮雕之外，马赛就没有什么纪念性建筑了，只是在晴空下砌起来的一堆房屋而已。

　　在老城堡的城门上，有一行气壮山河的铭文，但已被路易十四划掉了：“自由领地，不畏强权”④；“女士大道”曾经见证了马赛妇女的英勇无畏；圣保罗塔上，有一尊长 24 法尺的长炮，它曾经发射一枚炮弹，杀死了正在祭台上为波旁王室总管做弥撒的神甫，德·贝斯凯尔侯爵⑤曾为此开怀大笑，而今，这一切都已经烟消云散了。

　　往日的希腊城池，没有了；昔日的罗曼小镇，没有了；哥特风格的城市，也荡然无存。

　　这就是当今法国市议会在历史文化名城所做的事。随便一个商人说需

---

　　① 奥利乌勒（法语：Ollioules）：法国东南部城市名，属普罗旺斯—阿尔卑斯—蓝色海岸大区瓦尔省。

　　② 艾克斯门（法语：Porte d'Aix）：1784 年建在马赛的一座凯旋门，因面对通往艾克斯的大路得名。

　　③ 马赛大教堂（法语：Majore - Cathédrale Sainte - Marie - Majeure）：马赛主教座堂。

　　④ 原文此处为拉丁文：Sub quocumque imperrio summa libertas。

　　⑤ 德·贝斯凯尔侯爵（法语：marquis de Pescaire，1489—1525）：意大利战争中，查理五世的一名重臣。

要石头去盖一个肥皂厂，好，马上就把圣保罗塔拆掉给他。全法国的城市都是如此，在我写信的这工夫，就得有十几个恶俗的五金或是小摆件制造商得到了所谓的合法许可，一边糟蹋着历史，一边开始自己的营生了。

　　从马赛到土伦的大路要穿过罗马门，路边有一座不起眼的方尖碑，两旁更多的是耸立的高墙而不是树木，车渐行渐远，有点儿像离开巴黎时的感觉。一直到屈日①的路上，零星散布着一户户农宅，每户都有井和不可或缺的黑莓树，园子里栽着橄榄树，北面通常种植一排柏树避风，茂盛的芦苇看上去像一丛竹子，几棵意大利松树点缀其间。不平坦的小丘陵上覆盖着胭脂虫栎，只有欧石楠那么高，刺哄哄的像枸骨叶冬青。在欧巴涅②，又细又脏的河道被岸上的朴树遮蔽着，栽种的葡萄都没有支柱，路两边生长着一种被称作白黄杨的灌木。

　　我在一片迷人的草地里下车休息了一会儿，草丛中遍布着星星点点的小花，有白的，有黄的。现在已是九月，这里却像咱们那里四月的景色；我本以为只有毛茛和小雏菊，仔细看才发现至少有 20 种不同的花。在普罗旺斯，太阳让花朵都变得如此璀璨夺目。

　　远望，能看到阿尔卑斯科蒂安山脉③的最后一段山岭，景色真是美极了。

　　屈日是一个挺漂亮的小镇，坐落于一片广袤的绿色盆地中，四周是连绵的山脉，没有山口。因此人们要到屈日必须下坡，从屈日出来必须上

---

　　① 屈日（法语：Cuges – les – Pins）：法国东南部小城，属普罗旺斯—阿尔卑斯—蓝色海岸大区罗讷河口省，全称"屈日莱潘"。
　　② 欧巴涅（法语：Aubagne）：法国东南部城市，属普罗旺斯—阿尔卑斯—蓝色海岸大区罗讷河口省。
　　③ 阿尔卑斯科蒂安山脉（法语：Alpes Cottiennes）：阿尔卑斯山脉在法国和意大利边界处的一段。

坡。不过，水流到谷底就再也上不去了，因此在雨量丰沛的冬季，这里会出现一个湖。

在屈日，我们吃了一顿丰盛的午餐。这顿饭我们不吃牡蛎，而是吃缀锦蛤；不吃黄油，而是吃山羊奶酪；不吃李子，而是吃枣子；桌上摆着麻雀、红喉雀、烤金枪鱼片、鲷鱼、绯鲤，紫色的无花果和红透的葡萄，当地人在菜里配上大蒜和油，这一切都调成了美味佳肴。

在午餐时分，集市开张了，就在旅店的窗户下面的小广场上。一棵大树的四周有一圈石凳，男男女女攀谈着，比画着跟言语没什么关系的普罗旺斯式手势。到处都卖着熟透的无花果和西瓜。新鲜的鱼堆成高高的一堆，人们挎着五颜六色的篮子争相购买。我身边的几个小孩，开心地戏弄着笼子里的一只可怜的松鸦。广场的一角，一个古老的圆盘喷泉汩汩地冒着水，盘顶上长满了胶须藻，它那绿色的长须滴着晶莹剔透的水珠，一滴又一滴。整个场景温馨愉悦。

过了屈日，就是崎岖不平的上山路了。这路简直就是亚平宁①的山路，陡峭、荒凉，两侧悬崖壁立。据说四十年前这里经常有劫匪出没，抢劫驿车。我们时而能遇到一位戴着黑毡帽的农妇、一位骑马的巡警，或是一头鞍上载满大包小包的骡子，它头上系着铃铛和红绒线流苏，草编的嘴套一直包到眼睛旁。在屈日的山丘上，还能望见圣博姆山②光秃秃的脊背。

一座干燥的高丘忽然出现在小路右边，顶部挺立着一棵松树，好像整块山丘上的水都用来供养了这棵树一样。过了这个高丘不远，我们就到达了屈日的环形天然屏障的最高点。视野一下子开阔了，面前出现一道深深

---

① 亚平宁山脉：意大利半岛的自然骨干，山脉周围由狭窄的滨海地带环绕，此处用来形容道路的崎岖坎坷。

② 圣博姆山（法语：Sainte – Baume）：普罗旺斯地区的一条山脉，分隔开罗讷河口省和瓦尔省。

的山谷，山峦的缝隙之间，人们能辨认出远处烟波浩渺的地中海。

再走两法里，就看不到海了。先穿过了两个古老的小村庄，它们都筑有防御工事，分别坐落在各自的小丘上，就像两个巨大的鸟巢遥遥相望。又穿过小镇勒博塞①，我注意到有些房屋的主拱石上是亨利四世时期的雕塑。

突然，我们走的这条小路进入了完全不同的景色之中。左边，是被暴雨侵蚀、分割、锐化的石灰岩，就像教堂的尖塔一样矗立着。右边，形状各异的砂岩呈现出千奇百怪的姿态。有的像是巨人被半埋在土中，我们能看到他的肩膀、肩胛骨、脊柱甚至胯骨；有的像是被秃鹫叼去了眼睛的巨大骷髅；还有的像是巨龟，被来往的车辆惊吓，拖着80法尺长的厚壳慌慌张张地钻进了草丛中。

峰回路转，风景又变。首先映入眼帘的是山顶上的一座哥特式教堂，接着我们看到参差的断层崖一直延伸到天边。路又变得干燥无比，沿路而行的小河沟也干涸了，这就是奥利乌勒峡谷。——在那儿，我下了车。

奥利乌勒峡谷地势险要，要是再有某个历史事件发生于此，绝对就可以和卡夫丁峡谷②和温泉关隘口③一样名扬天下了。

这个地方真是让人毛骨悚然。目光所触均矗立着陡峭、崩裂的黄色山岩；前后左右，一模一样，阻断前程、削去退路、下铺为路、上指苍穹。我们被困在山峦腹地，仅头顶上空像被斧头砍了一下，开了道口子，灼热

---

① 勒博塞（法语：le Beausset）：法国东南部小城，属普罗旺斯—阿尔卑斯—蓝色海岸大区瓦尔省。

② 卡夫丁峡谷（法语：Fourches Caudines）：古罗马史记载，公元前321年，萨姆尼特人在卡夫丁峡谷击败了罗马军队，并迫使战俘从峡谷中用长矛架起的形似城门的"牛轭"下通过，借以羞辱战败军队。

③ 温泉关隘口（法语：Thermopyles）：公元前480年，希腊军队为了抵抗入侵的波斯军队，在一边是海一边是山崖的温泉关隘口，抵抗了3天，阻挡了在数量上几十倍于自己的敌军。

的阳光从这道口子射进来，照得人无处躲藏。越向前行，植被越少，偶尔能见到几株茴芹，或是巫婆拿来熬制春药的沙地柏。不过，在一块巨石后面，我采到了一株开着美丽花朵的香薄荷，真是香极了。路上还能发现一些屡弱的常春藤、低矮的无花果树、野生黄连木，以及好不容易从高处山岩的夹缝中生长出来、又被强劲的密斯托拉风①吹得七扭八歪的阿勒颇松。

各个方向的岩壁上的各个高度，都有大开的岩洞洞口，有些像裂开的巷道，不过大部分是进不去的。我们甚至能从岩壁上辨出楣钩、托座、拱墩，简直就是一部超自然的神秘的建筑作品。就算是在山顶上，也遍布拱形的巨岩，岩石在空中架起飞桥，大概是为了让仙人通行吧。

这里没有飞鸟，没有走兽，甚至没有树叶的沙沙声。冬季，只有湍急的河流从此流过，山谷中回响着骇人的浪涛声。

曾经，在奥利乌勒峡谷中只有一条小径供行人和骡马通行。现在，多亏了拿破仑，这里修起了罗马式砖石结构的大道，像辛普隆②一样车水马龙、川流不息了。同车的其他人都在称赞开山辟路的人，而我却想赞美造就了如此险峻山峦的造物主。

这是怎样的工程、怎样的杰作啊！即使没有人催赶着，工匠们也日夜不停地劳作！岩石被雨浸渍、被流水冲刷、被劲风磨削，瀑布浇出沟壑，树根在紧密的岩壳中钻出气窗，最后，再由太阳给这一切镀上金色。

大路在一个半拱形山崖处拐了个弯，这是由丁字镐在未风化的岩石上开凿出来的。在另一边的斜谷中，我发现了一个深深的洞穴，刚刚可以容人通过。这是一个尖拱形的门廊，左右两边塞满了岩石，顶上形成颇为齐整的拱形曲线。在这个昏暗的洞穴中，视线能模糊地辨出一些天然的石

---

① 密斯托拉风（法语：Le mistral）：干旱而强劲的西北风，冬夏盛行于法国南部普罗旺斯地区的峡谷中。

② 辛普隆（法语：Simplon）：巴黎一个繁华的街区名。

柱。这洞穴就像肠子似的在山体内延伸，在那些最荒僻的地方开着口子，大概只有牧羊人才清楚其构造。

四十年前，加斯帕·拜斯①就是在此建立他的山寨的。

加斯帕·拜斯曾经是雇佣兵队长（在中世纪雇佣军很盛行，而本世纪还有，实属荒谬），他想在大王国里建立小城邦，自己当王，于是在路上设关立卡征收通行税，召集强盗作为兵士，差遣走私犯去收税。他趁大革命的混乱局势当了山大王。之后竭尽全力与宪兵和官吏斗争，势力范围向东扩大到昂蒂布②，向北扩张到巴斯洛内特③，南面占据了40法里的海岸线。在海上，他组建了海盗船队；在内陆，他有武装劫匪团。他像芒德罕④一样大发横财，又像让·斯博加⑤一样慷慨好施。当时屈日是他的首都，而奥利乌勒的岩洞是他的罗浮宫。从路易十六⑥被处死到拿破仑·波拿巴即位，他一直统治着这片土地。

第一执政拿破仑曾派兵讨伐并将其抓获。据说加斯帕·拜斯在屈日被处决的时候，很多女人都为其哭泣，其中包括一位意大利公主，她曾经被拜斯"彬彬有礼"地抢劫过，他拿走了她的戒指，还吻了她的手。

加斯帕·拜斯没有被屈日的居民忘记，在当地的歌谣里还时常会出现他的名字。时间的流逝已经让人们忽略了他当年的暴力，并莫名其妙地给他戴

---

① 加斯帕·拜斯（法语：Gaspard Bès）：是18世纪末活跃在普罗旺斯地区非常著名的强盗，劫富济贫，在平民中的口碑很好，最终被处死。
② 昂蒂布（法语：Antibes）：法国东南部城市，属普罗旺斯—阿尔卑斯—蓝色海岸大区滨海阿尔卑斯省，位于戛纳东部。
③ 巴斯洛内特（法语：Barcelonnette）：法国东南部小城，属普罗旺斯—阿尔卑斯—蓝色海岸大区上普罗旺斯阿尔卑斯省。
④ 芒德罕（法语：Louis Mandrin，1725—1755）：一个走私犯的名字。
⑤ 让·斯博加（法语：Jean Sbogar）：法国小说家查尔斯·诺迪埃（法语：Charles Nodier，1780—1844）于1818年出版的同名小说中的主人公，讲述了一名劫匪和一个富商女儿的爱情故事。
⑥ 路易十六（法语：Louis XVI，1754—1793）：法国国王（1774—1792年执政），1793年在巴黎革命广场（今协和广场）被推上断头台。

198

上了一圈英雄的光环。当今，很多王公贵族家庭都起始于加斯帕·拜斯。好比在 1000 年前，可能有一个和拜斯一样生活在岩洞中的劫匪，在一定的时间之后，他的后代就建成了哈布斯堡①或是波旁拉尔尚博②的城池。

经过加斯帕·拜斯的巢穴之后，山路依旧蜿蜒曲折，植被已经完全消失，我们现在到达了裂谷地带的中心。这里出现了第二个峡谷，比前面那个更小、更恐怖。它几乎垂直悬挂于第一个峡谷下方，水平方向根本看不到尽头。四周寂静得要死，但寂静中充满了愤怒和骚动的气息，这是用眼睛便能感受到的嘈杂和不安。一条条深沟从河床跃起，沿着山坡扭动着向上攀爬。在这第二个峡谷中往前走一点，我们看到的似乎就不再是岩石，而是一些鳞片、甲壳和枯骨，仿佛一堆巨鳄的尸骸，有些是俯卧着，埋着脑袋，另一些四脚朝天，爪子和下颌绝望地支叉着。阿尔卑斯山区不可能出现比这更可怕的景象了。

想当年——再回到 10 年前——押解苦役犯的队伍拖着 8 辆大车，进行了 25 天的跋涉，经受了烈日暴雨，眼看就要到达土伦的时候，大概也停在这个峡谷休息。车上 300 名精疲力竭、面无血色的苦役犯，他们晃动着镣铐，发出骇人的声响，正是在这地狱的入口啊。

我刚从两道让人魂飞魄散的峡谷中回过神来，景色猛然一变。就像但丁③、像莎士比亚、像所有伟大的诗人一样，上帝用了很多对比手法让他们显得伟大。这里也是一样，还没走出 20 步，没有渐变，没有过渡，就像一面墙轰然倒塌，我们一下子从鬼门关进入了仙境。重隘洞开，层峦皆

---

① 哈布斯堡（法语：Habsbourg）：瑞士北部城堡。
② 波旁拉尔尚博（法语：Bourbon l'Archambault）：法国中部奥弗涅地区小城。
③ 但丁（意大利语：Dante Alighieri, 1265—1321）：意大利著名诗人、作家。以史诗《神曲》名留后世。

退，土伦港一下子出现在这壮丽的景色中，这片锚地的水波泛出亮眼的光芒。峡谷消失了，取而代之的一片明媚的阳光。在太阳的照耀下，草木枝叶茂盛，叶片反射着金灿灿的光，溪水欢欣地流淌着，房屋、花园、鼓起的船帆、歌声、絮语……一切都洋溢着生机和欢乐。

我差点忽略了在峡谷的南口的一座倾圮的 12 世纪的古堡，其上耸立着三个塔楼，像花岗岩的门神。现在，在我右边的田野中，栽满了橘子树、枣树、果子裂开口的石榴树、枝间探出丁香花的柠檬树以及在各种树木中攀爬的葡萄藤；在我左边，一栋小小的白房子躲在两棵棕榈的荫凉下，几棵马槟榔从墙角高兴地探出头来，丰沛的泉水从泉眼汩汩流出，水珠在日光下闪闪发亮，就像喷涌而出的宝石。

这片原野的尽头，是荒芜山峦的淡淡的背影，就像土伦后面堆着一堆灰烬，配上大海那令人陶醉的美，有一种说不出的质朴与温柔。土伦港内如林的帆樯在这片绿野中十分醒目。

走出奥利乌勒峡谷，有土伦这样的美景等候，也算是大自然对我们的安慰吧。

土伦的四周设有 10—12 座炮台，在 1794 年的土伦港战役①初期，法军轮番攻打这些炮台，但均毫无战果，后来，一位默默无闻的年轻炮兵军官，注意到港口对面一座不起眼的小炮台，他获得人民代表的允许攻打此处，他成功了。这里正是土伦的锁钥，自此，英军溃逃，土伦被收复。

这个炮台现在被称作皇帝炮台。从奥利乌勒峡谷一出来，便能看到它像一颗星星似的闪耀在海湾的岬角顶端，上天就是在这里安排下波拿巴出

---

① 土伦港战役（法语：Siège de Toulon）：1793 年 9—12 月为收复土伦港进行的战役，拿破仑在此战后被破格提升为炮兵准将，年仅二十四岁。

人头地的一瞬。马车一路下坡，飞快地奔向土伦，我凝望着那颗辉煌的星，仿佛看到拿破仑举着他的鹰旗腾飞起来。

在土伦，欣赏了皮埃尔·普杰①雕刻的女子塑像和欧福昂广场②上那座有3只可爱海豚的喷泉之后，还应该去看看兵工厂。

我从一座轻佻的洛可可风格的凯旋门进入。离缆绳厂不远，3辆王家马车等待着奥尔良公爵先生从阿尔及尔③归来。

没有什么比这个兵工厂博物馆更让人大开眼界的了，这里收集了所有战舰的模型。到处是普杰的金色浅浮雕。还有路易十四为马耳他骑士团所造的双桅战船，有3门大炮置于船首、两个桅杆和巨大的拉丁帆。这样的巨船需要200个划桨手，四人一排。船舱都有顶棚，就像梅里所说，这些战舰像被扣在钟罩下。他们用粗大的横梁做帆架，用望不到头的巨柱做桅杆，主桅高360法尺，基部直径3法尺。几乎没有缆绳，全都是铁链。这是一艘装有100门炮的战舰，与之相匹配的铁链收到一堆，有20法尺长、8法尺宽、4法尺高。

我注意到，我们的战舰是英国海岸的造型，船舷是向外凸的，而英国的战舰是法国海岸的造型，是向内收的。陪同参观的海员告诉我，我们采用的是接舷战术④，而英国人则极力避免。

我还见到了"贝隆那号"⑤，这艘战船曾在圣让杜洛瓦海战中受到60枚炮弹的攻击，仍没被炸沉。是炮的质量太差了还是战船的质量太好了？

---

①　皮埃尔·普杰（法语：Pierre Puget，1620—1694）：法国著名雕塑家、画家和建筑师。
②　欧福昂广场（法语：Place au Foin）：土伦的一座广场。
③　阿尔及尔（法语：Alger）：阿尔及利亚首都。
④　接舷战术：用己方船舷靠近敌方船舷，由士兵跳上敌船进行格斗的海战方法，一直沿用至17世纪。英国人不擅长接舷战，而是尽力改进火炮，以炮取胜。
⑤　贝隆那号（法语：la Bellone）：法国战船名，1838年，该战船曾在墨西哥的维拉克鲁斯附近的圣让杜洛瓦与墨西哥军队交战。

第四节　土伦苦役犯监狱①

－ 记事本② －

　　进入苦役犯监狱。——渡轮。——彬彬有礼的苦役犯送来凳子和坐垫。——由苦役犯划桨的小艇，很快。——落日。——苦役犯监狱码头上的大船通道。——一群群苦役犯通过浮桥返回船上，疲惫不堪，拖着脚镣，爬上狭窄的楼梯，从大船下部的小门钻进船舱。——浮动的监狱。这是两艘废弃的三桅帆船，忒弥斯③号和涅瑞伊得④号。——在监狱的港口通道探望苦役犯。

　　苦役犯刚返回宿舍里的情形。——他们经过一个铁拉杆，所有人的镣铐链都被扣在拉杆上的大铁环上。——行军床。表现好的会拥有一个箱子、一个床垫、一床被子。苦修会修士的床算是对他们的优待了。——门上方有一幅画，描绘一名苦役犯刚到监狱时的场景：宪警、脸色阴沉的罪犯、跪着的无罪者，等等。——还有一幅画在另一间屋子里，画的是犯罪现场。沙漠中，受害人倒在地上，凶手惊慌失措，背景中远远的地方，两

---

　　① 土伦苦役犯监狱（法语：bagne de Toulon）：位于土伦，是法国历史上规模最大、持续时间最长的苦役犯监狱。

　　② 此节文字有大量破折号，只记录了关键词，为雨果记事本上未经整理的要点记录。

　　③ 忒弥斯（法语：Thémis）：古希腊神话中的法律和正义女神。

　　④ 涅瑞伊得（法语：Néréide）：古希腊神话中的海洋女神。

个天使看着这一切（普吕东①绘）。

轻犯囚室。——可以不戴镣铐，偶尔有肉和酒，有时可以进城。

参观浮动监狱忒弥斯号。——浮桥的情况。空空如也的甲板间，舱口上了 3 道铁栏。——7 个新犯人，其中 3 个是阿拉伯人，面色凝重，目光让人毛骨悚然。头天刚给他们剃掉胡须。他们耐心、顺从。其中一个长得挺高，很瘦，是位伊斯兰教徒，他手上还捻着念珠。

在尽头的角落里，一扇老虎窗的下面，有三堆奇形怪状的东西，盖着破毛衣。每一堆都伸出一条铁链，这些铁链在地上拖着，系在 6 法尺开外的固定在地板上的横杠上。——这是 3 个人，3 个苦役犯，其中两个已经病入膏肓，另一个是疯子。——一个疯苦役犯！——这三堆东西纹丝不动。我们什么都看不出来，看不出哪儿是头、哪儿是胳膊、哪儿是脚。

出去的时候，一个犯人给我们看了一只用木头雕刻的有些畸形的狗，用链子拴在它的窝里，虽然雕得粗糙，但犯人还是为其涂上了颜色。

宿舍的尽头，是重镣囚室。门上装了铁栏。散发出阵阵恶臭。长方形的房间。中央，头顶头放着两排行军床。——每张床的床脚拴着一个犯人。他们的铁链比普通的重一倍，长 6 法尺，犯人能在这样的半径内活动。——我从他们之间走过去。他们表面恭敬但暗含杀气。——阴沉。——我让人给了他们一些钱，没有人道谢。——这是些死不悔改的人。有些人在这里待了 3 年了。正如梅里所说，这儿是"狱中狱"。

……撒旦②，是上天的苦役犯。

---

①　普吕东（法语：Pierre - Paul Prudhon，1758—1823）：法国画家，擅长肖像画和讽喻画。
②　撒旦（法语：Satan）：《圣经》中的魔鬼之王。

走出重镣囚室的时候，一个满脸虚伪的犯人凑上来对我说："人渣。"

炼铁炉。苦役犯们给自己铸造锁链。

小教堂空荡凄凉。正在维修。告解室在右边靠门的地方。——有人来吗？偶尔有。

医院。像所有的医院一样。长长的屋子四周都放着床。能听到床上传来铁链声。——非常整洁。

故意使用六里亚①的伪币的人会被判苦役——10年。

人贩子也会被判苦役——这些贩卖奴隶的人最终也成了奴隶。

夏天，苦役犯早上5点就要起床。——在棍棒的逼迫下做最艰苦的活计。从不休息，一直干到中午吃饭。——之后立即开始干活，一直到晚上。——精疲力竭地返回，吃饭、躺在一块板子上、睡觉，第二天再重新开始。——从来没有星期天。——只有黑面包、蚕豆汤和水。——没有酒，没有肉。——身体好，活到老。——目前2250人当中，37个生着病。

现在土伦有些犯人戴着绿帽子；刑期长的，戴黄色绦子帽；累犯，上衣的袖子是黄的。——衣服上的字母代表劳动的地点：A为军工厂，P为港口，C为缆绳厂，等等。

可怕的刑罚。——叛乱或蓄谋叛乱、杀死或打伤同伴或其他任何人、殴打长官（从小狱吏到海军司令，从乞丐到法兰西贵族）：死刑。——逃跑或企图逃跑、殴打同伴、辱骂长官、偷盗5法郎以上：3年重镣囚室。——粗口、吸烟、唱歌、不服从、不劳动、遇长官（任何经过的人）不脱帽致敬等：黑牢或棒刑。

外在的暴力压迫会导致所有人内心受到压抑。这是好还是不好呢？对

---

① 里亚（法语：liard）：法国古铜币名，合1/4苏。

于一些人来说是好的，对另一些人来说又不好。对前者来说，严加管教有助于他们——哪怕是最叛逆的人——形成一种遵守纪律的习惯，习惯成自然。对于后者来说，这些刑罚可能让他们在愤怒和伪善的深渊中越坠越深。

任何处罚在宣判前必须经过调查、核实。所有的宣判和服刑都要记录在案，包括姓名、动机、情节。这里的判决有很多等级。监狱里给苦役犯们设置了一个专用的信箱，接受他们秘密的控诉、检举和揭发，对象可以是任何人。然后由监狱的特派员审查这些信件并进行判决。严厉，但公正。

参观黑牢。——费了点儿周折。在我的坚持下，开了门。长方形的房间，两行隔间，一边 4 个。——每个隔间 6 法尺长，4 法尺宽，7 法尺高。一扇铁门，一个 8 法寸见方的小窗口。里面放着一张床、一个尿罐和一个水桶。这就是黑牢。犯人可能在里面被关押七八天。没有光线，空气也不流通。

我参观了两个有人的隔间，就在我转过身来的时候，看见一个丑陋的光头就在我头顶的小窗口向外望着。——这便是黑牢中的苦役犯。没有表情。那脑袋就像是搁到断头台的窟窿里的脑袋一样。可怕。

死囚室。10 法尺见方，上有拱顶。很脏。房间处于巡逻径①上，有水渗入。

布雷斯特苦役犯监狱的死囚室更可怕。——一张行军床。带铁栅栏的天窗，供狱吏窥视里面的情况。

这里已经两年没有执行过死刑。在这间囚室里，人们放了一架旧梯

---

① 巡逻径：古时沿城堡的城墙顶部外围设置的巡视路线。

子，几个旧箱子，等等，倒像个阁楼了。

旁边紧邻一间房子，其中的一个小隔间上面写着：已消失。里面放着那些死去的或是不知通过什么方法逃跑了的犯人的行李物品。

总之，如果不考虑两地不同的气候，跟布雷斯特的苦役犯监狱比起来，这里干净、有人清洗、管理不错。下面是一个大问题：是单人囚禁好呢，还是露天劳作好？

新思想已经渗入进苦役犯监狱，并使情况有了一些改善。——比如对"情绪型犯罪"和"利益型犯罪"的区分。除非对特定的犯罪类型或是对屡教不改的惯犯，尽量避免为情绪型犯罪的人打上低劣人格的标签。

道德感化。高强度的劳动让他们没有闲心去干坏事。这样的苦役犯监狱，如果经过道德的润色，可能就更好了。比单纯的惩罚型监狱要好。——在布雷斯特，我亲眼见过他们让苦役犯在监狱外面的一些地方工作。

第五节　通往德拉吉尼昂①的路

- 记事本 -

10 月 3 日

　　我一大清早就随着寡妇阿翁的公共马车离开了马赛。我坐在马车的前车厢里，左边是一个刚从斑疹伤寒病中恢复过来的年轻人，右边是一位撒丁岛②军官。这两个人都想睡觉，因此把靠近自己的窗子上的遮光帘都放了下来。透过对面的老虎窗，我只能看见坐在前面的车夫的一大块身体，他的脊背毫不留情地遮挡住我的视线。因此我决定也闭上眼睛睡觉。

　　在离艾克斯③两法里远的地方，我的两位邻座打开了窗帘，我也醒了过来。

　　像普罗旺斯地区的很多城市一样，艾克斯也是用灰色的石头盖房子，很容易与南部自然风景中灰扑扑的色调相融合。从远处看，艾克斯与周边浑然一体，我费了挺大劲才把它分辨出来。

　　我在这个橄榄油之城没见到几棵橄榄树。不过，倒是在旅店的墙上看到了这样一行字，写得很密，字母和字母都连到一起了：ALALTEMILITERE。

---

　　① 德拉吉尼昂（法语：Draguignan）：法国东南部城市，属普罗旺斯—阿尔卑斯—蓝色海岸大区瓦尔省，位于马赛东北部。

　　② 撒丁岛（法语：Sardaigne）：意大利岛屿，位于亚平宁半岛的西南方，是仅次于西西里的地中海第二大岛。

　　③ 艾克斯（法语：Aix - en - Provence）：法国东南部城市，属普罗旺斯—阿尔卑斯—蓝色海岸大区罗讷河口省，位于马赛北部，全称"普罗旺斯地区艾克斯"。

我实在不知所云，研究了很长时间才发现，原来这是准备犒劳饥渴的士兵。

艾克斯有两座钟楼。一座是个方方的塔，另一座上面筑了挺漂亮的 15 世纪的尖顶。

我在艾克斯换上了发往德拉吉尼昂的车。走了大约两个小时，我让车夫停下，下了车。这就是两千年前马略①击退条顿人和辛布里人的战场②。要知道，当时从北方迁徙过来的乌合之众有 30 万人呢。

这是一片安详、宁静的平原，人们精耕细作，种植着葡萄、橄榄、黑莓，水流穿行其间，夏季河道会干涸，平原两侧均为山峦，这是阿尔卑斯山脉的尾尖。两列山峦并行着，岩壁高耸入云。

天阴沉沉的，一团水气十足的雾霭懒洋洋地歇息在山谷间，云缝里透过一道强烈的阳光，照在平原另一端的高地上，那里，一座生机勃勃的村落熠熠生辉。

我在一个寒酸的农庄旁边停下脚步。旁边的田地里，一头驴拉着犁，农夫穿着蓝褂子，在后面认真地把持着犁柄。在艾克斯方向，一个姑娘骑着驴走着，手里编织着什么东西。对面的方向，一个孩子赶着辆装满废铁的老破车，咯噔噔地过了桥。火鸡和母鸡在我周围的地上啄食。离农庄几步远的地方，一个女人拿着罐子在石质喷泉边接水，喷泉上的半身雕像的面部有所损毁，头发也是后来补的，应该是 1793 年的痕迹，于是，这个纪念马略的作品之上又多出一道历史的纪念。

我努力思索着，把我过去的文字跟眼前的情况进行核对，并且试图在

---

① 马略（法语：Gaius Marius，前 157—前 86）：全名是"盖乌斯·马略"，古罗马著名的军事统帅和政治家。曾被任命为高卢行省执政官，抗击日耳曼人入侵。

② 条顿人（法语：Teuton）、辛布里人（法语：Cimbres）：日耳曼人的分支，公元前 120 年开始向西南迁徙，公元前 105 年推进到普罗旺斯地区。

我的记忆中或视野中，寻找到当年罗马军团战斗的据点。

但是一场暴风雨正在逼近，南面最高的山顶已经被乌云全部占领，我得回车上去了。狂风肆虐，一位可怜的老农扛着长柄叉在风中举步维艰。

我透过雨帘继续观察这片平原。深层的石灰土时不时地溢出地表形成一块块可耕种的土壤，表面还覆盖着一层山体塌方带来的泥沙层或河流形成的冲积土层，欧石楠丛生。

向东看，我注意到地表有些古怪的凸起。那是这种松软的红土地经常出现的现象，地下水流遇到梗阻，临近的地面就会产生这样的"囊肿"或"疣瘊"。刮风、下雨和水流的旋涡在纵向为其添加了一些大大小小的叶饰，在横向划出几道沟痕，看上去就像盲肠一样。坚硬的沙石光溜溜的，就像暴突的黄色筋脉，一些赭石在四周添上红色的小纤维，简直就像是随处扔在地上的巨大的心肝肺。

暴风雨没有侵及布里尼奥勒。那里的人们正在收葡萄。吵吵嚷嚷的人群聚集在广场上，与其说在劳动，不如说在取乐。广场四周被大树环绕，还有一座很漂亮的喷泉，塑像光着身子，神情忧郁，多亏有花花叶叶蔽体，就像在本韦努托和让·古戎①的作品中一样。刚采下来的黑葡萄、白葡萄堆放在大路两边，我还能听见葡萄架里面传来阵阵歌声。

在勒吕克②，漆黑的夜里，一辆没有点灯的公共马车猛然撞到了路中央的一架榨葡萄机上，车差点儿翻了。在普罗旺斯式的盛怒之下，车夫咒骂道："真他妈的人渣！混蛋！强盗！我他妈从来没有见过在这个地方榨汁儿的！"

---

① 让·古戎（法语：Jean Goujon，1510—1572）：法国文艺复兴时期的雕刻家、建筑师。
② 勒吕克（法语：Le Luc）：法国东南部小城，属普罗旺斯—阿尔卑斯—蓝色海岸大区瓦尔省，位于艾克斯以东。

第六节　汝安海湾①

- 记事本 -

我把头探出车窗，极目远眺，向东能望见昂蒂布岬角，向西能望见鲁角②，这片壮美的大海见证过全部历史：从所罗门③的船队到阿尼巴尔舰④的装备，从庞培⑤的帆桨战船到拿破仑的双桅横帆。

对人类来说，大洋似乎过于辽阔；它太神秘，所有的一切都被笼罩在它的薄雾之中，人类也无从记忆。它掌握着整个世界的秘密，却从来不说，或许只有哥伦布⑥能从它那儿攫取来一些。与之相反，地中海适宜人类的文明。这片著名海域持续不断地向周边国家辐射能量，同时，人类历史也像太阳一样照亮了它的每个角落。海岸线上每一处都有各自的故事，而且有所记录。

我们走的这条路修在一座红色赭石山坡的半山腰上，马车在松林和欧

---

① 汝安海湾（法语：Golfe Juan）：位于昂蒂布和戛纳海角间的海湾，属普罗旺斯—阿尔卑斯—蓝色海岸大区滨海阿尔卑斯省瓦洛里市。

② 鲁角（法语：Cap Roux）：法国地中海沿岸海角名，位于戛纳西南。

③ 所罗门（法语：Salomon）：以色列王国的第三任君主，《圣经》记载其拥有超人的智慧、大量的财富和无上的权利。

④ 阿尼巴尔舰（法语：Annibal）：一类拥有 74 门大炮的法国皇家海军舰船，始建于 1778 年。

⑤ 庞培（法语：Pompée，前 106—前 48）：古罗马政治家、军事家。

⑥ 哥伦布（法语：Christophe Colomb，1451—1506）：探险家、殖民者、航海家，美洲的发现者，出生于今意大利西北部的热那亚共和国。

石楠中穿行，每走一段就要跨过一条小溪。在我们下方，海浪舔舐着那些宛若雕像的质朴而优美的岩石。

海面上没有一片帆，只有一只大海鸥在离岸不远的地方捕鱼吃。大路下方十来米的地方，能隐隐约约看到一圈古老的石城墙，这是一座低炮台。还有两门结实的铸铁大炮，趴在草丛中，炮口对着大海。一株鲜花盛开的孟加拉玫瑰①挡住了炮口，大概是为了映红炮弹吧。

不一会儿，大路一转，景色瞬间一变，汝安海湾出现在我的眼前。

汝安海湾是一个迷人但冷清的小海湾，东面由昂蒂布岬角庇护，那里有一座灯塔和一座老教堂，在整个视野中显得很美；西面是克鲁瓦塞特②岬角，上面有一个倾圮的老堡垒，已经和岩石融到一起了。整个半圆形海湾沿岸由翠绿的山冈环绕，挡住了陆地刮来的风。

我下了车，凝视着这片海。海浪缓缓地涌来，静静地消逝在生长着黑莓和橄榄树的沙滩上，也正是这样的海浪，带回了拿破仑③。几栋见证过当时的场景的老房子还在，它们仿佛注视着这片海滩，期待着还有谁能来。

乌云密布，东面的尼斯方向下着雨。一艘收起了帆的三桅帆船停泊在岸边，那正是当年皇帝④的小艇靠岸的位置。除此之外，就再也看不到人类的影子了，完全像一片沙漠。

皇帝曾在海关附近下船——海关是一幢高大的方正的白房子，好像一座重刷了一层灰泥的塔楼——之后便取道一条林荫密布、铺砌很不平整的

---

① 孟加拉玫瑰：也叫"中国玫瑰"，即月季。

② 克鲁瓦塞特（法语：Pointe Croisette）：法国地中海沿岸岬角，位于戛纳东部。

③ 1814 年，拿破仑第一帝国灭亡，拿破仑被流放到地中海上的厄尔巴岛（L'île d'Elbe）。1815 年 2 月底，拿破仑逃出小岛，返回法国，在汝安海湾登陆，重组军队，继而开始了"百日王朝"。

④ 指拿破仑。

小径前行，在两百步开外的戛纳路上突然出现。在那里，他曾坐在一棵拥有百年树龄的橄榄树下，大树的浓荫拢住了大路。

我在这著名的地方徘徊了许久。在戛纳路边，面对那条小径，在一块狭小的、四周土方都塌陷下去的平台上，有两棵黑莓树。皇帝就是在这两棵黑莓之间检阅了军队，这支军队不久就成了被载入史册的大军。然后，他向西行进，经过我刚才见过的古老的低炮台，跨过我刚才跨过的那些溪涧，在登陆一个小时后，到达了戛纳。

这件事发生在 1815 年 2 月 24 日，走在这里，所有的情景历历在目。

离这两棵黑莓不远的地方，有一家常有士兵光顾的小酒馆，在墙上我辨认出了一行快被雨水冲刷掉的字迹："向在此登陆的皇帝致敬！"

到达戛纳后，拿破仑没有理会左手边那座破败的蒙格朗城堡，这城堡有一座方塔，虽被雷击裂，仍在俯瞰海港的小丘之上屹立不倒。他也没有理会身后这座被称为圣玛格丽特岛①的监狱，等待他的那一座，叫作圣赫勒拿岛②。也许他曾回过头去想了一下"铁面人③"，但是，他没有更多的时间去思考过去的谜题，因为未来在前方等待。他继续勇敢地前行，向法国内陆挺进，那里一片未知，他一个猛子扎了进去。

对于那时的拿破仑，这未知，就是 3 个月的皇帝、6 年的监禁和一座由英国士兵看守的坟墓。

我就在这个人物 24 年前走过的沙滩上漫步了两个小时，双脚浸湿在承载过他那惶惑梦想的水波中。大海将苇子和海藻推到我脚边。在一个小

---

① 圣玛格丽特岛：（法语：L'île de Sainte–Marguerite）：著名的流放之岛，位于戛纳海岸外不远处。

② 圣赫勒拿岛（法语：L'île de Sainte–Hélène）：南大西洋中的一个火山岛，隶属于英国。1815 年拿破仑的"百日王朝"被推翻后，他被流放到此岛，并于 1821 年在岛上去世。

③ 铁面人（法语：Masque de fer）：曾被关押在圣玛格丽特岛上，一直蒙着面具的神秘犯人，最早被记述于伏尔泰的《路易十四时代》一书中，可能是路易十四的哥哥。

丘后面，我捡到一颗孩子们玩儿的弹珠。天色渐暗，我离开这荒凉的地方，向昂蒂布出发了。

在离开环抱汝安海湾的小山丘的时候，我终于见到了个人影。一个女人正将衣服晾晒在巨大的芦荟之上。

10 月 4 日

德拉尼吉昂的市议会跟巴黎市议会差不多，在艺术和历史方面毫无造诣。在这天高皇帝远的地方，唯一著名的历史性建筑——老城墙——也被拆掉了。尽管下着大雨、天色昏暗，从艾克斯过来进入该城的时候，我还是及时地注意到一座非常宏伟的城门。

风暴持续了一整夜。大路在一片森林中穿行，我觉得这应该是艾斯达莱尔①森林的分支。我在半睡半醒间偶尔睁开眼，看到一些枝丫和模糊的微光，然后又睡着了，梦境中的光线也忽明忽暗，分不出是梦是醒。

有一次（当时我正醒着），在漆黑的树林间穿行的马车忽然冲进了一片林间空地，一片红光在欧石楠草地上蔓延到很远，我不禁扭过头张望。

在空地中央，只见一堆树枝正在熊熊燃烧，看上去像个小草房。草房里面才是火堆中心，顶上跃动着巨大的蓝色火苗，就像点在一碗潘趣酒②上面。四个头戴宽边帽的男人一动不动地站在火堆跟前，头上淋着雨，整个人却被火光照得通红。这些看上去恐怖的幽灵其实就是几位烧炭人。

---

① 艾斯达莱尔（法语：Esterel）：法国东南部地中海沿岸的一片火山高地，位于戛纳附近。
② 潘趣酒（法语：punch）：酒加上糖、红茶、柠檬等调制的饮料。

即使看过了瑞士和萨瓦①，被艾斯达莱尔的密林覆盖的弗雷瑞斯②的山脉仍然堪称秀美。早上 6 时，我就登上了山顶。雨停了，太阳即将升起。我坐在一块从护栏上脱落下来的石头上。

在我面前，是一处深深的悬崖，但我只能看到近处崖边的几棵松树，因为那崖谷中坠入了一团云雾，只见一片白茫茫的水气溢上来，挡住了远处的一切。就好像大地在这里突然陷落，好让我看看冬日天空包裹下深谷中的景色一样。

然而，风时不时地翻动着这团云雾，对面的山峦，包括它的森林和沟壑，仿佛都在这恍惚中颤抖着。

在我身后，景色更可谓无与伦比。

一块巨大的乌云，像房顶一样，齐齐整整地遮挡住天空和远处的地平线。云朵下方，被天光映亮的平原、大海、高山、森林、村落、白帆，就像帷幕刚拉上去一半时观众勉强看到的舞台布景。渐渐地，云层裂开，一道阳光从这个裂缝中射出，就像一只金色的手臂，将雾气一扫而尽，于是，我得以看清深谷中那些嶙峋的山丘。

大部分山丘看上去阴森可怖，到处是被烧得黢黑的松树的树干，远看就像是野猪身上竖立的鬃毛。这个地区偶尔会有牧人为了方便四五只山羊吃草，就放火烧掉十几法里的森林。

我刚才坐着的那块石头和悬崖间，只有几块生着锈色的花岗岩和几棵被秋天染黄叶片的蕨类植物。

阿尔卑斯山脉至此恰如其分地收住了脚步。冷杉让位给了松树，落叶

---

① 萨瓦（法语：Savoie）：法国东南部与意大利北部交界处的历史地区，自 1860 年归法国所有。

② 弗雷瑞斯（法语：Fréjus）：法国东南部海港城市，属普罗旺斯—阿尔卑斯—蓝色海岸大区瓦尔省。

松让位给了绿橡树，不过，优美的花岗岩线条依然保留着，只是少了些。这一片山丘还算是大山的余脉。

从我站的地方，能看到从戛纳①到迪涅②的这条支脉的各个山峰，这也是拿破仑从厄尔巴岛返回时穿行的路线。

拿破仑曾经两次跨越阿尔卑斯山。上天仿佛在这座山和这个人之间设置了某种神秘的联系。第一次，他是在圣伯纳德山口③翻越阿尔卑斯，那正是他大展雄才之际，跨越的是山的高脊；第二次，是在戛纳和迪涅之间，此处阿尔卑斯山即将消逝，而他也步入了末日穷途。

在圣伯纳德，他从法国去意大利；在戛纳，他从意大利回到法国。在圣伯纳德，他率领的是一支年轻的军队，战士们赤裸双足、衣衫褴褛但意气风发，几乎毫无纪律却充满了干一番大事的豪情壮志；在戛纳，跟随他的是一小撮老兵，忠诚却沮丧，似乎被他们自己曾经建立过的丰功伟绩压垮了。在圣伯纳德，波拿巴变成了拿破仑；在戛纳，拿破仑变回了波拿巴。他的命运来了个一百八十度的大转弯。

---

① 戛纳（法语：Cannes）：法国东南部海港城市，属普罗旺斯—阿尔卑斯—蓝色海岸大区瓦尔省，位于弗雷瑞斯和昂蒂布之间。

② 迪涅（法语：Digne－les－Bains）：法国东南部普罗旺斯—阿尔卑斯—蓝色海岸大区上普罗旺斯阿尔卑斯省，全称"迪涅莱班"。

③ 圣伯纳德山口（法语：Col du Grand－Saint－Bernard）：圣伯纳德山口海拔 2469 米，自东北向西南延伸并横跨阿尔卑斯山。山口以北是瑞士，以南为意大利。拿破仑在 1800 年由此攻向意大利。

第七节　弗雷瑞斯

- 记事本 -

10 月 10 日

如果从戛纳方向过来，远远地就能望见平原上的弗雷瑞斯。在恺撒①时代这里就是海港了，我还记得这位大帝曾经在某个场合说过："弗雷瑞斯港依旧不错。"不过现在的它已经日渐衰落了。这会儿的弗雷瑞斯，也就是几座略高了些的房子，上面加盖了颜色暗沉的笨重塔楼，还有一座俯瞰这一切的尖尖的钟楼，仅此而已。大海距此半法里远。

这是一片绿树成荫的平原，令人陶醉。所有的树木对人类都有价值，在营造秀美风景的同时还非常实用。橄榄树提供果实，橘子树花朵芬芳，黑莓树叶可泡茶，栓皮槠贡献树皮，松树分泌树脂。

在马赛附近的地区，人们为了手工采摘橄榄的方便，让树保持在幼树的高度并改造了树形，因此橄榄树都很难看。树木矮小，树冠呈球形，有点儿营养不良，感觉总是蒙着一层灰，周围的景致也因此失去了光彩。在昂蒂布和滨海大道附近的橄榄树则非常漂亮。树长得很高，树干粗壮结实，枝形古怪而个性十足，叶片细腻、柔软、光滑，远看上去，一丛丛地像是毛丝鼠的皮毛。树冠像栗子树那样巧妙地搭在树身的胯部，向四面伸

---

① 恺撒（法语：Jules César，前 100—前 44）：罗马共和国末期杰出的军事统帅、政治家。

展的主权上细枝密布，结满了果子，像雪松和橡树一样，呈现出恰到好处的优雅与庄重。

在距离弗雷瑞斯三四法里的地方，橄榄林中开始出现一段一段的建筑物遗迹，这是古罗马引水渠①。

两千年前，这新建的引水渠还完好的时候，可能很漂亮。但如今，这些倒掉的与尚未倒掉的巨大的废墟在平原上散落着，已经完全丧失了当年的风貌。一会儿是三四个大拱耸立，紧接着就是倒掉的砖石半埋入土；一会儿是断臂的单拱直冲云霄，或是奇形怪状的扶垛拔地而起，好像德落伊教祭司的石柱；一会儿是由两座方柱支撑的宏伟的半圆拱，矗立于大路边，有些地方坍塌了，它就变成了四面通透的凯旋门。常春藤和荆棘在这些古罗马时代宏伟之上肆意攀爬，好不嚣张。

不过，还是有一件特别的事情让我浮想联翩。在一座类似凯旋门的凄凉门拱下，一个农民，手支在他的铁锹上，指给我看圣拉斐尔②港。这个海港位于弗雷瑞斯海湾东面岬角的山坡背面，是个小港口。1814 年，拿破仑就是从这里被流放到厄尔巴岛去的，带着几个士兵，这些士兵和他们的将军一样老，和他们的皇帝一样权位尽失。

圣拉斐尔是一个明媚的小村庄，散落着白色的房屋，四周被意大利松环绕，有这些松树做背景，整座村庄都呈现出绿莹莹的光彩。圣拉斐尔对面的海上，海浪浣洗着一座黑色岩石构成的小岛，它被叫作海狮岛。

就这样，穿过古罗马的废墟，我似乎看到了拿破仑的陨落。巧合就是这样，它有时会用艺术家的手法来编排重大事件。

---

① 古罗马引水渠（法语：aqueduc romain）：古代罗马帝国城市供水系统的输水道，大部分为砖石结构的地上建筑。

② 圣拉斐尔（法语：Saint – Raphaël）：法国东南部海港城市，属普罗旺斯—阿尔卑斯—蓝色海岸大区瓦尔省，位于弗雷瑞斯以东。

在靠近弗雷瑞斯的地方，引水渠分了叉。一支继续沿着城市的边缘前行，另一支拐进了田野，向河边去了。

20 世纪以前，弗雷瑞斯一边被大海浸润，另一边被河流环绕，这条河给它带来了引水渠。现在海越退越远，河流与引水渠仍然留在平原上，弗雷瑞斯就像一艘搁浅在沙滩上的小船，也逐渐干涸了。

在进城之前，我看到一座锥顶的小石塔，原先是一座古罗马灯塔，曾用来标记港口的入口和码头最远端。那时，它被浪花舔舐，今天，却被橄榄树荫庇着。

我只能在弗雷瑞斯待一个小时。玛希庸大教堂钟楼那孱弱的尖顶，让我失去了参观教堂的胃口。于是，我去看了看邮政旅店里拿破仑曾经睡过的房间。1814 年 4 月 26 日，他在圣拉斐尔上船的前夜就睡在这里。

这是一间有两张床的旅店标间，里面放着路易十五时期的扶手椅。

一张床已经被搬走了，而另一张——也就是拿破仑睡的那张——放得离港口尽可能地远，面对着一扇窗子。这是一张樱桃木的小床，四周装有立柱，就像皇帝的床榻一样。在环绕这张床和屋内的墙上，曾经都挂着锦缎帷幔。旅店老板对我说，英国人从弗雷瑞斯经过的时候，把这些帷幔都小心地撕了下来，并一块块地收好，全部带走了。今天，屋里贴着壁纸，床边挂着白帘子。在拿破仑长时间依靠的壁炉边，有一块雕刻着牧羊女的铁板画，旁边是一个花瓶。

皇帝坐在一张大扶手椅上写字、吃饭，扶手上装饰着红色条纹的中国花缎。人们给他搬来的一张染了色的小木桌子，现在还放在房间的角落里，但他觉得木桌太窄了，于是，干脆趴在靠床放置的蓝色大理石镶边的托架上书写。那托架上有一面路易十五式镶边的镜子，用两个铁脚支撑着。在他写字的时候，贝特朗和德鲁奥两位将军①一动不动地站在门口。

拿破仑在纸上疾书时，全身心投入其中，丝毫不被周边情况所干扰。只有那么一次，他站起身来，走到窗口，然后又回来坐下继续书写——这是当时在场的旅店老板跟我讲的——这样，他将痛苦思想释放于纸面，持续了两个小时。其间他完成了两封信，之后，他把信折好并收了起来。

他写了什么？给谁写的？现在没有一个人知道。所有这一切都已逝去。这两封信，其中可能有皇帝的全部故事，或是整个帝国的故事，没有一丝线索。谁打开了这封信？谁读了信？信最后到了哪里？究竟是否有人拿到这两封信？也许成了永远没有答案的谜题。不过，单是想想信中可能写到的那些伤感的、深刻的事情，再缀以"1814 年 4 月 26 日，弗雷瑞斯，拿破仑"这样的落款，就足够震慑人的灵魂了。

我刚才说过，巧合总是把重大的历史事件搭配在一起，强迫人们产生联想。让一个被废黜的皇帝来到一座被拆毁的城市——弗雷瑞斯曾经是一座沿海城市，而且曾是古罗马的重要城池，后来罗马和海一样，都撤走了，让这个搁浅的城市成为拿破仑在法国的最后一站，难道不奇怪吗？

这里到处都可能出现一些载满回忆的东西，让人沉醉于幻梦，然后不知不觉中走出很远。离开邮政旅店之后，我还没有意识到自己经过了一条什么样的路，就忽然发现已经身在城外了。一栋破房子后面远远地两三个拱门缘饰把我从幻梦中拉了出来。

我从拱门下面穿过，还没走几步，就进入了一圈宏伟的环形围墙，四周堆砌着坑坑洼洼的台阶、断裂的拱廊和被填塞的通道。

这是弗雷瑞斯的斗兽场。

---

① 贝特朗（法语：Henri Gatien Bertrand，1773—1844）、德鲁奥（法语：Antoine Drouot，1774—1847）：是拿破仑手下两位忠实的将领。

　　在斗兽场中间的网格墙之间，无花果树和笃薅香乱七八糟地生长着，与墙上雕刻的荆棘图案和花叶边饰融为一体。关野兽的笼子以芦苇编的栅栏做门，现在里面只剩些破木桶了。我站的地方，正是两千年前狮子、老虎和角斗士们搏斗的地方。现在这里长着一种高高的草，被一群瘦弱的马安详地咀嚼着，这群马的脖子上系着铃铛，在曾经的斗兽场中漫步。

　　这些草的根，吸进了多少血，多少人类的血啊！

　　一刻钟之后，我已经远离弗雷瑞斯，残破的小屋和宏伟的遗迹都消失在了橄榄树背后，我再也看不到那座死城了。不过，我还能隐约听到阵阵的铃铛声，从曾经沸腾着人群的欢呼和虎豹的怒吼的斗兽场中传出，是那样地轻柔。

第八节　罗讷河—圣昂代奥①

罗讷河上，10 月 12 日，下午 2 时

我乘坐雄鹰号蒸汽船，沿罗讷河而上直到里昂。所有的驿车和能载人的邮车都被挤得满满当当，所有人都像我一样要往巴黎赶。

天气一下子变得很差，在这片八个月没有变过天的美丽地方，忽然来了一阵暴风雨。上周日，龙卷风袭击了马赛，麻田街②变成了一个湖，在亚维农，罗讷河倒灌进了城市。昨天，这里河水还很高，以至于蒸汽船差 3 法尺无法从桥洞下面通过。今天早上水位才降了些，船舶得以靠港。我坐的船将在一个小时后起航。河水的流速太快，我们又是逆流而上，船长说我们今天恐怕无法通过蓬圣埃斯普里③的桥，那就要在船上坐着板凳过夜了。可是，如果我等着公共马车的位子，可能一个星期都得待在亚维农。两星期前，也是在这条河上，我像一支离弦的箭顺流而下，现在我要像一只老龟慢慢往上爬了。快的事物的反面一定是慢的。

我像往常一样用等待的时间给你写信。我把船舱桌子上的一堆橘子和石榴挪走，在船长那已经干了的墨水瓶里灌上点罗讷河水，就可以写字了。我的阿黛尔，请收下这封发自我心底的信吧。

---

① 圣昂代奥（法语：Bourg – Saint – Andéol）：法国东南部小城，属罗讷—阿尔卑斯省阿尔代什省，位于亚维农以北的罗讷河畔，全称"布尔圣昂代奥"。
② 麻田街（法语：Canebière）：马赛老城区的主干道。
③ 蓬圣埃斯普里（法语：Pont – Saint – Esprit）：法国东南部小城，属朗格多克—鲁西永大区加尔省，位于罗讷河畔圣昂代奥以南。

　　这些天我总是想起你，想起你也在返回巴黎的途中，忙东忙西。我希望你现在已经完全安顿下来，并且不太累。也希望咱们亲爱的孩子们只给你带来欢欣。我回去之后，你会跟我讲所有这些事的，是不是？

　　13 日我就能到达圣昂代奥。我现在跑去寄信，吻你一千次，也吻你们——亲爱的孩子们。

圣昂代奥，10 月 13 日，晚上 8 时

　　亲爱的朋友，这封信可能和上封信一起寄到你手中。罗讷河水依旧泛滥，我们的船在圣昂代奥停泊，船长也不知道能否在明早 4 时之前出发。另一艘蒸汽船，维苏威号，是前天从亚维农出发的，还在港内，它的船长也不确定是否能在 18 号或 19 号到达里昂。因此，如果我比预期的时间晚些到家，你别担心。当然，我会尽量快点儿，因为我如此渴望再见到你们大家。

　　另外，如果不是因为走不了而气恼的话，我应该很欣赏眼前的景致。罗讷河成了一片汪洋，覆盖了整个平原，有时一眼望不到边。偶尔还有些倾覆的船只被河水裹挟着从我们面前经过。

　　罗克莫尔[①]吊桥的一个桥墩因被水长时间浸泡而塌掉了，今天早上我们见到半幅桥面被从罗讷河上游冲下来。两艘运煤的船搁浅在垮塌的地方已有 3 天。

　　我只是在船经过时看了看圣昂代奥。这是一座城市，或者说是一个罗曼和拜占庭式城市的残片，因为其间还夹着一个住满了渔夫和船夫的穷村。

　　教堂的钟楼——除去被剥去了砌面的那座尖顶——是我见过的最好看的带着拜占庭齿饰的罗曼式八角塔楼之一，堪比图尔尼教堂和巴黎的圣日

----

　　① 罗克莫尔（法语：Roquemaure）：法国东南部罗讷河畔小城，属朗格多克—鲁西永大区加尔省。

耳曼德佩①教堂。在一扇难看的路易十五式的门面上，有一座精美的哥特式雕花小尖塔。教堂内部被损毁得惨兮兮的。

在大门左边的一个阴暗的角落里，一个太阳光永远照不到的地方，我看到一座漂亮的古罗马陵墓，上面刻有墓志铭和浅浮雕。由于位置不好，看不清墓志铭上的文字，浅浮雕也看不真切。船载着我驶过，我都没有时间拿个灯来照照，如果那样，或许能看清点儿。这墓被荒唐地砌在墙上，四个立面中的两个都被挡住了，就像一个被遗忘在那个角落里的破箱子。

我在圣昂代奥还看到一盏可爱的 15 世纪的街灯，一座被截去顶部的罗曼式塔楼和一堵被民居借用了的古罗马网格墙。

亲爱的朋友，再见。爱我，并请同情我这被耽搁的行程吧。我会尽快摆脱坏天气和不好的境遇。另外，不要有一丝担心，罗讷河只对平底小船很可怕，对于蒸汽船来说没有任何危险。蒸汽船很大、很重，浪对它们相当尊重，因此很安全，但这也是其航速低的原因，每小时几乎只能走一法里。这种船顺流而下时的航速能达到每小时 7 法里。

拥抱你，我的蒂蒂娜，还有夏洛、多多和代代，所有我亲爱的宝贝们，我很快就能到你们身边享受幸福时光了。我的阿黛尔，你听到了吗？爱我吧。

你的维克多

- 记事本 -

10 月 15 日

昨天我们继续沿着泛滥的罗讷河北上，到达了勒普赞②和拉武尔特③

---

①　圣日耳曼德佩教堂（法语：Abbaye Saint - Germain - des - Prés）：巴黎第六区的一座教堂。
②　勒普赞（法语：Le Pouzin）：法国东南部罗讷河畔小城，属罗讷—阿尔卑斯省阿尔代什省。
③　拉武尔特（法语：La Voulte - sur - Rhône）：法国东南部罗讷河畔小城，属罗讷—阿尔卑斯省阿尔代什省，全称"罗讷河畔拉武尔特"。

之间。我们前进的速度很慢。河水太急了，以至于有那么一会儿，尽管涡轮还在飞速地旋转，我们的船居然停在河中央一动不动了。

天色渐晚，初升的月亮和渐落的太阳分别把持着东西两侧的天空，形成日月同辉的妙景。河右岸的石灰岩高耸如墙，在薄雾中变得朦朦胧胧。紫红色的微光覆盖了左岸的草地，也染红了优雅婆娑的树影。

又脏又黄的罗讷河愤怒地吐着泡沫，哀鸣着从我们身边奔流而过，浪里卷着被连根拔起的树木、被冲散的家具和倾覆的船只。洪水劫掠了上游50个村庄，因此水中裹挟着杂七杂八的各种物件。就在我们现在的位置，乌韦兹河①口附近，头天晚上有3艘船失踪了，而且船上都有人。

现在我们头顶上没有一片云，德龙河②那边的景色非常动人。一个满载草料的大车正从罗讷河边的道路上经过，马鞭声在这准备安眠的原野中分外响亮。一个女人和一个孩子坐在草料堆上，马车每颠簸一下，夕阳的余晖便在他们的脸庞上亲吻一口。

索恩河畔沙隆，10月18日

我到了，而且收到了你的信。谢谢你，我的阿黛尔，感谢你给我写的这些东西。如果你能看到我读信时候的神情，你一定会既高兴又安心的。

看了你的计划（我支持你所做的任何事情），我回家的心更急切了，可马车依旧爆满，我不得不在这里多等一天。明天早上出发的车上有一个位子，而且这车还只到第戎③。从现在开始，你可以把信寄到枫丹白露，留局待领。我想我会在23日至25日到达巴黎。

---

① 乌韦兹河（法语：l'Ouvèze）：罗讷河支流之一，在勒普赞南部汇入罗讷河。
② 德龙河（法语：la Drôme）：罗讷河支流之一，在勒普赞北部汇入罗讷河。
③ 第戎（法语：Dijon）：法国中东部勃艮第大区科多尔省首府。

最终，我的船沿罗讷河逆流而上的速度比船长预期的要快。从亚维农到里昂，我们总共花了四个整天的时间。然后我换乘另一艘蒸汽船——燕子号，用了一天的时间从里昂来到沙隆。我将利用不得不滞留在这里的时间好好地洗个澡，当然也要去参观一下这座城市。

知道你们在假期玩儿得很好，我很开心。代我感谢瓦克雷和他善良的家人，我想你给他看了我的信。——如果有学院①和剧院的信，你不用理会，等我回到巴黎后亲自处理即可。我猜孩子们已经勇敢地投入了新一轮的学习，他们的表现让你很满意吧？替我好好拥抱他们。你的好父亲也回去了吧？替我拥抱他。

我在罗讷河上有幸与一位才华横溢、风趣幽默的老先生——布里先生——同行。他很像你的父亲，曾经拿着拉马丁②的介绍信去巴黎看过我们，我忘记了，但他认出了我。这是个温文尔雅又有魅力的男人，还跟我谈起了你。

再见我的阿黛尔，很快再见。再给我写一封信吧，渴望见到你们，拥抱你们大家。

依然祝你一切都好。

维

帮我留好信件和报纸。

---

① 法兰西学院（法语：Académie française）：法国的一所学术机构，旨在规范法国语言和保护各种艺术，成立于 1635 年。雨果于 1836 年两次竞选法兰西学院院士，均失败，后于 1841 年当选。

② 拉马丁（法语：Alphonse de Lamartine，1790—1869）：法国著名浪漫主义诗人、作家和政治家。

第九节　第　戎

-记事本-

10 月 19 日

在整个沙隆、博讷①及第戎地区，罗曼风格的建筑物让人叹为观止。在小村庄里，我们时常能发现一座宗教圣地才会出现的那种拜占庭样式的漂亮塔楼。在过了沙尼②之后的大路边，我看到一座古罗马大门上写着这样的文字："好酒，美宅"。天哪，这间房子在久远的往昔也曾这么好客啊！在沙尼城内，有一座非凡的罗曼风格的方塔，矮墩墩的，但粗壮宏伟。

博讷由一组迷人的哥特式建筑群构成，掩映在丰茂的林木之间。有一座 15 世纪的钟塔，还有一间 14 世纪的教堂中殿，其门廊装饰着深灰色的板岩，现在用作公共马车的车库了。教堂的塔楼是罗曼风格的，但塔顶很滑稽，仿佛扣了个头盔。

在马车上，一个种葡萄的老者给我讲了葡萄的收获。葡萄植株年轻的时候，可以结很多的果实，但质量不好；稍老一些，结的葡萄少了，但质量变好；老植株上只结一两串葡萄，但那时的质量是最佳的。然后等葡萄

---

① 博讷（法语：Beaune）：法国中东部城市，属法国中东部勃艮第大区科多尔省，位于第戎以南。

② 沙尼（法语：Chagny）：法国中东部小城，属法国中东部勃艮第大区索恩—卢瓦尔省，位于博讷以南。

树彻底老了，人们就会拔掉它，因为已经没什么价值了。可见葡萄树也和葡萄一样有逐渐成熟和衰老的过程。不能在下雨或是有露水的时候摘葡萄，因为那样它们会很快腐烂。酿酒的时候要先去掉青葡萄，它们会让酒很快变酸；再去掉烂葡萄，它们会带来不好的味道；还要去掉干葡萄，它们会吸收水分，把酒先"喝掉"。因此，在一串葡萄上，可能会有三样坏家伙，一个影响酒的保存期，一个影响酒的质量，一个影响酒的产量。

在尼伊①之后，大路左边的一片广袤的台地之上，有一排低矮的山丘，山顶光秃秃的，被狭窄的绿色深谷分隔。山脚下每个沟谷的出口处，都坐落着一个小村庄。到处都是葡萄架。

从沙隆方向来到第戎，让人想起从梅恩便门②走入巴黎时的感觉。也是在环绕着山丘的大平原上，有一条两旁都是榆树的长路，左边有两座小丘，好像在模仿巴黎的瓦雷里昂山和蒙马特山③，只不过稍小些。

第戎，10 月 20 日

第戎是一座值得品味的城市，忧郁而温存。我在老城墙上散了散步。这个城市和秋季很搭调。秋季是一个迷人的季节，树木的美全部展现了出来：你同时能看到夏季的叶宇和冬季的支脉。

圣贝尼涅大教堂④是一座第三会⑤教堂，整体看挺漂亮，但就是修补得太多了。它正面有两座塔楼，后面有一座深灰色的尖塔。原先罗曼式大

---

① 尼伊（法语：Nuits – Saint – Georges）：法国中东部小城，属法国中东部勃艮第大区科多尔省，全称"尼伊圣乔治"。

② 梅恩便门（法语：barrière de Maine）：巴黎南部入城处。

③ 瓦雷里昂山（法语：Mont Valérien）和蒙马特山（法语：Butte Montmartre）：巴黎近郊的山丘，分别位于巴黎的西部和北部。

④ 圣贝尼涅大教堂（法语：Cathédrale Saint – Bénigne）：第戎主教座堂。

⑤ 第三会（tiers ordre）：创立于 13 世纪初的天主教分支——方济各第三会。

门被苏夫洛①先生的尖形拱肋给彻底毁掉了。

在里面，正门的左右两侧，我们能看到路易十三②时期的两座陵墓。其中勒努·德拉贝尔舍利③大人的陵墓上，由大理石雕刻的男女人像跪在盖板上。雕塑非常精美，还刻着这样的文字："同处一室，礼无二致④"。

教堂内部今日看来毫无可取之处，没有一幅有价值的画，没有一扇彩绘玻璃窗，没有保存下来的小礼拜堂。

1820 年前后，人们想要将安放在博物馆中的两位勃艮第公爵的灵柩迁至教堂，但被当时的主教——德·布瓦斯维尔⑤先生以没有位置为由拒绝了。这个人做出的决定真可惜，他不仅把菲利普二世⑥和无畏的约翰这两位死去的公爵拒之门外，还同时拒绝了让·德拉韦尔塔⑦和克劳斯·斯吕特⑧这两位伟大的艺术家——他们的作品在今日仍然熠熠生辉。

在圣贝尼涅的旁边，是圣菲利贝尔教堂⑨，教堂内有一座 13 世纪的石质尖塔，然而，教堂现在却成了草料铺。我从锁孔看进去，祭坛里面有好几堆草料。圣让教堂⑩是另一家草料铺。老皇宫那座 12 世纪的塔楼变成了当铺，底层归小件金银器工匠——罗宾——所有。堡垒的门楼成了宪兵队

---

① 苏夫洛（法语：Jacques – Germain Soufflot，1713—1780）：法国新古典主义建筑师。

② 路易十三（法语：Louis XIII，1601—1643）：法兰西国王（1610—1643 年在位）。

③ 勒努·德拉贝尔舍利（法语：Jean Baptiste Legoux de la Bercherie，1568—1631）：第戎议会第一任会长。

④ 原文此处为拉丁文：Quos idem quondam thalamus, idem quoque tumulus excepit。

⑤ 德·布瓦斯维尔（法语：Jean – François Martin de Boisville，1755—1829）：圣贝尼涅大教堂主教（1822—1829 在任）。

⑥ 菲利普二世（勃艮第）（法语：Philippe II le Hardi，1342—1404）：勃艮第公爵（1363—1404 年在位）。

⑦ 让·德拉韦尔塔（法语：Jean de la Huerta，1413—1462）：西班牙雕塑家，主要作品在勃艮第公国完成。

⑧ 克劳斯·斯吕特（法语：Claus Sluter，1355—1406）：荷兰雕塑家，菲利普二世灵柩的雕塑者。

⑨ 圣菲利贝尔教堂（法语：Eglise Saint – Philibert）：第戎的一座教堂。

⑩ 圣让教堂（法语：Eglise Saint – Jean）：第戎的一座教堂。

的营房。老城墙上的一座塔楼，现在是公共医务室。曾经是主教座堂的圣艾蒂安教堂①的大殿，现在成了小麦交易所。该教堂的半圆形后殿正在售卖演出道具和布景，上面吊着被捅破了的彩绘玻璃窗。

自从 13 世纪、14 世纪以来，第戎圣母院的正门就很惹人注目，这门廊由一面高墙构成，高墙的右上角有一座钟，还带着染了色的木质人偶：一个农夫、农夫的妻子和他们的孩子。在右侧的交叉甬道里，我看到了黑色圣母②的塑像，她的罩衫上有很多子弹的痕迹，这是当年第戎之围③时瑞士人留下的。人们给她穿了一条绿色锦缎的裙子，脖子上戴了一条粗金链，据说这是为了感谢她上个月的一次圣迹显灵。门廊下方，是原来壮丽的罗曼式正门被摧毁后的遗迹。耳堂的两端各建有一座罗曼式小塔。从后殿这边看过去，教堂的外观很漂亮。祭坛上的彩绘玻璃窗损毁得很严重，一个神甫结结巴巴地背诵着布道词，时不时地卡壳、思索一下，想起来了再继续他的话。

勃艮第公爵的皇宫已经改作市政厅，不过仍保留了很多辉煌的遗迹。从后面看，有四栋主要的建筑，就像布卢瓦城堡④的后院一样，只是没有那么卓尔不凡：一座 12 世纪的带侧翼小塔的塔楼；一座 15 世纪的大塔楼，上面是哥特式雕花塔顶，下面与房屋主体十字交叉；一栋亨利四世式样的房屋，大门很美观；一栋路易十四式样的房屋，挑头上雕有战利品饰，像荣军院⑤一样。——在一个古旧但漂亮的院子里，有一个文艺复兴时期的旋梯，这里已经成了一所美术学校。

---

①　圣艾蒂安教堂（法语：Eglise Saint - Etienne）：第戎的一座教堂。
②　黑色圣母（法语：Vierge Noire）：流行于中世纪欧洲的黑色女性圣像，多为圣母玛利亚。
③　第戎之围（法语：Siège de Dijon）：1513 年 9 月，瑞士与德国军队围攻第戎。
④　布卢瓦城堡（法语：Château de Blois）：位于法国中央大区卢瓦尔—谢尔省首府布卢瓦的城堡，法国皇家城堡之一。
⑤　荣军院（法语：les Invalides）：法兰西军事博物馆，位于巴黎，安放着拿破仑的灵柩。

我参观了博物馆。这里在 1502 年火灾之后，于 1504 年新建了一座壁炉，标注着"让·当古斯，瓦匠，120 法郎，供给石料"。在这 120 法郎中，工人们每天只能得到 2 苏。

菲利普二世的灵柩是 14 世纪末的样式。公爵的塑像被上了色、镀了金，躺在黑色大理石的盖板上，头顶有两个天使陪伴，脚下卧着一只狮子。灵柩四周雕刻了精美的长廊，40 尊小雕像在廊下漫步，个个活灵活现、天真无邪：一个修士用手指挖着耳朵，另一个擤着鼻涕。"呸！"旁边另一个修士显出厌恶的神情。这是荷兰的克劳斯·斯吕特的作品。

无畏的约翰和他妻子玛格丽特·巴维叶①的灵柩与上一尊很像，不过雕花和装饰都更为精美，更有 15 世纪的风格。四个立面上仍为四十尊小雕像，盖板上躺着两尊人像，他们头顶有四个展翅的天使，脚下两只狮子，28 个小天使，长廊的白色大理石雕塑还搭配了金银细工。整个复杂而精细的作品完成后，让·德拉韦尔塔得到了 4000 里弗，相当于 28506 法郎，这位出色的琢磨工匠来自阿拉贡的达罗卡②。

弗朗索瓦一世③曾让人打开灵柩，他看到了无畏的约翰颅骨上的大口子，那是被唐吉·杜沙代尔在蒙特罗桥上用斧头砍的④。他对伤口之大感到很震惊，于是对一旁陪他参观的查尔特勒修道院的院长说："先生，英国人就是从这道口子攻进法国的吧。"

公爵的长袍上点缀着刨子的徽章，而其宿敌奥尔良公爵的徽章是一根疙里疙瘩的权杖。

---

① 玛格丽特·巴维叶（法语：Marguerite de Bavière，1363—1423）：无畏的约翰之妻。
② 达罗卡（法语：Daroca）：西班牙阿拉贡自治区的小城。
③ 弗朗索瓦一世（法语：François Ier，1494—1547）：法兰西国王（1515—1547 在位）。
④ 1419 年 9 月 10 日，无畏的约翰在与未来查理七世的会面中，被后者的亲信唐吉·杜沙代尔（法语：Tanguy du Châtel）杀害，事件发生在蒙特罗桥上。

环绕灵柩的小人实际上只有 39 个，第 40 个被一位穿着世界上最漂亮的礼服的先生替代了，这是谁呢？

勃艮第的四位公爵中，第一位是菲利普二世，最后一位是大胆的查理。——事实上，菲利普二世创建了后面的王朝，而大胆的查理则将其败坏了。查理十世①是另一个"大胆的查理"。

10 月 21 日

一个月以前的今天，9 月 21 日，我在洛桑②。当时是下午 5 时，我沿着狭窄的街道拾级而上，慢慢走向大教堂。晚饭的时间快到了，有钱的人们忙着往家赶。透过底层的老虎窗，我能看见厨房的炉膛里的火苗熊熊燃烧，主妇和女仆们在锅台和烤肉架之间忙活。不只一户的窗缝间溢出热腾腾的蒸汽，大街小巷都弥漫着烤肉的香味。我听见欢声笑语从门里面传出，猜测那些人们的胃口一定很好。

一刻钟之后，我到达了环绕教堂的瞭望台上，整个城市尽收眼底。炊烟缭绕于屋顶，正好被夕阳的余晖穿透，于是它们变成了一朵朵金色的云，在烟囱或山墙幻化成的小岛上升起，旋即飘散开去。那场景异常壮丽。

将伟大的、光明的、圣洁的思想与生活中的寻常琐事结合起来，就像是太阳的光辉照耀在炊烟上一样，再普通的东西也可以升华得崇高而典雅。

---

① 查理十世（法语：Charles X，1757—1836）：法国波旁王朝复辟后的第二个国王（1824—1830 年在位）。1830 年法国发生七月革命，查理十世的统治被推翻。

② 洛桑（法语：Lausanne）：瑞士城市，位于莱芒湖北岸。

第十节　塞纳河

－记事本－

10 月 21 日

我穿过了瓦勒叙宗①，这片迷人的山野让人想起汝拉山脉②的风光。在两座绿色小丘之间，有一个漂亮的村落——圣塞纳③，那里的教堂的后殿是少见的方形结构，而且配有玫瑰花窗。

又向前走了大约两法里，我们到达了另一个山谷边的村落——古尔所④。一栋破败不堪的大房子矗立在路边，横跨沟谷，在这房子的下边，钻了个羸弱的石质小拱洞，以便一条小溪流过。这条小溪便是塞纳河，而它的源头还在 0.25 法里开外的山谷中。在古尔所，它遇到了生命中的第一座桥，就是这破房子下面的拱洞。它是如此细弱，孩子们都能一步跨过去，一丛灌木就能挡住它，三四棵杨树给它遮阴。然而，这条细流将来在屈伊勒伯入海的时候将会有两法里宽。

从古尔所再走 6 法里，就到了艾涅勒迪克⑤，这里有第二座桥。此时，小溪已经变成了河，而且我们似乎感觉到它将会变成一条大河。第二座桥

① 瓦勒叙宗（法语：Val－Suzon）：法国中东部小镇，属勃艮第大区科多尔省。
② 汝拉山脉（法语：le Jura）：阿尔卑斯山以北的石灰质山脉，横跨法国、瑞士和德国，分隔莱茵河和罗讷河。
③ 圣塞纳（法语：Saint－Seine－l'Abbaye）：法国中东部小村，全称"圣塞纳拉拜"。
④ 古尔所（法语：Coursault）：法国中东部小村，属勃艮第大区科多尔省。
⑤ 艾涅勒迪克（法语：Aignay－le－Duc）：法国中东部小镇，属勃艮第大区科多尔省。

有四个拱。河水已有 12 法尺深。这里的水磨坊从不缺水。一条小河，就像一棵小橡树，转眼间就能变得苗壮无比。

我们来说说让①吧。

我从第戎城堡街的"法国之钥"驿站上了公共马车。让是从第戎到塞纳河畔沙蒂永②一线的马车执事③，他一人兼任马车夫、车夫副手数职。这是一位三十来岁的朝气蓬勃的壮小伙，他脚蹬木鞋，头戴宽边帽，看脚像是农民，看头像是仆役，嗜酒如命，坑蒙拐骗。如果偶然有六七个走私犯上了他的车，那就更有好戏看了，车顶的篷布下面，将完全充斥着对宪警和盐税局职员的痛恨、憎恶和辱骂。他赶着牲口，说着话，骂着街，即兴发挥着。他的想象力异常丰富，时常指给你看远方的那些树，把它们比作在吵架的人，或是背着大包的入伍新兵。

"啊，啊，先生，伯绪家的人和绍得隆家的人可不一样。绍得隆家的老爹看上去傻呵呵的，但他总能买到好马。而伯绪先生对此一窍不通。他会用 500 法郎去买一匹大红马，实际上，那马还不值 12 埃居。这种马看上去威武，但用来驾车就显得太高了；它可以快步走，但不愿意使劲向前拉。"他边这样说，边抽着马。

让抽着马，每分钟共 10 下，这样，1 小时就是 600 下，这 600 下分配在 3 匹马身上。这些马跑 3 个小时就会换一次班，这样，每匹马每次轮班要经受 600 下鞭打。它们每天跑两班，一天就要经受 1200 下鞭打。从第戎到沙蒂永，让要跑 15 个小时，除去 1 个小时吃饭和 1 个小时上下客的时

---

① 让（法语：Jean）：一位马车夫的名字。

② 塞纳河畔沙蒂永（法语：Châtillon – sur – Seine）：法国中东部小城，属勃艮第大区科多尔省，位于第戎西北。

③ 执事：管家。

间，让要抽打马匹 13 个小时，也就是要用力抽打 7800 下。第二天，一切重新开始。加上辱骂、诅咒、"驾"和"吁"，你就可以想象让的大脑中都有些什么东西了。这已经不再是个人，而是一根活的马鞭杆子。让会跟路上遇到的每位赶大车的人亲切友好地打招呼，方法是给马一记响亮的皮鞭。遇到运货的马车也一样，马踏前蹄，人打招呼，鞭到情谊到，这是公认的亲切致意。有时候，对方也会抡圆了臂膀，给右边的副马来一记，作为对让的回应；有时候，友好地微笑一下就过去了。

第十一节　特鲁瓦

- 记事本 -

特鲁瓦，10 月 22 日

我想去看看克洛德·格①被处死的地方。一个孩子带我来到"老集市"，现在叫作"小麦交易所"的地方。

这是一个三角形的大广场，在一条长街的尽头，就像大戟顶端的铁刃。巧合的是，很多的行刑广场都是这种形状，大概是因为三角形可以激发让铡刀落下的邪念吧。

老集市广场略有倾斜，地面由砂岩石块铺就，像巴黎的街道一样；四周环绕着筑有山墙的老房子，烟囱上顶着通风帽；商铺里，货品琳琅满目。在广场正中，有一栋十分难看的老木屋，紧挨木屋，是一口老水井，井沿上的凹纹难看地扭曲着。克洛德·格的断头台就竖立在这栋木屋前。当然，在特鲁瓦，法律想要剥夺其他人的生命的时候，这里也可以是其他任何人的断头台。

在断头台上，犯人能看到一个圣尼古拉的塑像，就在老集市广场南面一栋 15 世纪的房子的房梁上。在克洛德·格被处死的时候，他一转身，

---

① 克洛德·格（法语：Claude Gueux）：雨果 1834 年出版的同名短篇小说中的主人公，他是一个穷苦的工人，为养活妻儿偷了东西，被判五年监禁，后被处死。小说基于真实事件改编，目的在于声讨死刑。

甚至能直接看到圣尼古拉教堂①，教堂的哥特式后殿占了广场东面的一角，现在被一座难看的小麦交易所给遮住了，小麦交易所是两年前依照当局的审美水准建起来的，上上下下被刷得雪白，"老集市广场"也因此改名为"麦交所广场"。

天色渐晚，我走进教堂，里面非常昏暗。一盏小灯照出几道长长的光弧，火焰稍一晃动，末端的光线就会被大殿中无边的黑暗吞没。我的头顶上方，教堂的尽头，昏黄的微光将瘦长的彩绘玻璃窗变成了几个苍白的幽灵。两三个把脸藏在风帽中的老妇人，在昏暗的角落里祈祷着。我在祭台旁边，手支在摆放着圣庞培②的镀金圣物箱的护栏上，像她们一样祈祷着。

我走出教堂的时候，夜幕已完全降下。天空雾蒙蒙的，云层中隐隐约约露出月亮的脸。我又重新回到安放断头台的阴森的地方。在那里，我长久地追忆着那位高贵而聪明的工人，他七年前就在这里死去，原因是：我们的社会既不会教育儿童，也不会纠正大人。在我右边，有一家打铁铺，门大开着，整个广场的景物因而依稀可见，路面的石板反射着火红的光，使气氛显得更加恐怖。我走了几步想远离这个地方，伴着月光和火光，我在老集市广场的角落里辨出一个路牌——三颅街。

阿什韦克新城③，10 月 23 日

我在阿什韦克新城，希望今晚能到桑斯。不过亲爱的朋友，这可不容易，因为人们在马车门口吵起来了，你推我搡，互不相让。刚才我们这辆

---

① 圣尼古拉教堂（法语：Eglise de Saint - Nicolas）：特鲁瓦的一座教堂。

② 圣庞培（法语：Sainte - Pompée）：一位女圣人，出生于英国，后嫁到法国，纪念日：1月2日。

③ 阿什韦克新城（法语：Villeneuve - l'Archevêque）：法国中部小城，属勃艮第大区约讷省。

车上挤了 15 个人，7 个人在顶层。

　　我盘算着自己应该在 27 日或 28 日下午 2 时许到达巴黎，我会尽力在 27 日到，因为我已经无法表达我是多么急切地想回到你们身边，去拥抱你们了。

　　我还幸福地想象着到达枫丹白露的时候能收到你的一封信，当然还有我的蒂蒂娜的信，不是吗？

　　亲爱的朋友，在整理家务的时候请特别小心，别让人动我书房里面的任何东西。在离开家的时候，我把所有的零散的手稿都放在我的柜子和锁着的抽屉里，这你知道。我还把写字台的抽屉放进了一个壁橱，里面写着哪儿放着什么。注意别让人打开任何柜子，也别挪动任何东西，因为就算是丢了一页纸，也可能酿成无法挽回的损失。

　　这是我最后一次给你写信，我的阿黛尔，下次就是我直接向你汇报情况了。亲爱的人们，我就要见到你们大家了，希望你们和我一样高兴。再见。温柔地拥抱你们，当然首先是你，我的阿黛尔。愿你一切顺利！

维

第十二节　桑斯大教堂

- 记事本 -

10 月 24 日

桑斯大教堂①里的一切都是成双成对的，可以说所有漂亮稀奇的东西都能找到它的对照品。这里有石塔，也有铅塔②；有罗曼式礼拜堂，也有哥特式小教堂；在耳堂的最北端的大玫瑰花窗，是让·库赞③的作品，代表着天国，而耳堂南端的窗子上，是罗贝尔·皮奈格里耶④的画作，代表着地狱；在祭坛中央，是库斯杜⑤雕刻的法国王太子的陵墓，在教堂的侧道，帕利马蒂斯⑥的大作中安睡着红衣主教杜勃拉⑦；议事司铎尼古拉·里谢⑧遗赠给教堂一个祭台，上面是精美的文艺复兴风格的耶稣受难雕像，

①　桑斯大教堂（法语：Cathédrale Saint‐Étienne de Sens）：天主教桑斯总教区的主教座堂，位于勃艮第大区的桑斯，是法国最早的哥特式建筑之一，始建于 1140 年，完成于 16 世纪初。
②　教堂中的南塔为石塔，北塔为铅塔，后者尖顶覆盖着一层铅片，铅片于 1845 年拆除。
③　让·库赞（法语：Jean Cousin le père，1500—1560）：法国文艺复兴时期的画家、雕刻家。
④　罗贝尔·皮奈格里耶（法语：Robert Pinaigrier，1490—1570）：法国画家。
⑤　库斯杜（法语：Guillaume Coustou le fils，1716—1777）：全名为"吉尧姆·库斯杜"，法国雕塑家。
⑥　帕利马蒂斯（法语：Le Primatice，1504—1570）：意大利矫饰主义画家、建筑师、雕塑家。
⑦　杜勃拉（法语：Antoine Duprat，1463—1535）：全名为"安东尼·杜勃拉"，法国红衣主教特使、法国大法官。
⑧　尼古拉·里谢（法语：Nicolas Richer）：桑斯教堂 16 世纪的一位议事司铎。

大主教特里斯坦·萨拉扎尔①，则直接把令人赞赏的火焰哥特式陵墓留给了教堂；勒米元帅②留下了墓志铭，红衣主教吕伊纳③留下了祭廊。

在珍宝室，有的挂毯来自南锡④，上面讲述着以斯帖和拔示巴的故事⑤，也有的来自布鲁日，描绘着牧羊人的爱恋；有修士圣罗曼⑥和士兵圣维克多⑦的遗骨；有两个象牙雕塑，一个是拜占庭风格的《圣经》故事，纯洁且让人喜悦，另一个是席拉尔东⑧的作品——基督，活着但忍受痛苦；有圣路⑨的木质扶手椅，还有波旁红衣主教⑩的丝绸真金祭坛装饰屏；有 7 世纪教皇额我略⑪的一根手指，还有 14 世纪另一位叫作额我略⑫的教皇的一枚戒指；有查理十世那依旧金光闪闪的新圣袍，还有流亡的托马斯·贝克特⑬到处是洞的旧圣衣；有查理大帝⑭送给马努⑮主教的真十字

---

①　特里斯坦·萨拉扎尔（法语：Tristan de Salazar, 1431—1518）：1475—1518 年任桑斯大主教。

②　勒米元帅（法语：Louis Nicolas Victor de Félix d'Ollières, 1711—1775）：法国军人、政治家，曾为法国王太子的侍从。

③　吕伊纳（法语：Paul d'Albert de Luynes, 1703—1788）：法国红衣主教，王太子的好友，陪伴了王太子的最后岁月。

④　南锡（法语：Nancy）：法国东北部洛林大区默尔特—摩泽尔省首府。

⑤　以斯帖（法语：Esther）和拔示巴（法语：Bethsabée）：均为《圣经》故事中的人物。

⑥　圣罗曼（法语：Saint Romain, 390—473）：圣人名，曾为汝拉山脉中的一名修士，纪念日：2 月 28 日。

⑦　圣维克多（法语：Victor de Marseille,？—303）：圣人名，曾为古罗马一名士兵，纪念日：7 月 21 日。

⑧　席拉尔东（法语：François Girardon, 1628—1715）：法国雕塑家。

⑨　圣路（法语：Saint Loup, 383—479）：圣人名，曾为特鲁瓦的主教，纪念日：7 月 29 日。

⑩　波旁红衣主教（法语：Charles Ier de Bourbon, 1523—1590）：法国旺多姆的红衣主教，有波旁王朝的血统。

⑪　此处指 590—604 年在位的教皇额我略一世（法语：le pape Grégoire Ier, 540—604）。

⑫　此处指 1370—1378 年在位的教皇额我略十一世（法语：le pape Grégoire XI, 1329—1378）。

⑬　托马斯·贝克特（法语：Thomas Becket, 1117—1170）：1162—1170 年任英国坎特伯雷红衣主教，与英格兰国王亨利二世不和，最终被刺杀殉道。

⑭　查理大帝（法语：Charlemagne, 742—814）：法兰克王国加洛林王朝国王（768—814 年在位），800 年由教皇加冕，成为神圣罗马帝国开国皇帝。

⑮　马努（法语：Magnus）：桑斯大主教（797—817 年在位）。

架残片，还有拿破仑送给莫利①红衣主教的镀金礼拜堂；有谦卑的签名
"文生·德·保禄②，遣使会的卑微神甫"，还有拉法尔③红衣主教的题名
"用我们的光芒盖过敌人的炮火④"。

所有对比都汇集在这座令人仰慕的教堂里，并和谐统一起来；一切伤
痕在这里愈合；各种各样的思想从砖缝间向外迸射。1793 年的革命破坏了
特里斯坦·萨拉扎尔的陵墓；一串迎接某位国王的礼炮，又打碎了教堂正
门的玫瑰花窗；一个是因为革命的鲁莽，一个是因为君主政体的荒谬。在
祭坛入口左边摆放祭台的地方，就是 1234 年 5 月 27 日高蒂耶·勒考努⑤
主教给圣路易主持婚礼的地方。在祭坛里，由库斯杜雕刻得细腻精美的四
个人像，就是王太子⑥的陵墓。在这块大理石的下面，不仅有路易十五的
不争气的儿子，还有路易十六、路易十八⑦和查理十世——也就是导致圣
路易家族的光辉熄灭的三个国王：一个被斩首、一个被流放、一个被驱
逐。路易九世⑧的庞大皇族系脉，从这个祭台诞生，又在这个坟墓死去，
二者之间不过四步，却经历了六个世纪。

看过了这个祭台和坟墓，了解了这段历史的初始和终结，我们再走进

---

① 莫利（法语：Jean Sifirein Maury，1746—1817）：法国红衣主教、作家。

② 文生·德·保禄（法语：Vincent de Paul，1581—1660）：法国天主教神甫，遣使会
（法语：Congrégation de la Mission）的创办者，毕生致力于服务穷人。

③ 拉法尔（法语：Anne Louis Henri de La Fare，1752—1829）：曾任桑斯大主教和法国红
衣主教（1823—1829 年在位）。

④ 原文此处为拉丁文：Lux nostris hostibus ignis。

⑤ 高蒂耶·勒考努（法语：Gauthier Le Cornu，？—1241）：桑斯大主教（1221—1241 年
在位）。

⑥ 王太子（法语：Louis Ferdinand de France，dauphin de France，1729—1765）：法国国王
路易十五的长子，不曾登基，但成了三位法国国王（路易十六、路易十八和查理十世）的父
亲。

⑦ 路易十八（法语：Louis XVIII，1755—1824）：法国国王（1795—1824 年在位），有很
长一段时间流亡在国外。

⑧ 路易九世（法语：Louis IX，1214—1270）：法国国王（1226—1270 年在位），1297 年
被罗马教廷列为圣人，也称"圣路易"。

珍宝室，对事物的看法会更加完整。在波旁查理①的美轮美奂的挂毯上，我们能看到这个王朝军队的口号"不期待，不畏惧"，这口号忘记了上帝的存在，仿佛预示了这一家族的消亡。

在 1793 年，库斯杜雕刻的有百合花图案的陵墓被打开了，大皇太子及其妻子的骨架和棺材被移至公墓。直到 1814 年，路易十八回到罗浮宫的时候，法国王太子（路易十八的父亲）才又得以回到原来的陵墓安寝，而且这一次迁墓比上一次要隆重许多。当我们思考人类精神的进步，相信人类一天比一天有思想，一天比一天更理性，便可以大胆地说，今后不会再有任何革命来打扰这四尊大理石雕像了，就让他们在桑斯的主祭台前静静地怀念波旁王朝吧。

这里还应该提一下，1825 年，查理十世动了一个感人的念头，为此简直称得上一位国王思想家。他想郑重其事地为大皇太子做一件事，于是他让人将自己的圣袍盖在其父亲的棺木上。这样，在被流放剥去长袍之前，他就将其赠予死人了。

我在前面提到过被保存在珍宝室中的皇家披带。这披带由紫色天鹅绒面料制成，上面饰有百合花，花朵上还有蜜蜂飞舞。在兰斯大教堂里，看见它搭在一个老柜子的盖板上，感觉很凄凉。1825 年 5 月 29 日，我在兰斯大教堂，也曾亲眼见到它，那时它正披在法国国王②的肩头。想到此处，百感交集：此时正值秋天，凉风瑟瑟，天空灰雾蒙蒙，十月的雨打在珍宝室苍白冰冷的玻璃上；而祝圣的那一天，正是明媚的春日的上午，五月灿烂的阳光透过兰斯大教堂的玫瑰花窗，穿过圣香缭绕的烟雾，在我们头顶

---

① 波旁查理（法语：Charles de Bourbon）：波旁王朝中有多位叫作查理的国王。
② 法国国王：此处指查理十世，1825 年被祝圣。

上闪耀着，仿佛接以利亚①升天的车子的火轮。

它们现在都去哪里了呢？

桑斯的这座大教堂就是这样从一极走到另一极。这里的艺术，因历史而错综复杂；这里的宗教，是现实哲学与灵魂的强有力结合。

以前的议事司铎被安葬在祭坛下方的地下墓穴中，故去的主教们也是。一块块镶嵌在白色大理石上的简单的黑色灵位牌，用名字标出了每个人的领地。——雅各布·大卫·杜贝隆卡尔德利，1618 年去世。——高勒带·勒考努，1241 年去世。——仅此而已。其他所有东西都乱七八糟的，辨认不出是谁的骸骨，骨灰也都混到了一起，圣人们挨着野心家，殉道之士挨着凡夫俗子，圣路易挨着杜勃拉。在这层路面之上，一座 15 世纪的庄重的大钟矗立在圆柱上，就像一棵扎根于此的大树。我们听见了黑暗中的钟摆声，仿佛听见了时间的脚步。在钟面上方的尖顶上，一个天使敲着钟。这个大钟上的铭文好像在用死者的语气劝告生者："时钟不知分秒快，光阴岂懂日年长②。"

就像我在开始的时候所说，教堂里的一切都形成了反差。如果这些不是被包裹在一个纪念性建筑之下，囊括于一个硕大的神秘光环之中，则只是各种矛盾印象的混杂而已。托马·日耳曼③在一块白银上刻出了令人肃然起敬的圣路易雕像，帕利马蒂斯在一块白色大理石上刻出杜勃拉的胖胖的带着伤疤的大脸，很逼真。另外，陵墓四个立面的浅浮雕真是令人赞赏。他们将杜勃拉呈现得自然而然：作为大法官站在法庭上，作为红衣主教出现在礼拜堂，作为教皇特使来到巴黎，作为大主教走进桑斯。而当他

---

① 以利亚（法语：Elie）：是《圣经》中的重要先知，活在公元前 9 世纪，最后他没有经历死亡就直接被神用火轮车接走了。

② 原文此处为拉丁文：Vigilate quia nescitis diem neque horam。

③ 托马·日耳曼（法语：Thomas Germain，1673—1748）：法国一位著名的金银匠。

最后一次进入桑斯教堂时，这位昔日的大主教已经故去了。当时勉强做了个仪式，甚至可以说他并没有在这里出现过。马背上驮着他的尸体，他双手合十，头上戴着主教冠，穿着无袖长袍，四个议事司铎举着华盖，这支宗教仪式编队走在城中。浅浮雕就是这样描绘当时的场景的，我们还能从中辨认出在大主教背后托着他的人。1793 年，人们粗暴地在如此质朴细腻的雕塑上砸出了裂痕，真可悲。就算迫不得已，人们可以拿木棺材撒气，但不应该破坏陵墓；可以凌辱杜勃拉，但是要尊重帕利马蒂斯。艺术占用了的东西，历史本身也不再有权利拿回。

在珍宝柜中有一个雅致的镀金圣体杯，盖子是 16 世纪的样式，上面饰有阿拉伯风格的花叶图案，我对其赞赏不已。但这精美的物件也与一个凄惨的故事联系在一起。1531 年，这个圣体杯被一个 19 岁的小疯子偷去了，他叫让·帕尼阿。这次偷盗实际上是一次为了爱情的冒险。不过，最终人们在一堆石头下面找到了这个圣体杯，而小伙子在大教堂的门前被烧死了。从此，这个优美的文艺复兴时期的圣体杯再也无法摆脱这场悲剧。直到现在，人们似乎还能从这件精美的金制品的闪光中，看到烧死帕尼阿时柴堆上颤动的火焰。

每当我在教堂里漫步一段时间之后，都能感觉到自己正在被一种幻梦吸引，就好像我的思想中出现了一道曙光，我不由得向它靠拢。对我来说，大教堂就像是一座森林，粗大的廊柱就是树干，廊柱顶端生出一束束相互交织的拱肋，构成了遮天蔽日的树冠；文艺复兴时期的小礼拜堂，在大拱的荫庇下绚丽绽放，就像是橡树脚下的一丛鲜花盛开的灌木。我凝视着这件处处透射着自然和上帝灵性的艺术奇葩，全身心地融入进去，没有什么能让我分神。

在这里，管风琴的旋律就像微风；陵墓上竖起的错综复杂的黑色小尖塔就像柏树的树冠；闪烁在后殿尽头的彩绘玻璃窗，就好像我们透过枝叶的缝隙看到的星星。进来的那一瞬间我就看不到什么细节了，所有东西一齐涌来，将我团团围住。教堂的执事来回溜达并把蜡烛熄掉，忏悔室传来叽叽咕咕的低语声，一位神甫从半明半暗的侧道走过。各种声响经过穹顶的放大后，拖着难以形容的长音回落下来。圣殿深处关上一扇门的声音，既像叹息一样轻柔，又像闷雷一般可怕。我，就这样幻想着。

正当我在桑斯大教堂中神游的时候，看到人们在一个小礼拜堂的祭台前摆了两个支架，然后又在支架四周摆了一圈蜡烛。过了一会儿，蜡烛点燃了，人们把一口短小的棺材放在支架上，又在其上盖了一块白布。与此同时（我什么都没做，只是把看到的讲出来），另一群完全不同的人穿过教堂。女人抱着一个襁褓中的婴儿，四周被男人们簇拥着，在神甫的带领下来到洗礼堂。在这个教堂里面，有两个孩子，其中一个接受洗礼，另一个被埋葬。这不是一个婴儿和一个老人，不是新生和终老。我重申，这是两个孩子，两件白袍，一件由奶妈穿着，一件由棺材披着。两个纯贞的幼童，在同一时间开始各自的生命，但方式不同，一个在地上，另一个在天上。在昏暗的教堂中，有一位欢欣的母亲和一位绝望的母亲。为了不影响这两组仪式的庄严会面，我退到门边，藏在教堂中进行修缮围挡的板子后面。这样我也就什么都看不到了，不过还能听。在教堂的尽头，远远的后殿中，空气中回旋着神的声音，孩童的声音，天使的声音，他们唱着一曲挽歌。而就在我身旁，挡板后面，传来一个男人低沉的嗓音，他在新生儿耳边缓慢地、轻声地说着严肃的洗礼词。直到这时，我还沉浸在幻梦当中，似乎看到两扇天庭之门正徐徐打开。从一扇门中，一个灵魂回归上帝，从另一扇门中，一个灵魂走向人间。天使们迎接着回去的那个，耶和华在叮嘱另一个。回归的颂歌听上去充满喜悦，而来到人间时的训诫让人感觉很凄凉。

我跟随即将入土的那个孩子走出教堂，人们把他安置在一个远郊的公墓里，墓地在一座破旧的乡村教堂旁边，那里芳草萋萋，遍地雏菊。下葬之后，人们在墓穴上竖起一块白石头，将来会刻上孩子的名字。我掏出自己的铅笔，在上面写下了这首诗：

> 小小孩童惹人羡，
>
> 船未远航即搁浅。
>
> 涉世不深功何在？
>
> 脱得苦海归梦园。